壮心未与年俱老·陆游诗词

王新霞 胡永杰 ◎ 编著

人民文学出版社

图书在版编目(CIP)数据

壮心未与年俱老：陆游诗词 / 王新霞，胡永杰编著.
—北京：人民文学出版社，2016(2024.2 重印)
（恋上古诗词：版画插图版）
ISBN 978-7-02-012136-6

Ⅰ.①壮…　Ⅱ.①王…　②胡…　Ⅲ.①宋诗-诗集②
宋词-选集　Ⅳ.①I222

中国版本图书馆 CIP 数据核字(2016)第 262720 号

责任编辑：朱卫净　吕昱雯
装帧设计：汪佳诗

出版发行　人民文学出版社
社　　址　北京市朝内大街 166 号
邮政编码　100705

印　　刷　山东新华印务有限公司
经　　销　全国新华书店等

开　　本　890 毫米×1240 毫米　1/32
印　　张　12.875
插　　页　2
字　　数　200 千字
版　　次　2017 年 1 月北京第 1 版
印　　次　2024 年 2 月第 7 次印刷

书　　号　978-7-02-012136-6
定　　价　59.00 元

如有印装质量问题，请与本社图书销售中心调换。电话：010 - 65233595

目录

前言

诗选

词选

前　言

一

　　陆游（1125—1210），字务观，号放翁，越州山阴（今浙江绍兴）人。他出生在一个封建官僚兼知识分子的世家，成长于北宋灭亡、中原沦陷、南宋王朝饱受金人侵凌的民族危难时代。一生力主收复失地，可因主和派当政，得不到抗金报国、施展抱负的机会，反而屡受排挤打击，终生困顿郁愤，饱经忧患。但是他的爱国之情至死不渝，把一腔忧国忧民的激情倾注于诗词创作中，成为一个伟大的爱国诗人，与尤袤、杨万里（或萧德藻）、范成大并称南宋“四大诗家”。［宋杨万里《诚斋集》卷四一《进退格寄张功父姜尧章》诗：“尤萧范陆四诗翁，此后谁当第一功。”元代方回《桐江集》卷三《跋遂初尤先生尚书诗》：“宋中兴以来，言治必曰乾淳（按，指宋孝宗乾道、淳熙年间），言诗必曰尤杨范陆。其先或曰尤萧，然千岩盖世不显，诗刻留湘中，传者少，尤杨范陆特擅名天下。”方回选评《瀛奎律髓》卷一范成大《鄂州南》诗后评：“乾淳间诗，巨擘称尤杨范陆。”卷二〇翁卷《道上人房老梅》诗后评：“乾淳以来，尤杨范陆为四大诗家。”］

1

陆游的家庭,在五代十国的吴越时期"世守农桑之业于鲁墟梅市之间"(《渭南文集》卷三〇《跋吴越备史》,鲁墟、梅市在山阴),不追求仕宦,其高祖陆轸在宋真宗大中祥符年间才以进士起家。陆轸官至礼部郎中、直昭文馆,卒后赠太傅,是一位耿直清正的士人,他曾指着皇帝的御座对真宗说:"天下奸雄睥睨此座者多矣,陛下须好作,乃可长保。"(陆游《家世旧闻》)而且陆轸一生仕宦四十余年,始终没有在家乡置产业。陆轸之子陆珪曾任国子博士,赠太尉。陆游的祖父陆佃是陆珪之子,官至尚书左、右丞,赠太师、楚国公,又是一位著名的经学家,尤精于礼,著有《礼记新义》《埤雅》《春秋后传》等,并有《陶山集》传世。陆佃曾向王安石学习经学,很得王氏赏识,但王安石执政时他却不完全赞同新法,因此不为其所用,等到王安石失势后,他又不避讳和王氏的关系。可见是一位学识渊博、有正直独立品格的士大夫。陆游的父亲陆宰也是一位有强烈爱国之心的学者型士人,他著有《春秋后传补遗》,在北宋时曾任淮南路计度转运副使、京西路转运副使等职,南渡后,由于多交游主战派人士,富有爱国思想,而为秦桧所忌,处于闲置的位置。对于这样的家世,陆游是深感自豪的,如他在《示子遹》诗中说:"吾家太傅后,衿佩盛青青。我忝殿诸老,汝能通一经。学先严诂训,书要讲声形。夙夜常相勉,诸孙待典刑。"他成长为一位伟大的爱国诗人,和家庭中这种传统的影响无疑有很大关系。

陆游的一生和宋王朝的危难相伴。他出生在北宋徽宗宣和七年(1125)十月十七日。当时他的父亲陆宰任淮南路计度转运副使,从寿春(今安徽寿县)奉召赴京师(今河南开封),行至淮水(今淮河)时,在一个大风雨的早上陆游诞生了(参看《剑南诗稿》卷三三《十月十七日,予生日也。孤村风雨萧然,偶得二绝句。予生淮上,是日平旦,大风雨骇人,及予堕地,雨乃止》诗)。陆宰到达京师后被任命为京西路转运副使,因此把家寄寓在了荥阳(今属河南)(参看《渭南文集》卷三〇《跋周侍郎奏稿》)。就在陆游出生这年二月,金人灭掉辽国,并开始准备攻打宋朝,十二月便分兵两路大举向南进攻,宋徽宗匆匆传位为给太子赵桓(宋钦宗)。第二年(宋钦宗靖康元年)闰十一月金兵攻破京师开封,靖康二年(1127)四月,金人俘徽宗、钦宗二帝及赵氏宗室北去,五月康王赵构在南京(今河南商丘)即位,改元建炎,是为宋高宗。宋高宗是一位胸无大志的皇帝,在国难当头之际,他不思进取和恢复,而是一味地逃跑和投降。此年十二月他便弃中原而南逃扬州,后定都临安,并任用投降派头子秦桧为相。绍兴十年(1140),在岳飞、韩世忠等诸路将领大力北伐,节节胜利的形势下,他却和秦桧强行命诸军班师,解除抗金将领的兵权,并杀害了岳飞父子。绍兴十一年(1141)南宋和金人订立了屈辱的"绍兴和议",规定双方以淮水为界,宋帝向金称臣,并每年纳岁币银二十五万两、绢二十五万匹。

金人攻打宋朝之时,陆游也随着家人开始了颠沛流离的逃难生活。靖康元年(1126)四月,年仅一岁多的陆游随父亲从荥阳南迁寿春(今安徽寿县),第二年因金兵南侵,一家人又渡江归山阴故里,不久金兵攻破临安、越州,陆宰又举家往东阳(今浙江金华)避难,直到绍兴三年(1133)陆游九岁时,一家人才在山阴定居下来。陆游后来在《三山杜门作歌》五首其一和《杂兴》五首其三两诗中回忆当时的情形说:

> 我生学步逢丧乱,家在中原厌奔窜。
>
> 淮边夜闻贼马嘶,跳去不待鸡号旦。
>
> 人怀一饼草间伏,往往经旬不炊爨。

> 家本徙寿春,遭乱建炎初。
>
> 南来避狂寇,乃复遭强胡。
>
> 于是髭两毛,几不保头颅。
>
> 乱定不敢归,三载东阳居。

可以想象,这段幼年经历给他的心灵造成多大的伤害。陆游的父亲陆宰是一位深明民族大义的爱国之士,当时常和一些爱国主战人士交往,相与谈论国事,往往愤激流泪,陆游曾亲见其情形:

及先君坐御史徐秉哲论罢，乃来寿春，复自淮徂江，间关兵间，归山阴旧庐，则某少长矣。一时贤公卿与先君游者，每言及高庙盗环之寇，乾陵斧柏之忧，未尝不相与流涕哀恸。虽设食，率不下咽引去。先君归，亦不复食矣。（《渭南文集》卷三〇《跋周侍郎奏稿》）

　　绍兴初，某甫成童，亲见当时士大夫相与言及国事，或裂眦嚼齿，或流涕痛哭，人人自期以杀身翊戴王室。虽丑裔方张，视之蔑如也。（《渭南文集》卷三一《跋傅给事帖》）

父辈们的言行，无疑对陆游树立杀敌报国的理想壮志具有直接影响。

　　陆游幼年之后的人生大致可分为五个阶段：一是三十四岁之前在家乡山阴闲居读书的时期；二是三十四岁至四十五岁初步走上仕途的时期；三是四十六岁至五十四岁在川陕宦游的时期；四是五十五岁奉召东归至六十五岁之间的继续宦游时期；五是六十五岁致仕直至八十五岁去世在山阴的退居时期。第一个时期陆游曾遭遇过两次较为重大的打击。一是和前妻唐氏婚姻的不幸。据传唐氏为陆游舅父唐闳的女儿，两人约在陆游二十岁时结婚，颇为伉俪相得，但不幸的是唐氏没有得到婆母的好感，婚后不久便被迫分离(见南宋陈鹄《西塘集耆旧续闻》卷十、周密《齐东野语》卷一、刘克庄《后村诗话续集》卷二记载）。此事对陆游打击很大，他的《钗头凤》词云"一怀愁绪，几年离索，错、错、错"，可能就是为唐氏而写。而且陆游终生都没有淡忘对唐氏的感情，直到晚年还在《沈园》二首中写道："梦断香销四十年，沈园柳老不吹绵。此身行作稽山土，犹吊遗踪一泫然。"第二个打击是陆游三十岁时参加科举考试被秦桧黜落。他先是于绍兴二十三年（1153）参加锁厅试，被主考官陈之茂置于第一，第二年参加礼部试又被置于前列。由于秦桧之孙秦埙也参加了这两次考试，陆游高居秦埙之前，而且他还大论恢复之事，自然会让秦桧大为恼火，于是便直接把他的名字除去。幸亏绍兴二十五年（1155）秦桧便死去了，陆游才没有遭受进一步的打击。

绍兴二十八年（1158），即秦桧死去的第四年，三十四岁的陆游被任命为宁德县（今福建宁德市）主簿，开始步入仕途。绍兴三十年（1160）又经人推荐调回到朝中，以敕令所删定官为大理司直兼宗正簿，后因敕令所罢改任史官及枢密院编修官兼编类圣政所检讨官，而且绍兴三十二年（1162）孝宗即位后还赐予他进士出身。这时的陆游是意气风发的，特别是孝宗即位之初颇有些恢复的志向，朝廷中兴起北伐的风气，这让满腹才华、胸怀大志的陆游看到了施展的机会，他向朝廷及中书省、枢密院二府上了《代乞分兵取山东札子》、《条对状》七条、《上二府论都邑札子》、《论选用西北士大夫札子》等奏章，积极呼吁迁都建康（今江苏南京)、准备北伐之事。但是陆游的热情并没有得到回应,而且很快因揭发龙大渊、曾觌结党营私之事触怒孝宗,被贬出朝廷,乾道二年(1166)投降派更是以"交结台谏,鼓唱是非,力说张浚用兵"(《宋史·陆游传》)的"罪名",罢免了他的职务。直到乾道六年(1170)才被重新任命为夔州(今重庆奉节)通判,再次走上仕途。

陆游从乾道六年(1170)十月到达夔州至淳熙五年(1178)春夏间离蜀东归,分别在夔州、南郑(今陕西汉中)、成都、蜀州(今四川崇州)、荣州(今四川荣县)、嘉州(今四川乐山)等地任职,在川陕约九年时间。这个时期时间虽然不算长,但对于他的人生和诗歌创作却是极重要、具有关键意义的一个阶段。因为蜀地险峻雄奇的山水、豪放自由的人文环境(如司马相如、陈子昂、李白、三苏等蜀中文人多具有雄杰豪迈之气)和陆游"天资慷慨,喜任侠,常以踞鞍草檄自任,且好结中原豪杰以灭敌"(宋叶绍翁《四朝闻见录》乙集)的性情志趣颇为契合,特别是在南郑(今陕西汉中)军事前线的军中生活,使他获得了把抗敌报国的志向付诸实践的难得机会。在南郑从军不足一年的时间里,他和战士们打猎蹴鞠,纵博痛饮,奔走于前线各地,还曾参加强渡渭水及大散关和敌人遭遇的两次战斗。这样的环境和生活,不仅开阔了陆游的眼界,解放了他的性情胸怀,激发了他的生命活力和创作激情,也使他顿悟到作诗的"三昧"所在。关于此,陆游自己曾多次谈及,如《九月一日夜读诗稿有感走笔作歌》中说:"我昔学诗未有得,残馀未免从人乞;力屡气馁心自知,妄取虚名有惭色。四十从戎驻南郑,酣宴军中夜连日。打球筑场一千步,阅马列厩三万匹;华灯纵博声满楼,宝钗艳舞光照席;琵琶弦急冰雹乱,羯鼓手匀风雨疾。诗家三昧忽见前,屈贾在眼元历历。"《示子遹》诗中说:"我初学诗日,但欲工藻绘。中年始少悟,渐若窥宏大。……汝果欲学诗,工夫在诗外。"陆游之子陆子虡在《剑南诗稿跋》中也对此有过记述:"先君……尝为子虡等言:'蜀风俗厚,古今类多名人,苟居之,后世子孙宜有兴者。'宿留殆十载,戊戌春正月,孝宗念其久外,趣召东下,然心固未尝一日忘蜀也。其形于歌诗,盖可考矣,是以题其平生所为诗卷曰《剑南诗稿》,以见其志焉,盖不独谓蜀道所赋诗也。"陆游自编诗集,名为《剑南诗稿》,后来命其子续编六十四、六十五岁以后诗,又命名为《剑南诗续稿》,可见他的对川陕之地这段生活是多么地热爱和看重。

淳熙五年(1178),陆游被召回临安,这其中原因倒不是朝廷要启用他这位主战分子,而是因为宋孝宗看到了他写的诗,非常欣赏他的诗歌才华的缘故。[叶绍翁《四朝闻见录》乙集记载:"(陆放翁)游宦剑南,作为歌诗,皆寄意恢复。书肆流传,或得之以御孝宗,上乙其处而赐之,旋除删定官。"]所以陆游东归后并没有被留在朝中,而是先后被任命为提举福建常平茶盐公事、提举江南西路常平茶盐公事、知严州等职,继续着他的宦游生活,而且期间还被弹劾罢官过两次,并奉祠闲居多年。直到淳熙十六年(1189)正月才被召回朝中,任礼部郎中等职,但是不足一年,便于这年十一月被劾罢官,开始了晚年在山阴的闲居生活。从淳熙十六年(1189)直至嘉定二年十二月二十九日(公元1210年1月26日)去世,除去七十八岁至七十九岁被召入朝中修史一段时间外,其他时间都是在家乡山阴度过。

二

陆游的诗歌留传至今者有九千多首,是中国古代留存诗歌最多的诗人之一。从诗风发展的过程看,他的诗歌创作可分为三个阶段:一、少年时至四十六岁(乾道六年)入蜀前的作品;二、从四十六岁入蜀至六十五岁(淳熙十六年)罢官之前的作品;三、六十五岁罢官闲居山阴到去世这期间的作品。

第一个阶段受江西诗派注重诗法的风气影响较大。由于陆游后来大量删除自己早年的诗作,我们今天无法清楚地看到他这时诗歌的全貌,但前引《九月一日夜读诗稿有感走笔作歌》中说:"我昔学诗未有得,残余未免从人乞;力屈气馁心自知,妄取虚名有惭色。四十从戎驻南郑,……诗家三昧忽见前,屈贾在眼元历历。"《示子遹》诗中说:"我初学诗日,但欲工藻绘。中年始少悟,渐若窥宏大。"宋代陈鹄《西塘集耆旧续闻》卷五也云:"诗有律。子美云:'晚节渐于诗律细。'余少学诗,乡先生云'侵凌雪色还萱草,漏泄春光有柳条''卑枝低结子,接叶暗巢莺',此细律也。唐之诗人及本朝名公未有不用此。洪龟父诗云:'琅玕严佛屋,薜荔上僧垣。'山谷改上句云'琅玕鸣佛屋',亦谓于律不合也。余谓陆务观尝学诗于曾文清公,有《赠赵教授》诗云:'忆昔茶山听说诗,亲从夜半得玄机。律令合时方贴妥,工夫深处却平夷。每愁老死无人付,不谓穷荒有此奇。世间有恨知多少,未得从君谒老师。'亦以合律为工。"可以窥得他早年的诗歌确实是以模仿前人艺术长处,追求字句、格律、法度的锻炼为主要特征的。

第二个阶段是陆游诗歌走上成熟,形成自己风格的时期。如前所述,在川陕之地宦游、从军,是陆游人生的一个关键阶段。这里的环境、生活和他的性情、志向极为契合,开阔了他的视野,激发了他的生命活力和创作激情,也使他顿悟到作诗的根本源泉不是向前人学来的辞藻、章法等"工夫",而是真切的生活体验。这时他的诗歌或展现军中豪放的生活,或描绘川陕大地雄伟壮阔的山河原野,或表达报国杀敌的理想抱负,或抒发壮志难酬的慷慨郁愤之情,大多都具有豪迈苍凉之气,超越了江西诗派诗风的樊篱,形成了他自己的特色。关于此,不仅陆游自己津津乐道,同时代人也是赞扬不已。如姜特立《陆严州惠剑南集》诗云:"不蹑江西篱下迹,远追李杜与翱翔。流传何止三千首,开阖无疑万丈光。"(《梅山续稿》卷二)周必大淳熙九年(1182)所作《与陆务观书》中说:"《剑南诗稿》,连日快读,其高处不减曹思王、李太白,其下犹伯仲岑参、刘禹锡,何真积顿悟,一至此也!……某往时乐闻蜀中山川人物之胜,今读兄前后佳作,极道其风景华丽,

10

至耄耋梦寐间不少忘,甚悔少年不努力也。"(《文忠集》卷一八七《书稿二》)杨万里《跋陆务观剑南诗稿二首》其一云:"今代诗人后陆云,天将诗本借诗人。重寻子美行程旧,尽拾灵均怨句新。鬼啸狨啼巴峡雨,花红玉白剑南春。锦囊翻罢清风起,吹仄西窗月半轮。"(《诚斋集》卷二〇)都对陆游入蜀后诗歌内容和风格的变化和成就大加称叹。陆游在川陕之地约九年时间,虽不算长,但促成了他诗歌创作和观念的成熟;而且这段生活是他心目中人生的高峰,成为终身系念难忘的一个情结。所以离开川陕之地后,追忆、怀念当时的生活,在今昔对比中表达壮志难酬、悲郁感慨的情感,依旧是他诗中的重要主题,豪迈悲慨的诗风和蜀中时是一脉相承的。

陆游六十五岁罢官以后,主要在山阴以闲居生活为主,相对于中年的从戎、游宦生活要平静得多。所以第三阶段的诗中,虽然保持了忧国忧民的思想情感,悲壮慷慨的诗风犹存,但闲逸、平淡却是他这时期诗歌的主要风貌。如他自己所云"年来诗料别,满眼是桑麻"(《倚杖》),"身闲诗简淡"(《幽兴》及《秋夜》二首其一)。我们看他晚年所写的《秋思》十首其七和《农舍》四首其一两首诗:

桑竹成阴不见门,牛羊分路各归村。

前山雨过云无迹,别浦潮回岸有痕。

三农虽隙亦匆忙，稽事何曾一夕忘。

欲晒胡麻愁屡雨，未收荞麦怯新霜。

前首写乡村景色，清新细腻，有隐士的幽逸；后首写农事生活，浑朴自然，则是一个躬耕者的形象。可为他晚年生活的主要写照。

他诗歌的思想内容，主要有以下几方面：一是表达爱国主义思想的作品，二是表达关心热爱人民及和乡邻父老深厚情谊的作品，三是表达退居时的闲逸情致和热爱自然、热爱生活的作品。

陆游诗中最突出的内容就是表达他执着而强烈的爱国主义思想。这首先表现在他希望抗金报国，收复失地，使国家复兴的伟大抱负上。早在出仕前，他就在《夜读兵书》诗中说："平生万里心，执戈王前驱。战死士所有，耻复守妻孥。"入仕后虽一直不得意，难以有实现理想的机会，但他一直没有动摇过，即使在年老之时也依然表示："壮心未与年俱老，死去犹能作鬼雄。"（《书愤》）直至他的绝笔之作《示儿》中，还在叮嘱儿辈："王师北定中原日，家祭无忘告乃翁。"他甚至常常在梦境中出现出师北伐，收复失地的场面，如《十一月四日风雨大作》二首其二中写道："僵卧孤村不自哀，尚思为国戍轮台。夜阑卧听风吹雨，铁马冰河入梦来。"可见陆游抗击侵略者、收复失地的信念是多么坚定，对之渴望是多么强烈。其次表现在他对南宋主和派懦弱无能、苟且偷安、不思恢复等行径的愤慨和痛斥上。如《叹俗》诗中写道："风俗陵夷日可怜，乞墦钳市亦欣然。看渠皮底元无血，那识虞卿鲁仲连！"言辞犀利地斥责南宋士风的沉沦。《夜读范至能揽辔录，言中原父老见使者多挥涕，感其事，作绝句》诗云："公卿有党排宗泽，帷幄无人用岳飞。遗老不应知此恨，亦逢汉节解沾衣。"《感事》四首其二云："堂堂韩岳两骁将，驾驭可使复中原。庙谋尚出王导下，顾用金陵为北门！"《追感往事》五首其五云："诸公可叹善谋身，误国当时岂一秦。不望夷吾出江左，新亭对泣亦无人！"对南宋统治者不能任用抗金将领，置国家民族利益于不顾的误国行径，他可谓义愤填膺，斥责毫不留情，其中蕴含的"忠义之色，使人起敬"(潘德舆《养一斋诗话》卷五)。另外，陆游诗中的爱国主义思想还表现在他因杀敌报国之志不能实现而产生的愤懑情感上。陆游一生坚决主张抗战收复，这也直接导致了他在仕途上的不得意，因为当时主和投降派占据着政治上的主导地位，他们是不可能重用陆游这样坚决的主战派的。因此陆游诗中也有很多感叹年华流逝、壮志难酬，抒发愤懑抑郁之情的内容。但是，他的感叹主要不是因为个人功名的得失，而是源自国家的危难、人民的不幸。他曾在《书事》四首其三中明确说过："鸭绿桑干尽汉天，传烽自合过祁连。功名在子何殊我，惟恨无人快著鞭。"他也时常"飘空夜静上高楼，买酒卷帘邀月醉"(《楼上醉歌》)，因此被人讥为"颓放"，但他这样做的原因是"丈夫有志苦难成,修名未立华发生",是因为"志欲富天下,一身常苦饥。气可吞匈奴,束带向小儿"(《三江舟中大醉作》)。因此,陆游这类诗歌,情感虽悲郁,但不颓废,蕴含着深沉的忧国情怀,具有动人心魄的强大感染力。

他诗中另一个突出的主题是表达爱民情怀。他同情人民的疾苦,也热爱父老们纯朴善良的品质,立志要为百姓父老的富裕安康奋斗一生。早在出仕前他就在送他的老师曾几入朝的诗中劝勉道:"民瘼公所知,愿言写肝膈。向来酷吏横,至今有遗螫;织罗士破胆,白著民碎魄。诏书已屡下,宿蠹或未革;期公作医和,汤剂穷络脉。"(《送曾学士赴行在》)入仕后他自己更是身体力行,尽力为民排忧解难。在抚州等地为官时,因水旱灾害频发,他积极地组织赈灾工作,并因"嘉谷如焚稗草青"而"沉忧耿耿欲忘生"。当干旱方甚,终于盼来一场降雨时,他甚至觉得:"钧天九奏箫韶乐,未抵虚檐泻雨声。"(《秋旱方甚,七月二十八夜忽雨,喜而有作》)即使身退闲居之时,他也从未忘记对百姓苦难的关心:"身为野老已无责,路有流民终动心。"(《春日杂兴》十二首其四)淳熙八年(1181),陆游闲居山阴,当时浙东水旱交加,朝廷派朱熹前去救灾,因为朱熹到任有些迟缓,陆游专门寄诗给他道:"民望甚饥渴,公行胡滞留?征科得宽否,尚及麦禾秋。"(《寄朱元晦提举》)急切地催促朱熹早日投入赈灾工作。后来朱熹隐居武夷山,他在寄题其精舍的诗中还不忘激励他:"天下苍生未苏息,忧公遂与世相忘。"(《寄题朱元晦武夷精舍》五首其三)晚年陆游退居家乡,和百姓父老更是朝夕相处,有着很深厚的感情。他在《识愧》诗中说:"几年羸疾卧家山,牧竖樵夫日往还。"一次陆游卧病多日,病愈刚一出来走动,大家马上围了上来,拿出酒和饼慰问他,他动情地在诗中写道:"放翁病起出门行,绩女窥篱牧竖迎。酒似粥浓知社到,饼如盘大喜秋成。归来早觉人情好,对此弥将世事轻。"(《秋晚闲步,邻曲以予近尝卧病,皆欣然迎劳》)陆游懂医术,晚年退居后常常四处走动为百姓们看病送药,非常受乡邻们爱戴,他在《山村经行因施药》五首其二、其四中写道:

> 耕佣蚕妇共欣然,得见先生定有年。
> 扫洒门庭拂床几,瓦盆盛酒荐豚肩。

> 驴肩每带药囊行,村巷欢欣夹道迎。
> 共说向来曾活我,生儿多以陆为名。

他和百姓打成一片,亲如一家,那种温暖热情的情景,读来真是让人感动。

陆游热爱祖国,热爱人民,也热爱自由,热爱生活和自然,他诗中也有很多是表达他盎然的幽情逸志的。他早年到家乡的山西村游览，就醉心于乡间"山重水复疑无路，柳暗花明又一村"的奇丽景色和"箫鼓追随春社近，衣冠简朴古风存"的淳朴生活，表达过"从今若许闲乘月，拄杖无时夜叩门"的渴望。他在蜀中时，曾"为爱名花抵死狂"（《花时遍游诸家园》十首其二），游遍成都的诸家花园。陆游尤其喜爱梅花，称赞它"正是花中巢许辈，人间富贵不关渠"（《雪中寻梅》二首其二），他曾看到梅花在清晨的寒风中开得漫山遍野，恨不得"何方可化身千亿，一树梅前一放翁"（《梅花绝句》六首其三）。他在斜阳西照，古柳掩映的赵家庄，和村民们看过"负鼓盲翁"说唱鼓词（《小舟游近村，舍舟步归》四首其四）；他在"小园烟草接邻家，桑柘阴阴一径斜"的庭院中，常常"卧读陶诗未终卷，又乘微雨去锄瓜"（《小园》四首其一）；他也常在三川别业一带四处走动，在"红树青林带暮烟，并桥常有卖鱼船"的景色中，得意地吟咏道"樊川诗句营丘画，尽在先生拄杖边"（《舍北晚眺》二首其一）；他曾在一个雨后初晴的傍晚一个人到东村散步，看着沙沟中欢畅的流水，田野中随风起舞的麦浪，天边红艳的夕阳，欲归还立，恋恋不舍（《东村》）；他还曾在"乌桕微丹菊渐开，天高风送雁声哀"的秋景中，感受"诗情也似并刀快，剪得秋光入卷来"（《秋思》三首其一）。钱锺书先生曾把陆游的诗概括为"悲愤激昂"的和"闲适细腻"的两个方面，并评论后一类诗说："咀嚼出日常生活的深永的滋味，熨帖出当前景物的曲折的情状。"（《宋诗选注》）他所谓"闲适细腻"的一类主

16

要就是我们这里所说的这些表达热爱生活，热爱自然，热爱自由的诗作。

另外，还需要提及陆游的爱情诗。这类诗歌主要是他怀念前妻唐氏的作品，虽然数量不多，但写得极为深挚感人，多数都是古今传诵的名篇。像本书中所选的《禹迹寺南，有沈氏小园，四十年前，尝题小阕壁间，偶复一到，而园已易主，刻小阕于石，读之怅然》《沈园》二首，都是此类作品。陈衍评价陆游这些诗说："古今断肠之作，无如此前后三首者。"（《宋诗精华录》）钱锺书先生也说："除掉陆游的几首，宋代数目不多的爱情诗都淡薄、笨拙、套板。"（《宋诗选注·序》）可见这些爱情诗的成就之高。

三

陆游是堪和李白、杜甫、苏轼并列的伟大诗人。在他生活的当时就和尤袤、杨万里、范成大并称"南宋四大诗家"，朱熹说："放翁之诗，读之爽然，近代唯见此人为有诗人风致。"（《晦庵先生朱文公文集》卷五六《答徐载叔赓》）陈振孙则称他"诗为中兴之冠"（《直斋书录解题》卷十八）。到了清代，汪琬认为陆游的诗不仅超越同时代的杨万里、范成大、"四灵"、刘克庄等，而且当和杜甫、白居易、苏轼并列（见朱陵《剑南诗选》汪琬所作序，及汪琬《尧峰文钞》卷二九《篆步诗集序》）。赵翼更是认为作为宋代最杰出的两位诗人，陆游诗歌的总体成就实胜于苏轼（《瓯北诗话》卷六）。前人的这些评价是不过分的,他确实堪当中国最伟大诗人之一的称号。

陆游由于诗作极富,又广泛学习前人诗歌的成就,所以诗中风格很丰富多样。他早年师事曾几,并私淑吕本中,他们都是江西诗派的重要成员,因此陆游青少年时对诗法和辞藻下过不小的功夫。他又酷爱北宋诗人梅尧臣的宛陵体,也喜爱屈原、陶渊明、岑参等人的诗,而对李白、杜甫两位大诗人更是尤为推崇,兼具两者的长处,又能融会为自己的独特风格。清人赵翼对此曾有一个概括:"放翁诗凡三变。宗派本出于杜,中年以后,则益自出机杼,尽其才而后止。……是放翁诗之宏肆,自从戎巴蜀,而境界又一变。及乎晚年,则又造平淡,并从前求工见好之意亦尽消除,所谓'诗到无人爱处工'者,刘后村谓其'皮毛落尽'矣。此又诗之一变也。"(《瓯北诗话》卷六)其代表性者,则可概括为两大类:"一方面是悲愤激昂,要为国家报仇雪耻,恢复丧失的疆土,解放沦陷的人民;一方面是闲适细腻,咀嚼出日常生活的深永的滋味,熨帖出当前景物的曲折的情状。"(钱锺书《宋诗选注》)

诸种风格中,最具代表性者当属融李白之豪放与杜甫之沉郁为一体的"豪壮悲郁"之风。陆游"天资慷慨,喜任侠"(宋叶绍翁《四朝闻见录》乙集),性情上与李白有相通之处,在当时人们就"竞呼为小太白"(明毛晋《汲古阁书跋·剑南诗稿跋》),如宋罗大经《鹤林玉露》卷四记载:"陆务观,农师之孙,有诗名。寿皇尝谓周益公曰:'今世诗人亦有如李白者乎?'益公因荐务观,由是擢用,赐

18

出身南宫舍人。尝从范石湖辟入蜀,故其诗号《剑南集》,多豪丽语,言征伐恢复事。"而他的思想、经历又和杜甫相近,所以诗风也有很多相似之处。如宋人刘应时《读放翁剑南集》诗云:"放翁前身少陵老,胸中如觉天地小。平生一饭不忘君,危言曾把奸雄扫。周流斯世辙已环,一笑又入剑南山。酒杯吸尽锦屏秀,孤剑声锵峡水寒。万丈虹霓蟠肺腑,射虎剑鲸时一吐。我虽老眼向昏花,夜窗吟哦杂风雨。少陵间关兵乱中,放翁遭时乐且丰。饱参要具正法眼,切忌错下将毋同。"(《颐庵居士集》卷上)又如清代爱新觉罗弘历等所选《唐宋诗醇》卷四二评云:"观游之生平,有与杜甫类者。少历兵间,晚栖农亩,中间浮沉中外,在蜀之日颇多,其感激悲愤、忠君爱国之诚,一寓于诗。酒酣耳热,跌荡淋漓。至于渔舟樵径,茶碗炉熏,或雨或晴,一草一木,莫不著为咏歌,以寄其意。此与甫之诗何以异哉?"这种融化李白的豪放雄奇与杜甫的沉郁浑厚于一体的诗风正是陆游诗中最具个性的风格。但陆游和李杜的相似,并非简单摹仿的结果,主要乃是性情胸怀之相似,精神之相通所致。清人杨大鹤《剑南诗钞序》云:"刘后村之论曰:陆放翁似少陵,杨诚斋似太白。孝宗翌日问周益公:'今代诗家亦有如唐李太白者乎?'益公以放翁对。盖宋人之诗,多学李、杜,画疆分道,各不相谋,南宋以后,愈见痕迹,故当时之论如此。余亦不尽谓然。放翁之于李、杜,皆时时有之,而皆不足以定放翁。盖可定者,世间纸上之李、杜;时时有之者,放翁胸中之李、杜也。"吕留良、吕之振《剑南诗钞小序》也云:"宋诗大半从少陵分支,故山谷云:'天下几人学杜甫,谁得其皮与其骨?'若放翁者,不宁皮骨,盖得其心也。所谓爱国忠君之诚,见乎辞者,每饭不忘。故其诗浩瀚崒嵂,自有神合。"所见甚为深刻。

陆游晚年,阅尽世事,退居田园,心境和诗风皆归于平淡,淳朴平淡也是他诗歌中具有代表性的一种风格。如前引赵翼所论:"及乎晚年,则又造平淡,并从前求工见好之意亦尽消除。"(《瓯北诗话》卷六)对于此,陆游自己也多有谈论:"身闲诗简淡。"(《幽兴》及《秋夜》二首其一)"心平诗淡泊。"(《闲趣》)"无意诗方近平淡。"(《幽兴》)"文章本天成,妙手偶得之。"(《文章》)《剑南诗稿》中像"小园烟草接邻家,桑柘阴阴一径斜。卧读陶诗未终卷,又乘微雨去锄瓜""历尽危机歇尽狂,残年惟有付耕桑。麦秋天气朝朝变,蚕月人家处处忙"(《小园》四首其一、其二),"莫笑农家腊酒浑,丰年留客足鸡豚"(《游山西村》),"欲晒胡麻愁屡雨,未收荞麦怯新霜"(《农舍》四首其一),"驴肩每带药囊行,村巷欢欣夹道迎"(《山村经行因施药》五首其四)之类作品甚多,皆是如此。而且在陶渊明、王维、杜甫、白居易等人基础上,又有丰富和发展,具有陆游自己的特色,如前引钱锺书先生所云:"咀嚼出日常生活的深永的滋味,熨帖出当前景物的曲折的情状。"当然,具体而言的话,陆游诗的风格要更加丰富多彩,此待下面谈论他各体诗歌时再举例说明。

20

从体裁角度言,陆游兼擅古体和近体,各体诗歌都有很高的成就。他性情豪放俊爽,又因壮志难酬,胸中悲愤不平之气郁积,这些很适合像李白、岑参那样用歌行等古体诗来表达。如本书中所选的《山南行》《三月七日夜醉中作》《九月十六日夜梦驻军河外,遣使招降诸城,觉而有作》《江楼吹笛饮酒大醉作》《醉歌》《宝剑吟》《金错刀行》《胡无人》《草书歌》等,或豪放雄肆,或慷慨悲壮,都写得酣畅淋漓、跌宕尽致。以至于清人赵翼甚至认为陆游古体"工力更深于近体"(《瓯北诗话》卷六)。不过总体而言,陆游的近体诗,特别是七律和七绝,数量更多,成就最高。

陆游的七言律诗今存三千一百多首,是唐宋诗人中创作此体最多者,数量也居他集中各体之冠,历来评价最高,如清代陈訏云:"放翁一生精力,尽于七律,故全集所载,最多最佳。"(《宋十五家诗选·剑南诗选题词》)像本书中所选的《关山月》、《书愤》(早岁那知世事艰)、《临安春雨初霁》、《游山西村》等,都是古今传颂的名篇。如果从在七律发展史上的地位着眼,他此体的成就则更值得重视,如清人王昙(字仲瞿)曾指出:"七律至杜少陵而始盛且备,为一变;李义山瓣香于杜而易其面目,为一变;至宋陆放翁,专工此体而集其成,为一变;凡三变,而他家之为是体者不能出其范围矣。"(见舒位《瓶水斋诗话》)

七律是古代诗歌各体中成熟最晚的一种,在初唐诗人沈佺期、宋之问等手中才基本定型。七言句式本较为流畅,而律诗则以格律严整为特征，七律需要在规矩束缚中表达出畅达纵横的韵致，很有难度。而且此体最初主要是在宫廷应制、朋僚赠答等环境中使用。这种环境下作诗，作者易于在词彩的华美、格律的精工上下功夫，却不易于表达丰富多样的生活内容和真情实感。所以七律产生之初，不但为之不易，而且其华美精工的风格反成为一种规范和限制。直到杜甫手中，才彻底扭转这一局面，使七律的格律不仅更为成熟而且又有创变，题材、风格上则达到了丰富多姿、无施不可的境地，为后世树立了典范；其后，诗人们的创作日益丰富，却难以超出杜甫的范围，唯李商隐在全面继承杜诗的基础上，又开拓出秾丽精工、幽深微眇之一种新风格（以《锦瑟》《无题》为代表）。王昙云"七律至杜少陵而始盛且备，为一变；李义山瓣香于杜而易其面目，为一变"，意即在此。陆游的七律数量远超唐人，更为全面地继承了前人的成就，进一步丰富了七律的面貌。他的七律，笼统而言可分为表达恢复之志、悲慨之情，风格豪壮沉郁者，和表达晚年退居生活情致，风格闲适平淡者两大类。细微言之，则颇为多样全面。就前者而言，其中有沉郁悲壮，纯似杜甫者，如本书中所选的《书愤》（早岁那知世事艰）、《感愤》（今皇神武是周宣），再如《病起书怀》（二首其一）：

病骨支离纱帽宽，孤臣万里客江干。

位卑未敢忘忧国，事定犹须待阖棺。

天地神灵扶庙社，京华父老望和銮。

出师一表通今古，夜半挑灯更细看。

有豪放雄肆，纯似李白者，如《猎罢夜饮示独孤生》三首其三：

白袍如雪宝刀横，醉上银鞍身更轻。

帖草角鹰掀兔窟，凭风羽箭作鹍鸣。

关河可使成南北？豪杰谁堪共死生。

欲疏万言投魏阙，灯前揽笔涕先倾。

也有兼融李白之豪壮和杜甫之沉郁为一体者，如《归次汉中境上》：

云栈屏山阅月游，马蹄初喜踏梁州。

地连秦雍川原壮，水下荆扬日夜流。

遗敌屡屡宁远略，孤臣耿耿独私忧。

良时恐作他年恨，大散关头又一秋。

又有豪健俊爽，似刘禹锡者，如《书剑》：

书剑当年遍两川，归来垂钓镜湖边。

老皆有死岂独我，士固多贫宁怨天。

23

物外胜游携鹤去，琴中绝谱就僧传。

莫言白首诗才尽，读罢犹能意爽然。

有写得豪放畅快者，如《闻武均州报已收西京》，可与杜甫的《闻官军收河南河北》媲美：

白发将军亦壮哉，西京昨夜捷书来。

敌人敢作千年计，天意宁知一日回。

列圣仁恩深雨露，中兴赦令疾风雷。

悬知寒食朝陵使，驿路梨花处处开。

也有写得峭拔劲健者，如《览镜》：

白头渐觉黑丝多，造物将如此老何。

三万里天供醉眼，二千年事入悲歌。

剑关曾蹴连云栈，海道新窥浴日波。

未颂中兴吾未死，插江崖石竟须磨。

就后者而言，有淳朴自然，似杜甫草堂诗者，如《游山西村》（莫笑农家腊酒浑），再如《野步至村舍暮归》：

草径盘纡入废园，涨馀野水有残痕。

新蒲漫漫藏孤艇，茂树阴阴失近村。

拄杖敲门求小憩，老盆盛酒泻微浑。

兴阑却觅桥边路，数点归鸦已带昏。

有明白透悟如白居易诗者（胡应麟《诗薮·外编》卷五云：“宋之……学白
乐天者，王元之［王禹偁］、陆放翁。”李重华《贞一斋诗说》云：“南宋陆放翁，堪
与香山踵武，益开浅直路经。”），如《示客》：

世间可笑走踆踆，误认虚空作汝身。

已觅微名润枯骨，更谋厚积遗何人。

风幡毕竟非心境，瓦砾何妨是道真。

新藕出泥瓜上市，为君一醉堕纱巾。

有明丽秀逸，而韵味婉转者，如《临安春雨初霁》（世味年来薄似
纱）。也有朴拙苍劲，而骨气锵然者，如《自嘲》：

少读诗书陋汉唐，暮年身世寄农桑。

骑驴两脚欲到地，爱酒一樽常在傍。

老去形容虽变改，醉来意气尚轩昂。

太行王屋何由动，堪笑愚公不自量。

甚至还有以日常琐俗之事入七律者，如：

今日山翁自治厨，嘉肴不似出贫居。

白鹅炙美加椒后，锦雉羹香下豉初。

箭苗脆甘欺雪菌，蕨芽珍嫩压春蔬。

平生责望天公浅，扪腹便便已有馀。（《饭罢戏示邻曲》）

受廛故里老为氓，三十馀年学养生。

倩盼作妖狐未惨，肥甘藏毒酖犹轻。

忠言何啻千金药，赤口能烧万里城。

陋巷藜羹心自乐，傍观虚说傲公卿。（《养生》）

不难看出，陆游的七律确实丰富多彩，前人的种种风格在他的诗中几乎都有体现；不过，他是基于自己生活、情感、胸怀、性情基础上的自然表达，他的生活和性情中本身就有豪放、雄奇、爽健、俊逸、悲愤、沉郁、坚毅、平淡、淳朴、幽逸、透悟等多种因子，所以并无生硬摹仿前人的痕迹。王昙称他集七律之成，是不为过誉的。

陆游的七言绝句也具有内容丰富，风格多样，多姿多彩的特点，前人一致予以好评，如近人陈衍云："宋诗人工于七言绝句，而能不袭用唐人旧调者，以放翁、诚斋、后村为最。"（《石遗室诗话》卷十六)甚至有论者认为他的七绝要胜于七律(参看陶文鹏《论陆游的七言绝句》)。陆游的七绝,有的写得沉郁悲壮,如《示儿》、《秋夜将晓出篱门迎凉有感》(三万里河东入海)、《十一月四日风雨大作》等,都是人们耳熟能详的名篇,不必赘引。有的写得豪放雄壮,如:

狐裘卧载锦驼车,酒醒冰髭结乱珠。

三尺马鞭装白玉,雪中画字草军书。(《雪中忽起从戎之兴戏作》四首其一)

驾鹤孤飞万里风,偶然来憩大峨东。

持杯露坐无人会,要看青天入酒中。(《醉中作》四首其二)

也有的写得豪爽雄奇或爽健俊逸,如:

奇峰迎马骇衰翁,蜀岭吴山一洗空。

拔地青苍五千仞,劳渠蟠屈小诗中。(《过灵石三峰》二首其一)

乌桕微丹菊渐开,天高风送雁声哀。

诗情也似并刀快,剪得秋光入卷来。(《秋思》三首其一)

有写得闲逸平淡者，如《杂题》四首其三：

野花红碧自争春，村酒酸甜也醉人。

解放船头便千里，不愁无处著闲身。

有写得深挚感人者，如爱情之作《沈园》二首，再如《山村经行因
施药》五首其二：

耕佣蚕妇共欣然，得见先生定有年。

扫洒门庭拂床几，瓦盆盛酒荐豚肩。

有写得清高绝俗者，如《雪中寻梅》二首其二：

幽香淡淡影疏疏，雪虐风饕亦自如。

正是花中巢许辈，人间富贵不关渠。

有写得瑰奇浪漫者，如《梅花绝句》三首其三：

闻道梅花坼晓风，雪堆遍满四山中。

何方可化身千亿？一树梅花一放翁。

有音声谐婉,情韵悠长,近于唐诗者,如:

衣上征尘杂酒痕,远游无处不消魂。

此身合是诗人未?细雨骑驴入剑门。(《剑门道中遇微雨》)

红树青林带暮烟,并桥常有卖鱼船。

樊川诗句营丘画,尽在先生拄杖边。(《舍北晚眺》二首其一)

也有启人思致或富于理趣,近于宋人者,如:

平桥小陌雨初收,淡日穿云翠霭浮。

杨柳不遮春色断,一枝红杏出墙头。(《马上作》)

斜阳古柳赵家庄,负鼓盲翁正作场。

死后是非谁管得?满村听说蔡中郎。(《小舟游近村舍舟步归》)

法不孤生自古同,痴人乃欲镂虚空。

君诗妙处吾能识,正在山程水驿中。(《题庐陵萧彦

毓秀才诗卷后》）

还有所谓纯为宋调，以直发议论，筋骨毕现为特色者，如清代潘德舆《养一斋诗话》中所评："宋人绝句亦有不似唐人，而万万不可废者。如陆放翁《读范至能揽辔录》云：'公卿有党排宗泽，帷幄无人用岳飞。遗老不应知此恨，亦逢汉节解沾衣。'《追感往事》云：'诸公可叹善谋身，误国当时岂一秦？不望夷吾出江左，新亭对泣亦无人。'……此类纯以劲直激昂为主，然忠义之色，使人起敬，未尝非诗之正声矣。"

总之，陆游的七律和七绝都非常丰富多彩，具有兼备众长的成就。如陈衍所评价："放翁七言近体，工妙闳肆，可称观止。古诗亦有极工者。盖荟萃众长以为长也。"（《石遗室诗话》卷二七）

他的五言近体虽不及七言成就突出，但也多有佳作。五律如：

> 天地回春律，山川扫积阴。
>
> 波光迎日动，柳色向人深。
>
> 沾洒忧时泪，飞腾灭虏心。
>
> 人扶上危榭，未废一长吟。（《春望》）

> 雨霁山争出，泥干路渐通。

稍从牛屋后，却过鹳巢东。

决决沙沟水，翻翻麦野风。

欲归还小立，为爱夕阳红。（《东村》）

前者写身老而志气不减的胸襟，沉郁深挚，令人肃然起敬；后者写对乡野退居生活的热爱，清丽而淳朴，极为动人。五绝如：

俯仰两青空，舟行明镜中。

蓬莱定不远，正要一帆风。（《泛瑞安江风涛贴然》）

数掩围柴荆，王维画不成。

尤怜月中影，特地起诗情。（《疏篱》）

写得清新俊逸，韵味悠长。又如：

退士愤骄虏，闲人忧旱年。

耄期身未病，贫困气犹全。（《自贻》）

则写得弘毅而遒劲。

陆游对六言绝句也有尝试。六言体诗由于句式局促，诗人们一向兴趣不大，陆游对此当也是持偶尔为之的心态。但他诗

作宏富,累积起来集中六言绝句也达三十七首之多,为数其实不少,其中时有佳作。如:

溪涨清风拂面,月落繁星满天。

数只船横浦口,一声笛起山前。(《夏日六言》四首其三)

举足加刘公腹,引手捋孙郎须。

士气日趋委靡,赖有二君扫除。(《六言杂兴》九首其五)

前首写出了清新俊逸的风致,后首则写出了豪放不羁的气概。

在语言上,陆游的诗很精炼,赵翼指出:"放翁古诗,从未有至三百言以外,而浑灏流转,更觉沛然有馀,非其炼之极工哉?"(《瓯北诗话》卷六)他也善于吸收民间的口语入诗,诗中很多地方专门用自注解释一些口头语的意思就是例证。他常常用典,但却做到了浅易明白,没有晦涩之弊。他还善用对偶,以至于刘克庄赞叹说:"古人好对偶被放翁用尽。"(《后村诗话·前集》卷二)当然陆游诗中也有瑕疵,这主要表现在有些意象、诗意的冗赘上,朱彝尊在《书剑南集后》一文中曾摘录他有重复之嫌的诗句达一百四十余联(《曝书亭集》卷五二),赵翼《瓯北诗话》、钱锺书《谈艺录》中也有这方面的摘句。这主要是陆游作诗太多,不及删汰之故,但和他诗歌的巨大成就相比,毕竟只是白璧微瑕而已。

四

对于陆游的词,也略作论述如下。唐圭璋先生所编《全宋词》,夏承焘、吴熊和先生《放翁词编年笺注》收录陆游词共一百四十五首(含一首断句),数量不算很少,虽总体成就无法和苏轼、辛弃疾等相比,但也不乏名篇佳作。陆游词在内容和风格上和他的诗作类似,也比较多样。如刘克庄云:"放翁长短句云……其激昂感慨者,稼轩不能过;飘逸高妙者,与陈简斋、朱希真相颉颃;流丽绵密者,欲出晏叔原、贺方回之上。而世歌之者绝少。"(《后村诗话·续集》卷四)明人杨慎也云:"放翁词,纤丽处似淮海(秦观),雄慨处似东坡。"(《词品》卷五)又明人毛晋云:"杨用修云放翁词纤丽处似淮海,雄慨处似东坡。予谓超爽处更似稼轩耳。"(《汲古阁书跋·放翁词跋》)都道出了其词各类风格皆有佳作的特点。

陆游词中最突出的内容风格是表达国仇身恨所导致的悲愤情感之作。如《诉衷情》一词:

当年万里觅封侯,匹马戍梁州。关河梦断何处,尘暗旧貂裘。　　胡未灭,鬓先秋,泪空流。此生谁料,心在天山,身老沧洲。

这类词和他表达爱国主义思想的诗作一样，风格以沉雄悲壮为主，是他英雄报国无路形象的写照。同时陆游也有写得豪放雄俊的作品，像《水调歌头》（多景楼）一词，与苏轼《念奴娇·赤壁怀古》风格相似：

> 江左占形胜，最数古徐州。连山如画，佳处缥缈著危楼。鼓角临风悲壮，烽火连空明灭，往事忆孙刘。千里曜戈甲，万灶宿貔貅。　露沾草，风落木，岁方秋。使君宏放，谈笑洗尽古今愁。不见襄阳登览，磨灭游人无数，遗恨黯难收。叔子独千载，名与汉江流。

又有写得清贞劲健者，如《卜算子》（咏梅），借梅花表达自己高洁绝俗，坚贞自守的品格：

> 驿外断桥边，寂寞开无主。已是黄昏独自愁，更著风和雨。　无意苦争春，一任群芳妒。零落成泥碾作尘，只有香如故。

他词中写隐居闲逸生活的也不少，如《渔父》词："镜湖俯仰两青天，万顷玻璃一叶船。拈棹舞，拥蓑眠，不作天仙作水仙。"不过，写隐逸生活的词作，多数还是寄寓着他人生不得志的愤激

之情,如《乌夜啼》中所写:

> 世事从来惯见,吾生更欲何之。镜湖西畔秋千顷,鸥
> 鹭共忘机。　　一枕蘋风午醉,二升菰米晨炊。故人莫讶
> 音书绝,钓侣是新知。

这是因为陆游到底不是那种真心想做隐士的诗人,所以他闲逸
的笔触背后会时时透出悲郁之气。

杨慎《词品》中云陆游词"纤丽处似淮海(秦观)",说明陆游
也能写出当行本色的婉约之作。他所举之例为《玉胡蝶》(王忠
州家席上作)词"坠鞭京洛,解佩潇湘""欲归时,司空笑问;渐近
处,丞相嗔狂"等句。他如《鹊桥仙》(夜闻杜鹃)词,写得清空凄
婉,也可为此类的代表:

> 茅檐人静,篷窗灯暗,春晚连江风雨。林莺巢燕总无
> 声,但月夜、常啼杜宇。　　催成清泪,惊残孤梦,又拣
> 深枝飞去。故山犹自不堪听,况半世、飘然羁旅?

陆游的《钗头凤》词可能是赠前妻唐氏之作,大略也属于此
类:"红酥手,黄滕酒,满城春色宫墙柳。东风恶,欢情薄,一怀愁
绪,几年离索,错错错。　　春如旧,人空瘦,泪痕红浥鲛绡透。

桃花落，闲池阁，山盟虽在，锦书难托，莫莫莫。"明人毛晋评之云："更有一种啼笑不敢之情于笔墨之外，令人不能读竟。"（《汲古阁书跋·放翁词跋》）但其中感情充沛而深挚，表达直露无余，与纤丽婉约之风也有所不同。

纪昀等《四库全书总目·放翁词提要》云："游生平精力，尽于为诗，填词乃其馀力，故今所传者仅乃诗集百分之一。刘克庄《后村诗话》谓其时掉书袋，要是一病。杨慎《词品》则谓其纤丽处似淮海，雄快处似东坡。……要之，诗人之言，终为近雅，与词人之冶荡有殊。其短其长，故具在是也。"（《四库全书总目》卷一九八）中肯地道出了陆游词的成就和不足，以及其中原因。

最后，谈谈本书选注的情况。本书共选陆游诗一百七十八首，词十二首。编者的初衷是，尽最大的努力选出并注释好陆游最具代表性的诗词，以呈现给读者，但最终的结果肯定和初衷会有差距。对于书中存在的错误和不足，衷心地希望学界方家和广大读者朋友提出批评。选注工作中，也参考了学界关于陆游诗词辑校、注释及研究的一些重要成果，在此谨表示诚挚的感谢。

诗选

夜读兵书①

孤灯耿霜夕，穷山读兵书。②

平生万里心，执戈王前驱。③

战死士所有，耻复守妻孥。④

成功亦邂逅，逆料政自疏。⑤

陂泽号饥鸿，岁月欺贫儒。⑥

叹息镜中面，安得长肤腴？⑦

注释

① 此诗作于宋高宗绍兴二十五年(1155)，时陆游三十一岁，在家乡山阴(今浙江绍兴)家居读书。陆游九岁时随父归山阴，三十三岁赴福建任宁德县主簿，之间二十多年主要在家乡居住。二十九岁时他曾参加浙漕锁厅试，被两浙转运司考试官陈之茂擢置第一，秦桧孙秦埙(xūn)居其次，因此触怒秦桧。第二年参加礼部试又居前列，但因秦桧的阻挠而被黜落。这首诗作于诗人科场失利不久之后，虽有人生困顿、青春流逝的感喟，但他并没有气馁，仍发奋苦读，期待着将来驰骋疆场、报效国家的时机。因此诗中充满着慷慨向上的强大力量。

② "孤灯"二句：写诗人深秋寒夜在山中书堂挑灯苦读的情景。耿，明亮之意，此处为动词。穷山，指陆游书堂所在的云门

山,在今绍兴市南三十二里。《剑南诗稿》卷一《送梁谏议》自注云:"游有庵居在云门,流泉绕屋。"卷十二《山中作》自注:"余书堂在云门寺西。"

③ "平生"二句:意思是说我一生的抱负就是驰骋疆场,为国家和人民效力。万里心,指驰骋万里边疆,抗击金兵,收复失地的理想抱负。汉曹植《杂诗七首》其五:"远游欲何之,吴国为我仇。将骋万里途,东路安足由。""执戈"句,语本《诗经·卫风·伯兮》:"伯也执殳,为王前驱。"意谓为君王和国家、人民效力。

④ "战死"二句:语本曹植《白马篇》:"弃身锋刃端,性命安可怀。父母且不顾,何言子与妻。"意思是说战死疆场,为国尽力,这才是士人应有的气节,对于守着妻子儿女,安稳度日的生活,我是感到可耻的。妻孥(nú),妻子和儿女。孥,子女。

⑤ "成功"二句:意谓实现建功立业的理想本是难以确定的事,如果要预料未来将会如何是迂阔不切实际的。成功,指实现诗人建功立业、收复失地的抱负。邂逅(xiè hòu),偶然。逆料,预料。政,同"正"。

⑥ "陂(bēi)泽"二句:照应首联"穷山"二字,写山中水泽上饥鸿哀鸣,书屋中诗人容颜衰老、穷困潦倒的情景。陂泽,低洼有水之地。饥鸿,饥饿的鸿雁,也比喻忍饥挨饿的百姓。"岁月"句,意思是说自己功业一无所成,而青春却在迅速流逝,好像岁月在故意欺负自己似的。

⑦ 肤腴:丰满润泽。

辑评

〔宋〕刘辰翁《精选陆放翁诗集》"逆料政自疏"句下批:"名言。"

顾佛影《评注剑南诗钞》卷一(上海:中央书店 1935 年版):"起四句沉郁似杜,以后皆懈。"

送曾学士赴行在①

二月侍燕筵,红杏寒未拆;②
四月送入都,杏子已可摘。③
流年不贷人,俯仰遂成昔。④
事贤要及时,感此我心恻。⑤
欲书加餐字,寄之西飞翮。⑥
念公为民起,我得怨乖隔?⑦
摇摇跂前旌,去去望车轭。⑧
亭鄣郁将暮,落日澹陂泽。⑨
敢忘国士风,涕泣效臧获。⑩
敬输千一虑,或取二三策。⑪
公归对延英,清问方侧席;⑫
民瘼公所知,愿言写肝膈。⑬

《送曾学士赴行在》

向来酷吏横，至今有遗螫；⑭

织罗士破胆，白著民碎魄。⑮

诏书已屡下，宿蠹或未革；⑯

期公作医和，汤剂穷络脉。⑰

士生恨不用，得位忍辞责。⑱

并乞谢诸贤：努力光竹帛。⑲

注释

① 曾学士：即曾几（1084～1166），字吉甫，号茶山居士，南宋著名诗人，他政治上主张抗金，坚决反对秦桧等人的议和路线。陆游青少年时曾师事曾几，诗歌创作和政治思想都深受其影响，两人关系十分密切。他在《跋曾文清公奏议稿》中说他对曾几曾"略无三日不进见，见必闻忧国之言"。行在：皇帝出行时的临时驻跸之地，这里指南宋都城临安。此诗的写作时间，钱仲联《剑南诗稿校注》认为系绍兴二十六年（1156）四月。陆游在《曾文清公墓志铭》中云："绍兴二十五年，（秦）桧卒，太上皇帝当宁，慨然尽斥其子孙嬉、郉（dǎng），而取用耆旧与一时名士。十一月，起公（即曾几）提点两浙东路刑狱。"两浙东路的治所在绍兴，就是陆游的家乡，今年三月曾几又改知台州（今浙江临海），可能是赴朝中陛辞时，陆游为他送别而作此诗。恩师赴朝，又值主和派头子权奸秦桧死去，政治形势有所好转的时候，力主抗金、胸怀报国大志的陆游无

疑是极为振奋的。因此这首诗中除表达对恩师的依依惜别之情外,主要表达对他多向皇上进献忠言、揭露时弊、传达人民疾苦的期待和勉励。

② 侍燕觞(shāng):侍奉曾几宴饮,因为陆游师事曾几,所以称"侍",用语非常谦恭。燕,通"宴"。觞,古代饮酒的器具。拆:开放。

③ 都:指南宋都城临安(今浙江杭州)。

④ 流年:流水似的时光。贷:宽恕。俯仰:低头抬头之间,指很短的时间。

⑤ 事贤:侍奉贤人,向贤者学习,"贤"这里指曾几。恻:凄切。

⑥ "欲书"二句:汉乐府诗《饮马长城窟行》:"客从远方来,遗我双鲤鱼。呼儿烹鲤鱼,中有尺素书。长跪读素书,书中竟何如? 上言加餐食,下言长相忆。"《古诗·行行重行行》:"弃捐勿复道,努力加餐饭。"此用其语,意谓打算写劝曾几多多保重的信,托西飞的鸟儿寄去。加餐字,劝人保重身体的信。翮(hé),鸟羽的茎部,代指鸟。

⑦ 乖隔:隔别,分别。

⑧ "摇摇"二句:意思是跂起脚跟遥望曾几的车辆远去。跂(qǐ),通"企",跂起脚跟。钱仲联《剑南诗稿校注》卷一此诗"校记":"跂,疑是跂字形近之误,义为跂望。"旌(jīng),古时一种用五色鸟羽装饰的旗子,后用为旗的统称。轭(è),车辕前架在牛颈上的曲木,这里泛指车马。

⑨ "亭鄣(zhàng)"二句:写送别时日暮的环境。亭,驿亭,古代路

8

途中设置的供传递文书的人或往来官员歇息换马的地方。鄣，"障"的本字，在险要处设置的城堡。郁，暮色浓厚。澹(dàn)，水波动荡貌。陂(bēi)泽，低洼有水之地。陂，池塘。

⑩ "敢忘"二句：勉励曾几不要忘记自己作为一名士人的风操，要像荀子所说的奴仆一样尽职尽责，多向朝廷上疏自己的意见建议。臧(zāng)获，奴仆，典出《荀子·王霸》："如是则虽臧获不肯与天子易埶业。"

⑪ "敬输"二句：意思是说，只要诚心地表达你的意见建议，朝廷或许会采纳一部分的。输，表达，进献。千一虑，语出古语"愚者千虑，必有一得"。虑，谋虑，这里指思谋所得的建议和想法。

⑫ "公归"二句：意谓曾几归京都，将会在朝廷中见到皇帝，皇帝将虚心地咨询他对朝政的意见、建议。延英，即延英殿，唐代宫殿名，这里借指宋代宫殿。清问，虚心询问。《尚书·吕刑》："皇帝清问下民。"唐元结《舂陵引》："公车诣魏阙，天子垂清问。"侧席，侧身坐在席上，是一种尊重的姿态。

⑬ 民瘼(mò)：百姓的疾苦。瘼，病名，引申为疾苦之意。肝膈：犹言肝胆，肺腑。

⑭ 遗螫(shì)：遗毒。螫，毒虫用尾刺人，这里引申为毒。

⑮ "织罗"二句：意思是说，酷吏们编造罪状，构陷无辜，使士大夫们心惊胆战；横征暴敛，额外征税，使老百姓魂飞魄散。织罗，或称罗织，构陷之意。唐李白《雪谗诗赠友人》："人生实难，逢此织罗。积毁销金，沉忧作歌。"白著，唐时称税外横征

暴敛为"白著"。《新唐书·刘晏传》:"州县取富人督漕挽,谓之船头;主邮递,谓之捉驿;税外横取,谓之白著。"

⑯ 宿蠹(dù):旧有的害虫,这里指社会政治方面的积弊。蠹,蛀虫。革:革除。

⑰ "期公"二句:意思是说,期待曾几能像古代的良医医和治病一样,拿出良策,革除弊端,使社会政治清明畅达。医和,春秋时秦国的名医,医是医生的意思,和是其名。

⑱ "士生"二句:意思是说,作为士人,活一辈子最遗憾的是不被任用,现在你得到了官位,就应该担当起自己的职责,不要推脱。

⑲ "并乞"二句:意思是请求曾几代他向朝中的众贤士酬谢,希望他们为国尽力,能够功载史册,获得光耀。诸贤,指在朝中的那些和陆游熟识的官员。光竹帛,名载史册,获得光耀。竹帛,指史书,古代书史多书写在竹简或绢帛之上,所以人们多以竹帛代指书史。

辑评

〔清〕爱新觉罗·弘历等《唐宋诗醇》:"前篇(指《寄酬曾学士,学宛陵先生体。比得书云:所寓广教僧舍有陆子泉,每对之辄奉怀》诗)学宛陵,此遂并近工部。道义相勖,辞意俱古。"

顾佛影《评注剑南诗钞》卷一:"起六句清婉可诵。""'我得怨乖隔','得'字未妥。""'亭障'二句有古意,以下哓哓如老妪语,句法亦拙率。"

泛瑞安江风涛贴然^①

俯仰两青空，舟行明镜中。^②
蓬莱定不远，正要一帆风。^③

注释

① 瑞安江：今名飞云江，在浙江省瑞安市境内。贴然：平静的样
子，"贴"通"帖"。这首诗作于宋高宗绍兴二十八年（1158），
时陆游三十四岁。这年秋冬之际，他被任为宁德县（今福建
宁德）主簿，赴任途中经过瑞安而有此诗。任宁德县主簿是
陆游首次出仕，绍兴二十五年秦桧死去后，主和派的势头有
所收敛，主战派渐有所作为。曾几去年被召回朝廷，这年七
月任礼部侍郎，陆游也在此时步入仕途，其内心的振奋是不
言而喻的。舟行于风平浪静、空明如镜的瑞安江上，宛如游
于仙境，诗人不由生发出"蓬莱定不远"的自信，和"正要一帆
风"的渴望，显然这其中寄寓着他在政治事业上想要有所作
为的信心和憧憬。全诗境界阔大，立意高远，把诗人初入仕
途意气风发、信心满怀的形象写得十分鲜明。

② "俯仰"二句：意思是说，瑞安江江水清澈而平静，天空映在水
中，低头抬头看到的都是青天，就像在明镜中行舟。"舟行明
镜中"，语本唐李白《青溪行》："人行明镜中，鸟度屏风里。"

③ "蓬莱"二句：意思是说，瑞安江的景色宛如仙境，传说中的蓬

莱仙山定在此附近,我正需一帆风好驶往那里。蓬莱,是传
说中东方海上的三座仙山之一。《山海经·海内北经》云:
"蓬莱山在海中。"《史记·封禅书》:"自威、宣、燕昭使人入海
求蓬莱、方丈、瀛洲。此三神山者,其传在勃海中……诸仙人
及不死之药皆在焉。"

辑评

顾佛影《评注剑南诗钞》卷一:"三四有寄托。"

送七兄赴扬州帅幕①

初报边烽照石头,旋闻胡马集瓜洲。②
诸公谁听刍荛策,吾辈空怀畎亩忧。③
急雪打窗心共碎,危楼望远涕俱流。④
岂知今日淮南路,乱絮飞花送客舟。⑤

注释

① 七兄:陆游仲兄陆浚。陆浚字子清,小字昙僧,号次川逸叟,
行七。官至朝请大夫,知岳州。扬州帅:指成闵。闵,字居
仁,邢州(在今河北邢台)人,绍兴三十一年(1161)十一月充

淮南东路制置使、京东西河北东路淮北泗、宿州招讨史。同月，金主完颜亮为部下所杀，成闵引兵渡长江趋扬州。扬州，今属江苏省，当时接近宋金边境。这首诗作于绍兴三十二年（1162）闰二月，时陆游在朝中玉牒所任史官。绍兴三十年九月，金主完颜亮率军南侵，后虽被部下所杀，金兵北遁，但绍兴三十二年金兵又攻蔡州（今河南汝南）、陷河洲（今甘肃省临夏），形势不容乐观。陆浚于此时入成闵幕，陆游作诗相赠，诗中描写了金兵南侵时形势的危急，及对朝中执政者听不进忠言，诗人只能空怀一腔忧国之心的愤慨；也表达了他和陆浚同怀忧国忧民之心，暗寓对仲兄勉力报国的期待。全诗情感痛切，格力雄劲，很富感人之力。

② "初报"二句：意谓金兵的进攻非常迅猛，刚刚听说打到建康，旋即便在瓜洲集结。边烽，边境战争时报警的烽火。南宋和金国以淮河为界，建康、瓜洲都临近边境，故云"照石头"、"集瓜洲"。石头，石头城，即建康（今江苏南京），东汉建安十七年吴大帝孙权改金陵为石头城。胡马，金人的兵马，胡是对中国西方、北方少数民族的统称，这里指金人。瓜洲，即瓜洲渡，在今江苏省江都市南长江滨，为当时的军事要地。

③ "诸公"二句：意谓，朝中当政者谁也不听老百姓的意见，我们这些在野之人只能空怀忧国之心。陆游时在玉牒所任职，因官位较低，所以称"刍荛（chú yáo）策"和"畎（quǎn）亩忧"，这是他的自谦之词。刍荛策，指普通百姓对政治军事的意见，

割草为刍，打柴为荛，刍荛代指草野之人。畎亩忧，田间之人的忧虑。畎亩，田间，田地。

④ "急雪"二句：意谓诗人和陆浚同怀有忧国忧民之心，急雪打窗之时、高楼远望之际他们共同为国家命运忧心伤怀。危，高。涕，眼泪。

⑤ "岂知"二句：写送别仲兄之景，暗寓忧国之情，意谓没料想在这国势危急，景色凄迷的时候，我送你的小舟驶向去往淮南前线的路途。淮南，淮河以南地区，南宋时这里属淮南西路和淮南东路，扬州为淮南东路治所。

辑评

〔清〕范大士《历代诗发》："声情痛楚，卷卷忠国之心，于此可见。"

〔清〕爱新觉罗·弘历等《唐宋诗醇》："五句承上，但觉忠愤填胸，不复论其造句之警。此子美嫡嗣，他人不能到也。"

顾佛影《评注剑南诗钞》卷一："前六句只是自写感慨，结句始一点送兄之意，是章法变化处，五六极佳。"

游山西村①

莫笑农家腊酒浑，丰年留客足鸡豚。②

山重水复疑无路，柳暗花明又一村。③

箫鼓追随春社近，衣冠简朴古风存。④

从今若许闲乘月，拄杖无时夜叩门。⑤

注释

① 此诗作于宋孝宗乾道三年(1167)。山西村在会稽县(今浙江绍兴)西南的云门山中云门寺西,去年陆游因言官论其"交结台谏,鼓唱是非,力说张浚用兵",罢隆兴(今江西南昌)通判,还归山阴故乡。他在和山阴毗邻的会稽县云门山中有云门草堂,故时常来此居住游览,并有此作。诗中描绘了山西村美好的景色和村中人民淳朴幸福的生活,表达了自己对这种生活的热爱和向往。此诗作于诗人遭主和派排挤而罢官后不久,亦反衬出他对官场攻讦纷杂生活的厌倦。

② 腊酒:腊月酿造的酒。浑:未经过滤的酒称为浑酒或浊酒。豚(tún):小猪。

③ "山重"二句:意思是说,去往山西村的途中,山水重重阻隔,怀疑已无路可通;但行至近前,却峰回路转,一个柳色葱郁、花开繁盛的村庄突然闪现于眼前。这两句诗诗意和诗语分别本唐李商隐《夕阳楼》"花明柳暗绕天愁",唐王维《蓝田山石门精舍》"遥爱云木秀,初疑路不同。安知清流转,偶与前山通",宋人强彦文"远山初见疑无路,曲径徐行渐有村"等句,体现了宋人诗中富有理趣的特点,寄寓着人生追求中当

锲而不舍、坚持到底的意蕴。

④ "箫鼓"二句：意思是说，村中乐声阵阵，在为即将到来的春社祭祀做准备；村民们衣着简朴，尚保存着古代的淳朴风俗。箫鼓追随，箫声鼓声此起彼伏。春社，立春后的第五个戊日为春社日，古代人们在此日祭祀土地神和五谷神。

⑤ "从今"二句：意思是说，今后若能去官乡居，有闲暇出游，我将会时时乘着月色，拄着手杖，到这里游览拜访。闲乘月，有闲暇乘着月光出游，言外之意即去官乡居。

辑评

〔清〕爱新觉罗·弘历等《唐宋诗醇》："有如弹丸脱手，不独善写难状之景。"

〔清〕方东树《昭昧詹言》："以游村情事作起，徐言境地之幽，风俗之美，愿为频来之约。"

顾佛影《评注剑南诗钞》卷一："三四极自然，为时传诵。"

钱锺书《宋诗选注》"山重"两句："这种景象前人也描摹过，例如王维《蓝田山石门精舍》：'遥爱云木秀，初疑路不通；安知清流转，忽与前山通。'柳宗元《袁家渴记》：'舟行若穷，忽又无际。'卢纶《送吉中孚归楚州》：'暗入无路山，心知有花处。'耿湋《仙山行》：'花落寻无径，鸡鸣觉有村。'周晖《清波杂志》卷中载强彦文诗：'远山初见疑无路，曲径徐行渐有村。'还有前面选的王安石《江上》（按：指'青山缭绕疑无路，忽见千帆隐映来'两句）。不过要到陆游这一联才把它写得'题无剩义'。"

朱东润《陆游选集》:"作者在这首诗里写到山阴的风景,同样也描绘出农民的生活。"

赵齐平《宋诗臆说》:"《游山西村》诗通篇充满了轻快爽朗的情调和摇曳多姿的韵致。它不只是一篇清新可喜的风物画,同时也是一幅意趣浓郁的风情图。诗人没有把这个'山重水复'的所在描绘成与世隔绝的桃源仙境,而是首先注意到在这里劳动生息的纯朴善良的农民。妙在'山重水复疑无路'之后,忽而'柳暗花明又一村',既有'村',必有人。全诗自始至终,紧扣着这个'村'字,其次才是诗人的游;'游'的是'村',而歌颂赞美的核心则是'村'中的人。所以它不同于一般留恋光景、表现士大夫闲逸情致的山水诗、田园诗。诗人在作品中,向我们提供了农村自然风光的美、农民纯朴风俗与纯洁心灵的美,从而把诗人热爱祖国、热爱人民、热爱生活、热爱自然的高尚情趣的美,浑然一体地融在这首诗中。……它有精彩的对偶句子,远袭陈师道,近效强彦文,化用成句而有青出于蓝之妙,一向脍炙人口,又与前后诗句浑然融合,使全篇'神完气足'。它的层次非常清楚,章法相当讲究,由客及主、由景及人、由大及小、由虚及实,步步深入,首尾呼应,断非'拆补'、'填凑'成篇。对仗工稳,而又自然流畅;全用白描,而又形象生动。全诗语言节奏明快,格调清新,没有任何典故,也没有深奥辟涩的词语,看去平淡无奇,实则经过精心烹练,不可视同其他'平调'的'率易'。"

宿枫桥^①

七年不到枫桥寺，客枕依然半夜钟。^②
风月未须轻感慨，巴山此去尚千重。^③

注释

① 枫桥：在今江苏省苏州市城西，唐代诗人张继的名诗《枫桥夜泊》即作于此。这首诗作于乾道六年(1170)陆游赴夔州(今重庆市奉节县)通判任途中，他在《入蜀记》中记载："(乾道六年六月)十日至平江……宿枫桥寺前，唐人所谓'半夜钟声到客船'者，十一日五更发枫桥。"诗人七年前因触怒孝宗，被贬为镇江府(今江苏镇江)通判，赴任时曾途经于此，不久更因主和派的打击罢归家乡，赋闲近五年，直至今日方重新入仕，远赴夔州。七年时光倏然而逝，故地重过，风景依旧，但诗人的仕途并不顺畅。所以在枫桥清风朗月，钟声悠扬的景色中，他并没有产生什么闲逸的情致，而是充满对人生的感慨和仕途险阻重重的担忧。

② "七年"二句：意谓已七年没有再到枫桥，这里依旧风景迷人，不远处寒山寺的钟声依然不时传到夜泊的客船上。七年，陆游隆兴二年(1164)二月赴镇江通判任，途经枫桥，距今七年。寺，指寒山寺，在枫桥附近，建于南北朝时梁代，后因唐代诗僧寒山曾居住于此而改此名。"客枕"句，唐张继《枫桥夜

泊》:"姑苏城外寒山寺,夜半钟声到客船。"此化用其诗句写枫桥景色。半夜钟,寒山寺内深夜传出的钟声。

③ "风月"二句:意思是说,枫桥一带风景虽好,但我尚不能轻易地去赞叹欣赏,因为此去巴地前方途中尚有千重高山的阻隔。巴山千重也隐喻仕途之上的重重艰难险阻。风月,代指美好风景。感慨,这里是赞叹的意思。巴山,陕西、四川交界处有巴山,俗称大巴山,这里当是泛指巴地之山。

辑评

〔清〕爱新觉罗·弘历等《唐宋诗醇》:"所谓一番拈起一番新也。"

晚 泊①

半世无归似转蓬,今年作梦到巴东。②

身游万死一生地,路入千峰百嶂中。③

邻舫有时来乞火,丛祠无处不祈风。④

晚潮又泊淮南岸,落日啼鸦戍堞空。⑤

注释

① 此诗作于乾道六年(1170)赴夔州行至瓜洲(在今江苏扬州南,长江北岸,与镇江隔江相对)时,《入蜀记》记载:"(六月)二十八日……午间,过瓜洲。"陆游此赴夔州,虽是闲居多年后重新入仕,但远赴荒远之地,无异于放逐,想想前方巴地的荒蛮,蜀道的艰险,目睹眼前落日、暮鸦、空城等荒凉之景,不禁有人似转蓬,恍如梦幻的感慨。

② 半世:诗人时年四十六岁,故云半世。转蓬:蓬草遇风飘转,故称断蓬、飞蓬或转蓬。巴东:即夔州,《新唐书·地理志》:"夔州,云安郡下都督府,本信州巴东郡。武德二年更州名,天宝元年更郡名。"

③ 万死一生:形容其地荒凉。嶂(zhàng):形如屏障的山峰。

④ 邻舫:邻船。乞火:借火。"丛祠"句:意思是,岸边的祠庙里到处都有舟人在祈祷途中风顺。祈风,行舟时向神灵祷告,以求一帆风顺。

⑤ 淮南岸:瓜洲南宋时属淮南东路,故称淮南岸。戍堞(shù dié):军事中所筑用于守望的高台称为戍楼,戍楼上的矮墙称为堞。

辑评

〔清〕吴焯《批校剑南诗稿》卷二"邻舫"两句旁批:"二语皆晚景也。"

〔清〕方东树《昭昧詹言》:"前四句情景交融,五六晚泊之景,收亦自然。"

〔清〕陈衍《宋诗精华录》:"翁与石湖、诚斋,皆倦游者。而石湖但说退居之乐,陆、杨则甚言老于道途之苦。似与官职大小,亦有关系。"

顾佛影《评注剑南诗钞》卷一:"后半写景真切。"

黄　州①

局促常悲类楚囚,迁流还叹学齐优。②

江声不尽英雄恨,天意无私草木秋。③

万里羁愁添白发,一帆寒日过黄州。④

君看赤壁终陈迹,生子何须似仲谋!⑤

注释

① 黄州:南宋时属淮南西路,治今湖北省黄冈市。此诗作于乾道六年(1170)八月赴夔州途中行至黄州时,《入蜀记》记载:"(八月)十八日……晡时至黄州。……二十日晓,离黄州。"陆游这次远赴夔州心情很沉郁悲愤,但这却培育了他的诗情,一路上每过一地皆有吟咏,数量既多成就也高。黄州曾被误认为是三国时孙吴和曹魏之间赤壁之战的地方,而且北

《黄州》

宋大文豪苏轼曾贬谪此地数年,在这里写出了《念奴娇·赤壁怀古》《前后赤壁赋》等著名篇章。诗人途经此地,心情低沉,加之目睹赤壁陈迹的荒凉,竟然对因功业卓著而历来为人们所羡慕的吴主孙权也提不起兴趣。

② "局促"二句:意思是说,自己的才干和思想主张得不到施展,处处被压制排挤,就像古代的楚囚钟仪一样拘束受制,像齐优由齐之鲁一样奔波漂流,无法安定。楚囚,典出《左传·成公九年》:"晋侯观于军府,见钟仪,问之曰:'南冠而絷者谁也?'有司对曰:'郑人所献楚囚也。'"迁流,迁徙流离。齐优,《史记·乐书》记载,孔子在鲁做官时,齐国送女优给鲁国,孔子认为鲁君接受女优,鲁国政治就难以有清明的时候,便离开了鲁国。优,优伶,古代从事乐舞和戏谑表演的艺人。

③ "江声"二句:意思是说,江水滔滔,奔流不息,却流不尽古代英雄们功业难久的遗恨;上天不讲私情,又如期地让时节来到了草木凋零的秋季。"江声"句,语本苏轼《念奴娇·赤壁怀古》:"大江东去,浪淘尽,千古风流人物。"英雄,指赤壁之战中取得胜利的孙权、周瑜等人。恨,遗憾,这里指古代英雄们生命有限,辉煌的功绩终成陈迹的遗憾。无私,不讲私情。秋,这里是枯黄凋零的意思。

④ "万里"二句:意思是说,漂泊万里的羁旅愁绪使我头上的白发又增添了不少,在这天气转凉的仲秋时节我伴着船帆边的寒日路过了黄州。羁愁,旅途漂泊之愁。寒日,陆游到达黄州时是农历八月十八日,已是仲秋时节,因为天气冷,所以觉

得日色也是寒冷的,故云寒日。

⑤ "君看"二句:意思是说,您看当年著名的赤壁战场最终也成了荒凉的陈迹,岁月无情,一切辉煌终成土灰,贤愚贵贱,结局都是一样,既然如此,我们何必去像孙权一样,英伟超群,建立显赫的功业呢? 赤壁,旧址在今湖北省赤壁市西北长江南岸,东汉建安十三年(208)孙权、刘备联军在此大败曹操,史称赤壁之战。这里是指黄州赤壁,因苏轼等人曾误以黄州的赤鼻矶为三国赤壁,陆游这里姑从苏轼之说,借以抒怀。"生子"句,《三国志·吴书·孙权传》裴松之注引《吴历》:"公(曹操)见舟船器杖,军伍整肃,喟然叹曰:'生子当如孙仲谋,刘景升儿子若豚犬耳。'"此处陆游反用其意,表达对南宋朝廷苟且偷安,使包括自己在内的爱国志士无法实现抱负的激愤之情。仲谋,孙权,字仲谋,为三国时吴国的创立者。

辑评

〔清〕陆次云《五朝诗善鸣集》:"结语往往出人头地。"

〔清〕戴第元《唐宋诗本》:"有沉郁顿挫之致。"

〔清〕姚鼐《今体诗钞》"局促"两句下:"此是自蜀东归。时在蜀为幕僚,故有'楚囚'之叹。召回乃以诗上闻,非欲登用,故以'齐优'自比。"

〔清〕陈衍《宋诗精华录》:"翻案不吃力。"

〔清〕方东树《昭昧詹言》:"此非咏黄州也,胸中无限凄凉悲感,适于黄州发之。起自咏,三四即景生感,五六写行役情景,收即黄州指点以抒悲愤。"吴闿生批："数语得之。不独此诗,凡古今名人之作,皆如是也。方氏乃斤斤于题中字义,不大可笑乎?"

高步瀛《唐宋诗举要》:吴(汝纶)曰："收处笔意横绝。"(引方东树评语与上《昭昧詹言》相同,从略。)

顾佛影《评注剑南诗钞》卷一："二句费解。""中四句笔力雄健,酷似老杜。""凭吊作结,却翻进一层,尤觉感喟无穷。"

朱东润《陆游选集》:"江声两句流露了岁月蹉跎,壮志未成的感慨。"

武昌感事①

百万呼卢事已空,新寒拥褐一衰翁。②
但悲鬓色成枯草,不恨生涯似断蓬。③
烟雨凄迷云梦泽,山川萧瑟武昌官。④
西游处处堪流涕,抚枕悲歌兴未穷。⑤

注释

① 武昌:在今湖北武汉市武昌区。此诗作于乾道六年(1170)赴夔州通判任途中,《入蜀记》记载:"(八月)二十三日……食时至鄂州。……吴所都武昌,乃今武昌县。此州在吴名夏口,

亦要害。"诗人此行,前途渺茫,所以在武昌一带烟雨凄迷、山
川萧瑟的景色中,不禁生发出衰老、漂泊的感喟,诗中情感极
为沉郁悲愤。

② "百万"二句:意思是说,我气概豪伟、建立非凡功业的理想已
经成空,现在只是一个在初至的寒气中拥着粗布衣独卧舟中
的衰弱老翁。百万呼卢,古代有博戏名樗蒱(chū pú),分为
枭、卢、雉、犊、塞五彩,"枭"为其最高彩,"卢"其次,"雉"又次
之。《晋书·刘毅传》:"后于东府聚樗蒱大掷,一判应至数百
万。余人并黑犊以还,惟刘裕及毅在后。毅次掷得雉,大喜,
褰衣绕床,叫谓同坐曰:'非不能卢,不事此尔。'裕恶之,因接
五木久之,曰:'老兄试为卿答。'既而四子俱黑,其一子转跃
未定,裕厉声喝之,即成卢焉。"刘裕为东晋名将,后建立宋
朝,此处用刘裕呼卢之事比喻政治、军事事业中非凡的气概
和作为。褐(hè),粗布短衣。

③ 恨:怨。断蓬:蓬草遇风折断飘转,故称"断蓬",古诗中多以
之比喻人生的漂泊不定。

④ "烟雨"二句:描绘武昌一带萧瑟的景物和遗迹。云梦泽,古
代的大泽,今湖北省南部、湖南省北部一带的低洼之地都在
其范围之内。武昌宫,即东吴安乐宫,故址在武昌县(今武汉
市武昌区)城西北,吴大帝孙权黄武二年(223)筑,赤乌十三
年(250)取武昌宫材瓦缮修建业(今江苏南京)宫,故废。

⑤ 西游:夔州在京城临安之西,故云。涕:眼泪。兴未穷:指因
内心悲慨,情绪难平,很有赋诗的冲动。

哀郢①

远接商周祚最长，北盟齐晋势争强。②

章华歌舞终萧瑟，云梦风烟旧莽苍。③

草合故宫惟雁起，盗穿荒冢有狐藏。④

离骚未尽灵均恨，志士千秋泪满裳。⑤

注释

① 郢(yǐng)：春秋战国时楚国的都城，在今湖北江陵县。屈原
《九章》有《哀郢》一篇，故陆游这里用为诗题。此诗亦为乾道
六年(1170)陆游赴夔州途中所作，《入蜀记》记载，诗人于农
历九月八日抵江陵境，二十七日离江陵，而他另一首《哀郢》
诗中云"荆州十月早梅春"，因此作诗的具体时间可能为乾道
六年九月在江陵时，也可能在十月份离开江陵后不久。楚国
本为春秋战国时最强大的诸侯国之一，但战国晚期由于君王
昏庸、任用小人，在和秦国的战争中连连失败，公元前278年
郢都也被秦将白起所拔，并最终于前223年为秦国所灭。楚
国是爱国诗人屈原的祖国，和国家衰落败亡同步的是屈原
遭奸人谗毁，被疏远放逐，满身才华和一腔爱国之心无处施
展，终于投水殉国而死的悲惨遭际。陆游的遭遇及南宋王
朝的形势和楚国及屈原极为相似，来到江陵他不禁感慨满
怀，诗中回顾了楚国由强转衰的历史，描绘了繁华一时的郢

都今天萧瑟荒凉的景象,表达了对屈原含恨而死的同情。显然诗人是借他人酒杯浇自己块垒,寄寓着对南宋朝廷一意偷安、不思进取的批判,和自己报国无路、抱恨远游的悲慨。

② "远接"二句:是说楚国的历史远接商、周,最为久远,当年曾经和齐、晋等强国争霸中原,屡有盟誓之事。远接商周,《史记·楚世家》记载,楚人先祖为颛顼帝高阳氏的后裔,殷商时高阳氏之后彭祖氏为侯伯,周成王时鬻熊的曾孙熊绎受封居楚地。祚(zuò),某一王朝的国统。北盟齐晋,"盟"是古代国家间的一种外交活动,各国如达成某一协定,用牲血书写誓约,称为盟誓,并饮血向神灵宣读誓约。春秋时楚国地域广袤,物产富饶,和齐、晋等同为当时的强国,时常因争霸而有盟誓之事。

③ 章华:即章华台,春秋时楚灵王所筑,遗址在今湖北省监利县西北。东汉边让《章华台赋》中描绘道:"楚灵王既游云梦之泽,息于荆台之上。前方淮之水,左洞庭之波,右顾彭蠡之隩,南眺巫山之阿。延目广望,骋观终日。顾谓左史倚相曰:'盛哉斯乐,可以遗老而忘死也!'于是遂作章华之台,筑乾谿之室,穷木土之技,单珍府之实。举国营之,数年乃成。设长夜之淫宴,作北里之新声。"云梦:古代楚国的大泽,故址在今湖北、湖南两省交界一带。莽苍:苍茫无际貌。

④ "草合"二句:意思是说,野草长满了楚都的故宫,唯有鸿雁在这里飞起飞落;被盗墓者凿穿的楚国王侯的墓穴荒凉破败,

成了野狐的藏身之地。合,长满。冢(zhǒng),坟墓。

⑤ 离骚:诗名,屈原所作。灵均:屈原字,《离骚》中云:"名余曰
正则兮,字余曰灵均。"恨:遗憾。志士:有远大志向之士,为
陆游自指。

重 阳①

照江丹叶一林霜,折得黄花更断肠。②
商略此时须痛饮,细腰宫畔过重阳。③

注释

① 重阳:农历九月九日为重阳节,古人在这天有登高望远、饮菊
花酒以祛灾邪、祈求长寿的习俗。此诗作于乾道六年(1170)
重阳节赴夔州途经江陵界内时,《入蜀记》记载:"九日……泊
塔子矶。……买羊置酒,盖村步以重九故屠一羊,诸舟买之,
俄顷而尽。求菊花于江上人家,得数枝,芬馥可爱,为之颓然
径醉。"诗人此次赴夔州通判任,长途奔徙,本就有漂泊不得
志之感,今又在万里异乡逢重阳节,满眼的萧瑟霜叶,手中纤
瘦的菊花,使他顿生"每逢佳节倍思亲"的乡愁,只好在尽情
的痛饮中来打发这满腔的愁绪。

② "照江"二句:意思是说,经霜的秋叶满林丹红,映照在江面
   上;折得几枝菊花,那纤瘦的花瓣更是引人伤感断肠。丹叶,
   红叶。"折得"句,黄花即菊花,古人有重阳节饮菊花酒的习
   俗,又菊花花瓣瘦长纤弱,且在秋季开放,易给人以憔悴萧瑟
   之感,所以这里诗人有折黄花之举和见花伤怀之情。
③ 商略:商量。细腰宫:故址在今重庆市巫山县,《入蜀记》:"抵
   巫山县……游楚故离宫,俗称细腰宫。"作此诗时陆游尚未到
   达巫山县,这里是以"细腰宫畔"泛指楚地。有学者认为,陆
   游二十岁时曾作《菊枕诗》(见其《余年二十,尝作菊枕诗,颇
   传于人。今秋偶复采菊缝枕囊,凄然有感》诗),这里诗中用
   "黄花"、"细腰宫"之语,旨在怀念前妻唐氏,可备一说。

辑评

   〔清〕爱新觉罗·弘历等《唐宋诗醇》:"王士禛云:偶与友人
论宋人绝句,若放翁'照江丹叶一林霜'、'舟中一雨扫飞蝇'、'江
上荒城猿鸟悲'诸篇,皆可直追唐音。"

入瞿唐登白帝庙①

晓入大溪口,是为瞿唐门。②

长江从蜀来，日夜东南奔。③

两山对崔嵬，势如塞乾坤，④

峭壁空仰视，欲上不可扪。⑤

禹功何巍巍，尚睹镌凿痕。⑥

天不生斯人，人皆化鱼鼋。⑦

于时仲冬月，水各归其源。⑧

滟滪屹中流，百尺呈孤根。⑨

参差层颠屋，邦人祀公孙。⑩

力战死社稷，宜享庙貌尊；⑪

丈夫贵不挠，成败何足论。⑫

我欲伐巨石，作碑累千言。⑬

上陈跃马壮，下斥乘骡昏，⑭

虽惭豪伟词，尚慰雄杰魂。⑮

君王昔玉食，何至歆鸡豚，⑯

愿言采芳兰，舞歌荐清尊。⑰

注释

① 瞿唐:即瞿塘峡,又称夔峡,为长江三峡之一,在夔州(今重庆
  奉节)东南,白帝城至巫山县(今属重庆)大宁河口一段。白
  帝庙:祭祀公孙述的庙宇,在夔州东白帝山上。公孙述于东

汉建武元年(25)在蜀称帝,以为五德之运,黄承赤而白继黄,金据西方为白德,蜀地在西,故其色尚白,因号为白帝。这首诗作于乾道六年(1170)十月陆游初到夔州时,《入蜀记》记载:"(十月)二十六日……晚至瞿唐关。……肩舆入关,谒白帝庙。"瞿塘峡和白帝庙在夔州东,诗人自东向西走水路而来,所以先入瞿塘峡,过白帝城。诗的前半主要描绘了瞿塘峡奇险的环境和雄伟的气势,后半则大力赞扬公孙述不屈不挠,宁为社稷力战而死也不肯投降的英雄气概。公孙述在历史上算不上有影响的英雄人物,诗中却对其事迹和气节浓墨重彩地极力赞美,显然是针对南宋君臣苟且偷安、不思恢复的现实而发的,意在借公孙述的精神气节批判南宋求和派贪生怕死、误国误民的懦弱可耻行径。

② 大溪口:为瞿塘峡东口,在今重庆市巫山县附近,《入蜀记》:"二十五日晡后至大溪口……二十六日,发大溪口,入瞿唐峡。"瞿唐门:《正德夔州府志》卷三《山川》:"瞿唐峡乃三峡之门,两岸对峙,中贯大江,望之如门。"

③ "长江"句:长江三峡以西为巴蜀之地,以东为荆楚之地,故云"从蜀来"。东南奔,长江出三峡后折向东南而流,故云。

④ 崔嵬(cuī wéi):高耸貌。塞乾坤:充塞天地。

⑤ 扪(mén):抚摸。

⑥ "禹功"二句:意思是,大禹治水的功绩多么伟大啊,至今瞿塘峡两岸尚能看到他开凿的痕迹。禹功,大禹治水的功绩。据传尧、舜时代天下洪水泛滥成灾,大禹奉舜之命平治水土,使

九州之内河川得到疏浚。镌,凿刻。

⑦ "天不"二句:意思是说,上天若不降生大禹,人将会都被洪水淹没,化为鱼鳖。斯人,这人,指大禹。鼋(yuán),鳖的一种,体形较鳖大。

⑧ "于时"二句:意谓时值仲冬,天寒水落。仲冬月,农历十一月为仲冬,这首诗作于乾道六年十月二十六日之后,故云"仲冬月"。

⑨ "滟滪(yàn yù)"二句:意思是说,仲冬水落,滟滪堆屹立在江水中流,高耸百尺,根部的石头也露出了水面。滟滪,即滟滪堆,又称滟滪滩,俗称燕窝石,在瞿塘峡口,旧时为长江三峡著名的险滩。屹,直立高耸。呈,显现。

⑩ "参差"二句:为诗人在白帝庙的所见,意思是说,白帝庙的殿宇依山势高低参差,层次分明,夔州人民纷纷来此祭祀公孙述。"参差"句,白帝庙在白帝山上,地势高低不等,所以其庙宇屋顶层层可见。公孙,公孙述。

⑪ "力战"二句:意思是说,公孙述和东汉军队力战不降,为保卫国家而战死,应该享有立庙塑像的尊荣。"力战"句,《后汉书·隗嚣公孙述列传》:"帝(光武帝)必欲降之,乃下诏喻述曰……述终无降意。……汉(吴汉)因令壮士突之,述(公孙述)兵大乱,被刺洞胸,堕马,左右舆入城。述(公孙述)以兵属延岑,其夜死。"庙貌,祠庙和塑像。

⑫ 挠:屈服。

⑬ "我欲"二句:意思是,我打算采伐巨石,制成庙碑,刻上长篇

祭文去赞颂公孙述。伐,采伐。累,本意为积聚,这里是多的意思。

⑭ "上陈"二句:意思是说,祭文中首先要赞扬公孙述跃马抗敌的壮伟气概,然后斥责刘禅投降曹魏的昏庸。跃马壮,语出左思《蜀都赋》:"公孙跃马而称帝。"乘骡昏,《三国志·蜀书·后主传》裴松之注:"《晋诸公赞》曰:刘禅乘骡车诣(邓)艾,不具亡国之礼。"

⑮ "虽惭"二句:意思是说,虽然祭文不是什么豪伟之词,觉得惭愧,但尚可安慰公孙述这位英雄豪杰的灵魂。

⑯ "君王"二句:是说,君王过去食用的是珍美的食物,何至今天享用鸡、猪一类祭品? 玉食,珍美之食。《尚书·洪范》:"惟辟玉食。"意为只有君王才能享受美食。歆(xīn),鬼神享用祭品。

⑰ "愿言"二句:意思是说,我愿采摘芳香的兰草,陈列歌舞,献上美酒来祭祀您。愿言,愿意,言为动词词头,无义。荐,进献。清尊,即清酒。经过过滤的酒为清酒,未经过滤的酒为浊酒,这里清酒乃美酒之意。尊,同"樽",酒杯。

辑评

顾佛影《评注剑南诗钞》卷一:"(首八句)只是平平写来,而笔笔清峭。""('禹功何巍巍'四句)接入怀古之意,文势一何整暇?""'于时'句,一接更淡更妙。""虽愀(惭)豪伟词'句未妥。""(结尾二句)结得雅洁。"

朱东润《陆游选集》:"前十六句写出瞿塘峡的险要。后十六句叙述公孙述的英雄形象,指出国家的领导人物,应当在马上作战,宁可死在战场,不当乘骡投降,作一个亡国之君。"

记 梦①

梦里都忘困晚途,纵横草疏论迁都。②
不知尽挽银河水,洗得平生习气无?③

注释

① 此诗乾道七年(1171)正月作于夔州。迁都是陆游政治主张的一个重要部分,他从国家长治久安的大局出发,认为临安本是宋高宗暂时驻跸之地,地势不够险固,粮饷运输也不便利,地近大海,易有意外之患,主张作为权宜之计当迁都建康(今江苏南京),长久之计则是定都关中。因为抗金、迁都等主张,陆游触怒了秦桧、宋孝宗等当权者,屡受打击排挤,这次赴荒远、偏僻的夔州任职,也是受主和派排挤、打击的结果。但人生的困顿并没有动摇诗人报国的决心,即使在梦中他也会梦到上疏议论迁都之事,可见他对国家热爱之深,对国事关注之切。此诗慷慨悲愤,满含爱国之情和不平之愤。

② 晚途:晚年。纵横:笔力弘富貌。草疏:书写奏疏。论迁都:
隆兴元年(1163)陆游曾向朝廷上《上二府论都邑札子》,建议
迁都建康。

③ "不知"二句:意思是,不知道引尽天上银河之水,能否洗去
我爱议论国事的习气。这是诗人的愤激之辞。"不知"句,
语本唐杜甫《洗兵马》:"安得壮士挽天河,尽洗甲兵长不
用。"挽,引。银河水,银河为天上的星系,人们望之像河,所
以想象其中水定然极多。习气,指诗人爱国忧民,关心国计
的品质。

夜登白帝城楼怀少陵先生①

拾遗白发有谁怜,零落歌诗遍两川。②
人立飞楼今已矣,浪翻孤月尚依然。③
升沉自古无穷事,愚智同归有限年。④
此意凄凉谁共语,夜阑鸥鹭起沙边。⑤

注释

① 白帝城:在夔州(今重庆奉节)东白帝山上,东汉初公孙述所
建。少陵先生:即唐代诗人杜甫,杜甫郡望京兆杜陵,曾在长

安城南杜陵附近的少陵居住过,所以他常称自己"杜陵布衣"或"少陵野老"。这首诗乾道七年(1171)作于夔州。杜甫身怀忧国忧民之心,却一生沉沦不得志,晚年流落巴蜀、江南等地,曾在夔州居住近两年。陆游的抱负及遭际与杜甫非常相似,这次来到夔州,登上杜甫曾登临赋诗过的白帝城楼,难免感慨满怀,因此赋诗怀念杜甫。诗中回顾了杜甫沉沦困顿,流落夔州登楼赋诗的往事,抒发了对杜甫的共鸣、缅怀之情,颇有杜诗沉郁之风。

② 拾遗:指杜甫,杜甫在唐肃宗时曾任左拾遗之职。零落:飘零流落。歌诗:本指入乐可歌之诗,也包括那些不再入乐的乐府、歌行等诗,这里泛指各体诗歌。两川:唐代安史之乱后今四川省境内主要地区分属西川节度使和东川节度使两个方镇,这里"两川"泛指巴蜀之地。

③ "人立"二句:意思是说,独立飞楼眺望吟诗的杜甫已经不在了,在江峡浪涛中翻腾的孤月之影依然如旧。人立飞楼,杜甫在夔州居住时曾多次登临白帝城,其《上白帝城》、《上白帝城二首》、《白帝城最高楼》、《白帝》、《白帝楼》、《白帝城楼》等诗皆为当时之作。《白帝城最高楼》诗云:"城尖径仄旌旆愁,独立缥缈之飞楼。"浪翻孤月,语出杜甫《宿江边阁》诗:"孤月浪中翻。"

④ "升沉"二句:意思是说,人生有穷有达,这样的事情自古以来就无穷无尽;但年寿有限,无论智愚穷达最终都同归于老死。升沉,仕途上的穷达。有限年,有限的年寿。

⑤ "此意"二句:是说,老杜已去,心中的凄凉无处倾诉,已是夜残时分,唯有江边的鸥鹭从沙岸上飞起。阑,残、尽。

岳池农家①

春深农家耕未足,原头叱叱两黄犊,②

泥融无块水初浑,雨细有痕秧正绿。③

绿秧分时风日美,时平未有差科起,④

买花西舍喜成婚,持酒东邻贺生子。⑤

谁言农家不入时,小姑画得城中眉,

一双素手无人识,空村相唤看缫丝。⑥

农家农家乐复乐,不比市朝争夺恶。⑦

宦游所得真几何,我已三年废东作。⑧

注释

① 岳池:今四川省岳池县。此诗作于乾道八年(1172)诗人由夔州赴南郑(今陕西汉中)途中。陆游乾道五年十二月被任命为夔州通判,因为卧病,第二年闰五月始启程,十月末才到夔州,宋代官吏任期一般为三年,所以他到任不久便已期满。

迫于生计,陆游在乾道八年年初上书丞相虞允文及四川宣抚使王炎,请求授予一官以自活。不久,王炎辟他入幕,以左承议郎权四川宣抚使司干办公事兼检法官。这年正月,陆游取道万州、梁山军、邻水、岳池、广安、利州,赴南郑任职,过岳池时见农家生活,而有此诗。诗中描绘了岳池农家春耕、婚庆、村中姑娘的漂亮灵巧等几个生活画面,把那里祥和、淳朴的生活描绘得栩栩如生,笔墨素朴而生动,和官场生活的纷杂形成鲜明的对比。表达了他对人民的热爱,对和平生活的向往和对官场纷争的厌倦。

② "春深"二句:意思是说,春意正浓,农家的耕作尚未结束,田头上农民正在吆喝着两头小黄牛耕田。未足,尚未完成。原头,田头,田间。叱(chì)叱,赶牛的吆喝声。黄犊,黄牛犊。

③ "泥融"二句:意思是说,田里的泥土完全融化在水中,刚刚泛浑,没有一点儿土块;细雨丝丝,秧苗正泛着油油绿意。

④ "绿秧"二句:意思是说,插秧时节,风调雨顺,阳光和美;时属承平年代,官府也没有什么差派的徭役。绿秧分时,分秧、插秧时节。时平,时代太平。差科,官府派遣的徭役。

⑤ "买花"二句:意思是说,村中邻里之间买花拿酒,相互祝贺婚嫁生子等喜事。西舍,西家。持酒,拿着酒。

⑥ "谁言"四句:意思是说,谁说农家人赶不上时髦? 姑娘们画的眉毛正是城市里流行的样式;不过村中人们看重的尚不是那双洁白的玉手,而是全村出动观赏她们缫丝的高超技巧。"谁言"两句:语本唐朱庆馀《近试上张水部》诗"妆罢低声问

夫婿,画眉深浅入时无"之句。入时,合乎时尚,赶得上时髦。城中眉,城市中女子所画的眉毛样式。素手,洁白的手。缫丝,把蚕茧泡在热水中抽丝。

⑦ 市朝:市场和官场,表示争夺名利的场所。

⑧ 宦游:四处奔走做官。"我已"句:陆游乾道六年(1170)闰五月从山阴来蜀地为官,至今已近三年,所以说"三年废东作"。东作,田间耕作,《尚书·尧典》云"平秩东作",因此古代诗人常以之为农事耕作的称谓。

辑评

〔清〕陈衍《石遗室诗话》:"(掞东《剑南诗选》)评'小姑'句云:隽炼。"(按:掞东当指罗敦曧,字掞东,与陈衍同时。)

顾佛影《评注剑南诗钞》卷一:"此白体之佳者。""('买花西舍喜成婚'四句)拙而不俚,音节入古。""结四句终浅俗。"

山南行①

我行山南已三日,如绳大路东西出。②

平川沃野望不尽,麦陇青青桑郁郁。③

地近函秦气俗豪,秋千蹴鞠分朋曹。④

苜蓿连云马蹄健，杨柳夹道车声高。⑤

古来历历兴亡处，举目山川尚如故。⑥

将军坛上冷云低，丞相祠前春日暮。⑦

国家四纪失中原，师出江淮未易吞。⑧

会看金鼓从天下，却用关中作本根。⑨

注释

① 山南：南郑（今陕西汉中）一带的终南山（在今陕西西安市南）以南地区，唐开元时这里属山南西道，南宋绍兴十四年以后属于利州东路。此诗作于乾道八年（1172）春，这年三月陆游到达南郑县，在四川宣抚使王炎幕下任干办公事兼检法官，大约不久后在南郑附近终南山以南地区出行，因有此诗。南郑一带为南宋抗金前线，王炎又是一位很有恢复之志的将领，陆游初到前线，亲眼看到关中沃野千里的形势和豪爽刚健的民风，内心非常振奋，不禁对收复中原充满信心和期待，并从而改变了自己以前所持有的军事策略，认识到从江淮出师并不易于完全消灭金兵，以关中为根据地，向东收复中原更为可行。这首诗是陆游到南郑前线后的第一首作品，诗中一改之前低沉悲慨的风格，变为昂扬雄健。

② "我行"二句：意思是，我在山南地区行进已经三日，笔直的大道向东西两个方向延伸而去。如绳大路，像绳子一样笔直的大路。东西出，向东西方向延伸。

③ 平川：平原。麦陇：麦田里一行行的麦苗。陇，同"垄"，田埂。
郁郁：茂盛的样子。

④ "地近"二句：意思是，山南地区地近函谷关和秦国故地，这里
风俗豪爽，居民喜欢秋千和蹴鞠游戏。函秦，函谷关和秦地，
指关中地区(今陕西中部一带)，这一地区春秋战国时为秦国
之地，其东部今陕西、河南两省交界一带有函谷关，为进出关
内的咽喉。气俗，风气习俗。蹴鞠(cù jū)，踢球，蹴是踢的意
思，鞠是古代的一种皮球。分朋曹，分组、分队。

⑤ "苜蓿(mù xù)"二句：描写终南山军事南前线草丰马壮、车声
隆隆的景象。苜蓿，一种多年生豆科草本植物，为重要的牧
草。马蹄健，马的足力矫健有力。

⑥ "古来"二句：意思是说，关中地区自古都是历代王朝兴起、败
亡之地，这些皆历历可数，今天举目眺望，这里的山川景物还
和从前一样。"古来"句，关中地区，西周和秦国兴起并定都
在这里，西汉、隋唐都建都于此，故云"古来兴亡处"。历历，
分明貌。

⑦ "将军坛"二句：写中原沦陷后，南郑一带萧条的景象，也表达
了诗人对像韩信、诸葛亮这样有保卫国家、统一天下的才干
和志向的将军、丞相的怀念与向往。将军坛，在今陕西省南
郑县城南，相传为刘邦拜韩信为大将时所筑。丞相祠，纪念
三国时蜀国丞相诸葛亮的祠庙，在今陕西省勉县旧城东。诸
葛亮六出祁山，北伐曹魏时，曾在这里屯兵，蜀汉景耀六年
(263)，后主刘禅在这里为他立祠。

⑧ "国家"二句:意思是,国家失去中原已经近四纪了,现在看来,从江淮一带出兵中原不易完全消灭金兵,并不是一个好的策略。四纪,十二年为一纪,四纪为四十八年,自建炎元年(1127)北宋灭亡至此诗写作时的乾道八年(1172),已近四纪。"师出"句,陆游早期主张南宋当以主要兵力固守江淮,等待机会攻取中原(见其隆兴元年所上《代乞分兵取山东札子》),当时辛弃疾所上朝廷的《美芹十论》中则主张出兵江淮,先收山东、河北,然后再取中原。师,军队。吞,这里指彻底消灭金兵。

⑨ "会看"二句:意思是说,如果以关中作为根据地,我们将会看到宋朝军队从天而降,收复中原。会,会当,将会。金鼓,古代军队中,进攻击鼓,收兵鸣金,行军金鼓和鸣,这里以金鼓指代军队。关中,指陇关以东、函谷关以西的广大地区。本根,根本,根据地。

辑评

〔宋〕刘辰翁《精选陆放翁诗集》:"起结次第皆称。"(尾批)

顾佛影《评注剑南诗钞》卷一:"(首六句)是何意态雄且杰。""'将军坛'、'丞相祠'一对无深意,而章法甚整齐宽暇。"

游锦屏山谒少陵祠堂^①

城中飞阁连危亭，处处轩窗临锦屏。^②

涉江亲到锦屏上，却望城郭如丹青。^③

虚堂奉祠子杜子，眉宇高寒照江水。^④

古来磨灭知几人，此老至今元不死。^⑤

山川寂寞客子迷，草木摇落壮士悲。^⑥

文章垂世自一事，忠义凛凛令人思。^⑦

夜归沙头雨如注，北风吹船横半渡。^⑧

亦知此老愤未平，万窍争号泄悲怒。^⑨

注释

① 锦屏山：在今四川省阆中市南三里嘉陵江南岸。少陵祠堂：
纪念杜甫的祠堂，在锦屏山上。此诗作于乾道八年（1172）
秋，时诗人因事从南郑来到阆中，拜谒少陵祠堂，因有此作。
诗中对杜甫诗歌的伟大成就和令人敬仰的忠义品质给予了
高度赞扬，也表达了对其悲愤而终的遭际的同情和共鸣。诗
人和杜甫在志节与遭际上有共同之处，通过此诗也可看到他
自身的满腔悲愤和像杜甫一样坚守正直的坚强信念。

② "城中"二句：写阆中城内楼阁高耸，随处都可以看到锦屏山
的环境。飞阁危楼，高阁高楼。危，高。轩窗，轩为有窗槛

《游锦屏山谒少陵祠堂》

的长廊或小屋子,这里轩窗泛指阆中城内楼阁的窗子和廊槛。

③ "涉江"二句:意思是说,渡过嘉陵江亲身来到锦屏山,却又望见阆中城内城郭如画。涉江,嘉陵江在阆中城南,锦屏山又在嘉陵江南岸,所以到锦屏山需渡过嘉陵江。丹青,原指丹砂和青䨼,可制成红色与青色颜料,所以多以之指绘画。

④ "虚堂"二句:写杜甫祠堂内的环境。虚堂,空堂。奉祠,祭祀。子杜子,子是古代对老师或有德行之人的尊称,如"孔子"、"墨子"、"韩非子"、"子产"、"子贡"等,这里第一个子用为动词,是尊敬、敬奉的意思,"杜子"是对杜甫的尊称。眉宇高寒,祠堂内杜甫的塑像面目高古清峻。

⑤ 磨灭:指被后人遗忘。元:同"原"。不死:指杜甫的精神品质为后人景仰和缅怀。

⑥ "山川"二句:追念杜甫客游流落时的凄凉伤感之状。寂寞,这里是荒凉之意。客子,客游在外之人,这里指杜甫。杜甫诗中常用"客子"一词自指,如《遣兴五首》其四:"客子念故宅,三年门巷空。"《自京赴奉先县咏怀五百字》:"天衢阴峥嵘,客子中夜发。"迷,既指山川荒凉,人因之迷路,也指客游漂泊,心情茫然无措。杜甫《石龛》诗:"天寒昏无日,山远道路迷。"《冬至》诗:"心折此时无一寸,路迷何处见三秦。"草木摇落,语本宋玉《九辩》:"悲哉秋之为气也,萧瑟兮草木摇落而变衰。"杜甫《咏怀古迹五首》(其二)诗也云:"摇落深知宋玉悲。"

⑦ "文章"二句:称赞杜甫诗文的伟大成就和令人敬畏的忠义之
　心。"文章"句,语本杜甫《偶题》"文章千古事"之句。垂世,
　流传后世。凛凛,令人敬畏貌。

⑧ "夜归"二句:写诗人晚上从杜甫祠堂归城,乘船渡嘉陵江,风
　雨大作,船被大风吹得横在江中,难以行进。横半渡,渡至一
　半,横泊不进。

⑨ "亦知"二句:意思是说,大自然似乎也知道杜甫心中愤恨未
　平,所以万窍争鸣为他倾泻悲愤。此老,指杜甫。万窍争号,
　指风吹引起的自然界各种响声,语本《庄子·齐物论》:"夫大
　块噫气,其名为风,是唯无作,作则万窍怒号。"

辑评

　〔清〕爱新觉罗·弘历等《唐宋诗醇》:"伤今怀古,怀抱略同,
忾焉癠叹,如见其人,亦以写其胸臆耳。"

　〔清〕简朝亮《读书草堂明诗》:"陆游务观《游锦屏山谒少陵
祠堂》,怀忠义也。此宋诗人之有感于唐诗人也。"

　朱东润《陆游选集》:"陆游过阆中,游杜甫祠堂,想起这位唐
代诗人,艰难寂寞,但是忠义凛凛,令人深思。他写着杜甫,同时
也正写着自己。这里看到陆游心中的苦闷。"

归次汉中境上①

云栈屏山阅月游，马蹄初喜踏梁州。②

地连秦雍川原壮，水下荆扬日夜流。③

遗虏屑屑宁远略，孤臣耿耿独私忧。④

良时恐作他年恨，大散关头又一秋。⑤

注释

① 归次：归来到达。次：到，至。汉中：即兴元府（治南郑县），隋
大业、唐天宝时曾为汉中郡，所以陆游这里称汉中。此诗作
于乾道八年（1172）十月，这年秋陆游以四川宣抚使司干办公
事兼检法官的身份到阆中等地视察，返回南郑途中抵达兴元
府境时有此作。陆游到南郑军中任职以来，生活是紧张而痛
快的，他和王炎及众僚友相处融洽，共同为将来出兵关中积
极地谋划和筹备，心态也由夔州时的沉郁颓唐一变为踔厉昂
扬。因此，这次巡察归来，进入兴元府境内，眺望壮美的原
野，奔流的河川，回想几个月来所见西北前线的大好形势，一
股强烈的自豪感和自信心涌上心头。但是转念一想，虽然西
北前线形势大好，但朝廷内忧外患，难有远略，毕竟南宋朝廷
中主和派是占据主导地位的。自己到南郑已有几个月时间
了，却迟迟没有见到朝廷有任何出兵的动静和打算，诗人的
心头不禁又生出暗暗的担忧，唯恐这大好时机被白白错过，

只是成为将来的一个遗憾。在喜忧变化之间，我们可以看到他一颗赤诚的爱国之心。

② "云栈"二句：意思是说，此行阆中在云雾缭绕的栈道上游走了一个多月，初回兴元府境内，心情十分喜悦。云栈，栈即栈道，在山势险绝之处用竹木搭建的道路，自南郑经褒城、陈仓至宝鸡，一路群山连绵，有栈道，称连云道，古时是自陕入蜀的要道，这里泛指入蜀路途上高险入云的栈道。屏山，即锦屏山，在阆中城南，详参前《游锦屏山谒少陵祠堂》诗注。阅月，经过一月。梁州，兴元府西晋、隋、唐时曾为梁州，古代属中国九州之一的梁州之地。

③ "地连"二句：意谓汉中地区北连秦国、雍州故地，南接古荆州、扬州地区，原野河流壮美，地理位置十分重要。秦雍，关中地区古时属九州之一的雍州，春秋战国时属秦国。川原，平原、原野。荆扬，荆州和扬州，两者都是中国古代九州之一，荆州主要包括今湖南、湖北两省地区，扬州主要包括今江苏省、安徽省等地。

④ "遗虏"二句：意思是说，残余的金兵孱弱不堪，不可能有什么远大的策略，但我心中却独怀忧虑，难以平静。遗虏，残余的敌寇，这里指金兵。孱孱(chán)，软弱无力貌。宁，岂，难道。远略，长远的谋略。孤臣，陆游自指。耿耿，心中不宁貌。

⑤ "良时"二句：意思是说，进攻金兵的大好时机恐怕被白白浪费，成为将来的遗憾；时光飞速流逝，大散关上又迎来一个秋季。良时，指进攻金兵的大好时机。他年，将来。恨，遗憾。

大散关,在今陕西省宝鸡市南,为南宋与金西面的边界,是当时的边防要塞。

辑评

〔清〕爱新觉罗·弘历等《唐宋诗醇》:"才气慷慨,不诡风人。"

〔清〕方东树《昭昧詹言》:"从题前起,次入归,三四汉中境上,后半感时忧事。"

〔清〕潘德舆《养一斋诗话》卷五:"且放翁七律,佳者诚多,然亦佳句耳;若通体浑成,不愧南渡称首者,尝精求之矣。如'地连秦雍川原壮,水下荆扬日夜流'……此十数章七律,著句既遒,全体亦警拔相称。盖忠愤所结,志至气从,非复寻常意兴。"

剑门道中遇微雨①

衣上征尘杂酒痕,远游无处不消魂。②
此身合是诗人未?③细雨骑驴入剑门。④

注释

① 剑门:山名,在今四川省剑阁县北,又称大剑山,以山势险峻

50

著称,其上峭壁中断处两峰对峙如门,称剑门关或剑阁。《舆地志·关隘一》:"剑阁,在州(剑州,今剑阁县)东北六十里,一名剑门关。两山壁立,中通一道,仅容车马,诚蜀北之咽喉。"此诗作于乾道八年(1172)十一月,这年十月四川宣抚使王炎被召还京师,其幕僚也因之散去,陆游改任成都府安抚司参议官,十一月三日由南郑赴成都,途经剑门山时赋此诗。诗人在南郑前线,见关陇地区原野广阔,将士士气高涨,心情颇为振奋,对出师关中,收复中原充满希望。但是,很快王炎调离南郑,诗人自身也由前线转赴后方,恢复的希望变得渺茫,他是在痛苦失望的心情中踏上去成都的路途的。在剑门道中缠绵迷蒙的细雨中,他不禁发出自己一生是否要终老诗人的感叹。全诗寥寥数语,用简练的笔触勾勒出一幅自身落魄羁旅的画像,再用一句带着自嘲口吻的反问,将内心痛苦、失落、感慨的情绪表现得极为浓烈而深长,很耐人回味。

② "衣上"二句:描写诗人旅途中风尘仆仆、借酒浇愁的落魄形象和心中伤感、痛苦的情感。征尘,身上因旅行而沾上的灰尘。酒痕,喝酒在衣服上留下的污渍。消魂,亦作"销魂",指极度痛苦伤感。

③ "此身"句:中国古代文人多以建功立业为人生的主要追求,文学只是他们心目中退而求其次之事,如《左传·襄公二十四年》记载古代的说法:"大上有立德,其次有立功,其次有立言。"韩愈《和席八十二韵》诗云:"余事作诗人。"陆游《初冬杂咏》诗中也说:"书生本欲辈莘渭,蹭蹬乃去为诗人。"这里反

问自己此生是否该只是一个诗人，是一种愤激、自嘲之语，透着诗人的无奈、失落和愤慨之情。合是，应该是。未，语气词，与"否"同义。

④ 骑驴：唐代诗人多有骑驴吟诗的故事，所以人们便把骑驴作为了诗人的象征。如《唐诗纪事》引《古今诗话》云："相国郑棨善诗，或曰：'相国近为新诗乎？'对曰：'诗思在灞桥风雪中驴子背上，此何所得之？'"杜甫《奉赠韦左丞丈二十二韵》诗云："骑驴三十载，旅食京华春。"这里陆游是用典，并非真的骑驴行路。剑门，即剑门山上的剑门关，为由陕入蜀的必经之路。

辑评

〔清〕爱新觉罗·弘历等《唐宋诗醇》："卢世㴶曰：'笔墨之气，脱化殆尽。'"

〔清〕陈衍《石遗室诗话》："（掞东《剑南诗选》）评云：'剑南七绝，宋人中最占上峰，此首又其最上峰者，直摩唐贤之垒。'仆谓以'细雨骑驴入剑门'博得诗人名号，亦太可怜，况尚未知其是否乎！结习累人至此。然此诗若自嘲，实自喜也。"

顾佛影《评注剑南诗钞》卷二："风神跌宕，读之意消。"

程千帆、沈祖棻《古诗今选》："'腰垂锦带佩吴钩，走马曾防玉塞秋。莫笑关西将家子，只将诗思入梁州。'如果知道李益有这首《边思》，读陆游此作，就很难不想起它来。虽然由于诗人们当时心境不同，两篇作品一壮美，一优美，风格上存在着显著的差异。"

赵齐平《宋诗臆说》："《剑门道中遇微雨》一诗一开始写'衣

52

上征尘'，就是表示路途奔波。若单就'尘'字而言，还暗寓'万里觅封侯'而'尘暗旧貂裘'（《诉衷情》词）即无由建功立业之意。其实，'征尘'亦已点明徒劳跋涉之意。这样，烦闷、抑郁，不免借酒浇愁，所以'衣上'除'征尘'之外又'杂酒痕'。'酒痕'在衣，说明不是浅斟细酌，而是纵情痛饮。诗人勾画了自我的形象，只用衣服上斑驳灰暗的尘土与点点滴滴的酒渍，即写出其失意无聊的遭遇与悲愤难言的内心。"

剑门城北回望剑关，诸峰青入云汉，感蜀亡事，慨然有赋^①

自昔英雄有屈信，危机变化亦逡巡。^②
阴平穷寇非难御，如此江山坐付人。^③

注释

① 剑门：即剑门县，治今四川省剑阁县东北剑门镇，剑阁在县北剑门山上，险峰林立，素有七十二峰之称。云汉：又称霄汉，云霄，即高远的天空。此诗也作于乾道八年（1172）十一月陆游由南郑赴成都过剑门之时。蜀中为三国时蜀国故地，诗人在剑门县城北回望剑门关高耸入云的山峰，想到当年蜀国的

灭亡,不禁感慨万千:如此雄伟险要的剑门天险,如此广袤富饶的巴蜀大地,却无奈刘禅昏庸,拱手让与了曹魏。显然诗人这里是在借古讽今,南宋君臣的昏庸怯懦不亚于刘禅、谯周之辈,诗中对蜀亡之事的感慨中寄寓着对南宋统治者满腔的愤慨和对国家命运的无限担忧。

② "自昔"二句:意思是说,自古以来英雄都有窘困和顺畅的时候,在危机变故之时,他们可能也会迟疑退却。屈信,屈伸,"信"同伸。逡巡(qūn xún),因顾虑而退却不前。

③ "阴平"二句:意思是说,英雄可有迟疑退却的时候,但决不至于像蜀后主刘禅那样,从阴平道上袭来的魏将邓艾并非不可抵御,他却投降曹魏,把蜀国大好江山拱手与人。阴平穷寇,《三国志·魏书·邓艾传》:"冬十月,艾(邓艾)自阴平道行无人之地七百余里,凿山通道,造作桥阁。……先登至江由……进军到雒。刘禅遣使奉皇帝玺绶,为笺诣艾请降。"江山坐付人,《三国志·蜀书·后主传》:"炎兴冬,邓艾破卫将军诸葛瞻于绵竹。(刘禅)用光禄大夫谯周策,降于艾。"同传裴松之注引《汉晋春秋》:"后主将从谯周之策,北地王谌怒曰:'若理穷力屈,祸败必及,便当父子君臣背城一战,同死社稷,以见先帝可也。'后主不纳,遂送玺绶。"

辑评

〔清〕爱新觉罗·弘历等《唐宋诗醇》:"刘禅庸主,谯周庸臣,七字中含多少感慨。"

三月十七日夜醉中作①

前年脍鲸东海上，白浪如山寄豪壮。②

去年射虎南山秋，夜归急雪满貂裘。③

今年摧颓最堪笑，华发苍颜羞自照。④

谁知得酒尚能狂，脱帽向人时大叫。⑤

逆胡未灭心未平，孤剑床头铿有声。⑥

破驿梦回灯欲死，打窗风雨正三更。⑦

注释

① 此诗作于乾道九年(1173)三月陆游由蜀州(今四川崇州)因事到成都时。去年年底他由南郑来到成都，任成都安抚司参议官，九年春权蜀州通判。在成都和蜀州任职，比较清闲，心情又失落沉郁，因此常常借酒浇愁，打发时光，三月十七日晚上的一场痛饮之后他写下了这首诗。诗中前六句截取了三幅诗人自己的人生画面，第一幅为绍兴二十九年任福州决曹时东海出航脍鲸图，第二幅为去年在南郑军中时终南山射虎图，第三幅是自己现今的华发苍颜图。前两幅意气风发、豪情万丈，和第三幅的衰老颓唐形象构成强烈的对比，而且六句诗中又用密集的韵脚、频繁的转韵和排比的句式，加强诗中豪放飞腾的气势，使诗人心中无边的感慨不平如大河奔流呼啸而出。"谁知"四句写醉中狂态，笔势振起，表达身虽老，

杀敌报国之志却难以磨灭的爱国赤诚。结尾两句又转低回，酒醒梦断，眼前只有破旧驿舍中欲灭的残灯和窗外的风雨之声。此诗风格豪放雄浑中透着悲凉，结构开合跌宕，颇有李白诗的面目。

② "前年"二句：陆游绍兴二十九年（1159）任福州决曹时曾泛海，当时有《航海》、《海中醉题时雷雨初霁天水相接也》等诗，《航海》诗中云："潮来涌银山，忽复磨青铜。饥鹘掠船舷，大鱼舞空虚。流落何足道，豪气荡肺胸。"前年，早年的意思。脍(kuài)，细切的肉，这里为动词。

③ "去年"二句：乾道八年三月至十一月，陆游在四川宣抚使王炎幕中任职，其间在南郑一带山中打猎时曾于沮水（即沔水）边射杀猛虎。其《书事》、《建安遣兴》、《十月二十六日夜梦行南郑道中既觉怳然揽笔作此诗时且五鼓矣》、《怀昔》、《三山杜门作歌》等诗都提及此事。南山，终南山，这里指南郑一带的终南山南麓。貂裘，用貂皮制成的皮衣。

④ 摧颓：衰老颓丧的样子。华发苍颜：头发花白，面容苍老。

⑤ "谁知"二句：语本杜甫《今夕行》："咸阳客舍一事无，相与博塞为欢娱。冯陵大叫呼五白，袒跣不肯成枭卢。"

⑥ "逆胡"二句：意思是说，金人不消灭，我内心就不会平静，我的剑正挂在床头铿然有声，等待着我拿起去杀敌。逆胡，这里指金人。逆，叛逆，不顺服；胡是古代对我国北方、西北民族的统称。

⑦ 破驿(yì)：破旧的驿舍。梦回：梦醒。灯欲死：灯光暗淡，快要

熄灭。三更:更是古代夜晚的计时单位,一夜分为五更,三更是半夜时分。

夜读岑嘉州诗集①

汉嘉山水邦,岑公昔所寓。②

公诗信豪伟,笔力追李杜。③

常想从军时,气无玉关路。④

至今蠹简传,多昔横槊赋。⑤

零落财百篇,崔嵬多杰句。⑥

工夫刮造化,音节配韶頀。⑦

我后四百年,清梦奉巾屦。⑧

晚途有奇事,随牒得补处。⑨

群胡自鱼肉,明主方北顾。⑩

诵公天山篇,流涕思一遇。⑪

注释

① 岑嘉州:岑参在唐代宗大历初任嘉州(治今四川乐山)刺史,后人因称之岑嘉州。此诗作于乾道九年(1173)秋陆游权知

嘉州时。诗人自少酷爱岑参之诗,这次来嘉州担任和岑参一样的职务,他将岑参之像画于斋壁,又搜集其诗八十余篇刊刻,并作此诗对岑参之人之诗高度赞扬。陆游推崇岑参除了欣赏其诗豪伟奇丽的风格和高超的艺术境界外,还在于岑参诗中对边疆军事生活的描绘触动了他一向所怀有的抗金杀敌之心和不久前在南郑前线军旅生活的记忆。在诗中对岑参的追怀与称赞中,我们可以看到他那颗一刻也没有停息或衰减的爱国之心。

② 汉嘉:即嘉州,《元和郡县图志》:"嘉州……州境近汉之汉嘉旧县,因名焉。"邦:国,这里是地区的意思。岑公:对岑参的敬称。

③ "公诗"二句:称赞岑参诗豪放壮伟,堪和李白、杜甫比肩。豪伟,豪放奇伟。"笔力"句,陆游在《跋岑嘉州诗集》中说:"予自少时,绝好岑嘉州诗。……尝以为太白、子美之后,一人而已。"李杜,李白和杜甫并称李杜。

④ "常想"二句:意思是说,常常怀念岑参从军时对西北边地艰险的环境视之若无的豪壮意气。从军时,岑参曾多年在西北军中任职,天宝八载(749)充安西节度使掌书记(驻安西,今新疆库车),十载(751)入河西节度使高仙芝幕(驻武威,今属甘肃),十三载(754)充安西北庭节度判官(驻庭州,今新疆吉木萨尔),十四载(755)领伊西北庭支度副使(驻轮台,今属新疆)。玉关,即玉门关,在今甘肃省敦煌市西北,这里泛指唐时西北边地。

⑤“至今”二句：意思是说，他的诗集流传至今，其中多是军中所作。蠹(dù)简，被虫蛀的书籍，这里指流传至南宋已经残破的岑参诗集。蠹，蛀虫。简，古代书籍刻写在木板或竹片上，木版称牍，竹片称简，两者合称简牍，这里泛指书籍。横槊(shuò)赋，在行军打仗时赋诗。唐元稹《唐故检校工部员外郎杜公墓系铭并序》：“建安之后，天下文士遭罹兵战，曹氏父子鞍马间为文，往往横槊赋诗，故其抑扬哀怨存离之作，尤极于古。”槊，长矛，古代的一种兵器。赋，作诗。

⑥“零落”二句：意思是说，岑参诗集散失得仅剩大约百篇，多是奇伟不凡的杰出作品。零落，散失、散佚之意。财，通“才”。百篇，陆游《跋岑嘉州诗集》云：“又杂取世所传公遗诗八十余篇刻之。”这里取其成数。崔嵬，奇伟不凡貌。

⑦“工夫”二句：赞美岑参诗高度的艺术成就，意思是说，其诗艺术境界巧夺天工，音律可与古代的《韶》乐、《頀》乐媲美。工夫，指艺术造诣。刮造化，达到自然浑成的境地，犹言巧夺天工。刮，抵达，达到的意思；造化，大自然。音节，诗歌的音律节奏。韶頀(sháo hù)，相传《韶》是舜所作的乐曲，《頀》是商汤所作的乐曲。《论语·述而》：“子在齐闻《韶》，三月不知肉味。”《论语·八佾》：“子谓《韶》：‘尽美矣，又尽善也。’”《左传·襄公二十九年》：“(吴公子季札)见舞《韶》《頀》者，曰：‘圣人之弘也，而犹有惭德，圣人之难也。’”

⑧“我后”二句：意思是说，我生在你去世四百年后，常在梦中梦到侍奉你起居。四百年，岑参卒于唐代宗大历五年(770)，距

陆游当时四百零四年,故取其成数称"四百年"。奉,同"捧"。巾,头巾。屦(jù),麻鞋。

⑨ "晚途"二句:意思是说,我在晚年遇到了神奇的事情,得以到您(岑参)做过刺史的地方任职。晚途,晚年。奇事,奇异美好之事,这里指权知嘉州。随牒(dié),调升、调任的意思。《汉书·匡衡传》:"匡衡才智有余,经学绝伦,但以无阶朝廷,故随牒在远方。"颜师古注:"随牒谓随选补之恒牒,不被超擢者。"补处,本佛教术语,这里表示任职之意。《阿弥陀佛经》:"其中多有一生补处。"窥基注:"一生补处者,谓十地菩萨更于兜率天一度受生,从兜率下,即补前佛处而成佛故。"

⑩ "群胡"二句:意谓当今正是金人内部自相残杀,孝宗皇帝准备北伐收复中原的时候。"群胡"句,《金史·世宗纪中》:"(大定)十二年(即宋孝宗乾道八年)……四月……丁巳,西北路纳合七斤等谋反,伏诛。……十二月……丁酉,德州防御使(完颜)文以谋反伏诛。"群胡,这里指金人各部落。鱼肉,互相残杀。"明主"句,《宋史·孝宗纪》:"乾道八年九月壬辰,(虞)允文入辞,帝谕以决策亲征,令允文治兵俟报。"明主,英明的君主,指宋孝宗。北顾,这里指北伐金兵,收复中原。

⑪ 天山篇:岑参有《天山雪歌送萧治归京》一诗,这里以之代指他那些描写西北边地军中生活、环境的诗歌。思一遇:希望能遇到一次像岑参那样的随军出征,抗击敌人的机会。

辑评

〔清〕戴第元《唐宋诗本》："岑参出刺嘉州,杜鸿渐镇西川,表为从事,以职方郎兼侍御史,领幕职。放翁生平所历相似,故于从军诗尤致思焉。"

九月十六日夜梦驻军河外,遣使招降诸城,觉而有作①

杀气昏昏横塞上,东并黄河开玉帐。②

昼飞羽檄下列城,夜脱貂裘抚降将。③

将军枥上汗血马,猛士腰间虎文鞬。④

阶前白刃明如霜,门外长戟森相向。⑤

朔风卷地吹急雪,转盼玉花深一丈。⑥

谁言铁衣冷彻骨,感义怀恩如挟纩。⑦

腥臊窟穴一洗空,太行北岳元无恙。⑧

更呼斗酒作长歌,要遣天山健儿唱。⑨

注释

① 河外:古代以黄河以北地区为河内,以西、以南地区为河外,

《九月十六日夜梦驻军河外，
遣使招降诸城，觉而有作》

这里泛指黄河以西、以北地区。此诗乾道九年(1173)九月作于嘉州。诗人离开南郑前线,身在后方,但抗金杀敌的志愿和热情没有丝毫减退,并久思成梦,可见他对恢复中原渴盼之切、意志之坚。作此诗时陆游刚刚编辑岑参诗集不久,所以受岑参诗风影响,诗中颇有豪放奇伟之气。

② "杀气"二句:意思是说,两军交战,杀气腾腾,遮天蔽日,弥漫在边塞上,南宋军队东倚黄河搭起了营帐。杀气昏昏,杀气遮天蔽日,光线显得昏暗。横,弥漫,充满。塞,边塞。并(bàng),通"傍",依傍,沿着。玉帐,主帅的营帐。

③ 羽檄(xí):古代征召、声讨的文书称为檄,如事务紧急则插鸟羽于其上,称为羽檄。下:传布。貂裘:貂皮做的皮衣。抚:安抚。

④ 枥:马槽。汗血马:一种良马,据说因流汗如血而得名。《史记·大宛列传》:"初,天子发书《易》,云'神马当从西北来'。得乌孙马好,名曰:'天马'。及得宛汗血马,益壮,更名乌孙马曰'西极',宛马曰'天马'云。"虎文韔(chàng),绘有虎纹的弓套。文,同"纹"。韔,弓套。

⑤ 白刃:明亮的刀剑。戟:古代的一种兵器,集戈矛于一体,既可直刺又可横击。森:繁密貌。相向:相对。

⑥ "朔风"二句:唐岑参《白雪歌送武判官归京》:"北风卷地白草折,胡天八月即飞雪。忽如一夜春风来,千树万树梨花开。"朔(shuò)风,北风。朔,北。转盼,转眼。玉花,白色的雪花。

⑦ "谁言"句:岑参《白雪歌送武判官归京》:"将军角弓不得控,

63

都护铁衣冷难著。"铁衣,铠甲。彻骨,透骨。彻,透。挟纩
(kuàng),披着丝绵做成的棉衣。纩,絮衣服的丝绵。

⑧ 腥膻窟穴:指金人盘踞之地。腥膻,是对金人的蔑称。窟穴,
盘踞地。太行:即太行山,南北绵延于今河南西北部、山西东
部、河北西部一带。北岳:即恒山,在今山西、河北北部。

⑨ "更呼"二句:意思是说,为庆祝胜利,又叫人拿酒并作长篇诗
歌,命天山一带的健壮少年歌唱。更,又。长歌,长篇的歌行
体诗。天山,山名,在今新疆维吾尔自治区。健儿,健壮的
少年。

醉 歌①

我饮江楼上,阑干四面空;②
手把白玉船,身游水精宫。③
方我吸酒时,江山入胸中,④
肺肝生崔嵬,吐出为长虹,⑤
欲吐辄复吞,颇畏惊儿童。⑥
乾坤大如许,无处着此翁。⑦
何当呼青鸾,更驾万里风。⑧

注释

① 此诗乾道九年(1773)九月作于嘉州,写得极为豪放挥洒,气吞天地,又使用响亮的东韵,音节高昂而流畅,颇有李白诗之风。陆游有"小李白"之称,原因就在于此类作品。

② 江楼:即澄江楼,在嘉州城东岷江岸边。阑干:即栏杆。四面空:四面空旷开阔。

③ 白玉船:白玉制成的酒杯,因形状似船,所以称"白玉船"。水精宫:即水晶宫,澄江楼临岷江,人在水上,四面空阔,仿佛在水晶宫里游历。

④ "方我"二句:极言饮酒时的豪放气概,仿佛江山也吸入了胸中。

⑤ 崔嵬:本意为山峰高峻的样子,这里指胸中壮伟的气概。

⑥ 辄(zhé):就,便。儿童:借指世间凡庸之辈。

⑦ 如许:如此。此翁:诗人自指。

⑧ 何当:犹言何时。鸾:传说中的一种神鸟,类似凤凰。《山海经·西山经》:"西南三百里,曰女床之山……有鸟焉,其状如翟而五采文,名曰鸾鸟,见则天下安宁。""更驾"句:意谓驾鸾乘风上天。《庄子·逍遥游》:"鹏之徙于南冥也,水击三千里,抟扶摇而上者九万里。"

宝剑吟①

幽人枕宝剑，殷殷夜有声。②

人言剑化龙，直恐兴风霆；③

不然愤狂虏，慨然思退征。④

取酒起酹剑：至宝当潜形，

岂无知君者，时来自施行。

一匣有余地，胡为鸣不平？⑤

注释

① 此诗作于乾道九年(1173)陆游权知嘉州时。名为吟宝剑，实际就是一个满怀抱负却无由施展的失意英雄形象，显然是诗人自己的化身。诗的前半写宝剑的雄豪气概和杀敌之志，这是诗人一贯的志节；后半劝导宝剑潜形匿迹，等待时运，则是诗人的愤激之辞，表现出他壮志难酬的愤懑。

② 幽人：幽居高洁之人，这里是诗人自指。"殷殷"句：旧题晋王嘉撰《拾遗记》："帝颛顼高阳氏……有曳影之剑……未用之时，常于匣里，如龙虎之吟。"殷殷，震动声。

③ "人言"二句：意思是说，人们传说宝剑可以化为龙，我唯恐它化龙兴起风雷。剑化龙，《晋书·张华传》记载：西晋时，牛斗间常有紫气，张华向雷焕询问，方知为宝剑之精冲天。张华

遂补雷焕为豫章丰城令,于狱基下挖出两剑,名龙泉、太阿。雷焕将一剑送与张华,一剑自佩。后张华被杀,雷焕亦卒,雷焕子华为州从事,持剑行经延平津。剑忽于腰间跃出堕水,使人没水取之,但见两龙,蟠萦有文章。风霆,风雷。

④ 狂虏:指金人,虏是对敌人的蔑称。遐征:远征。遐,远。

⑤ "取酒"六句:是说以酒酹(lèi)剑,并对它进行劝导,大意是:你乃极为珍贵的宝物,现在时运不到,还是隐匿行迹为好,不会没有知道你的宝贵的人,等时运来了自然就能够施展你的志向。剑匣之中宽绰有余地,你为什么还要呼喊不平?酹剑,以酒浇剑来祭奠。至宝,最为珍贵的宝物。潜形,隐藏行迹。潜,隐。君,指宝剑。时,时运。施行,施展抱负。匣,剑匣。"胡为"句,语本韩愈《送孟东野序》:"大凡物不得其平则鸣。"胡为,为何。

观大散关图有感①

上马击狂胡,下马草军书。②

二十抱此志,五十犹癯儒。③

大散陈仓间,山川郁盘纡,④

劲气钟义士,可与共壮图。⑤

坡陁咸阳城，秦汉之故都，⑥

王气浮夕霭，宫室生春芜。⑦

安得从王师，汛扫迎皇舆？⑧

黄河与函谷，四海通舟车。⑨

士马发燕赵，布帛来青徐。⑩

先当营七庙，次第画九衢。⑪

偏师缚可汗，倾都观受俘。⑫

上寿大安宫，复如正观初。⑬

丈夫毕此愿，死与蝼蚁殊。⑭

志大浩无期，醉胆空满躯。⑮

注释

① 大散关图：即大散关的军事形势图。此诗乾道九年（1173）九月作于嘉州。大散关在今陕西省宝鸡市南，是当时宋金两军对峙的边防重地，陆游去年在南郑王炎幕中任职时曾到过那里。在南郑前线不足一年的军中生活是诗人一生最美好的记忆，一年后在嘉州观看大散关的军事形势图，回想那里雄伟的地理环境，他不禁幻想起随军出征，收复北方，在那里恢复旧有的庙堂宫殿和礼仪制度等一幕幕美好画面来，这正是他一生梦寐以求的理想。但是诗的结尾突回现实，前面兴高采烈的一幕幕，只不过是自己大而无用的志愿和醉后的大胆

幻想而已。情绪的陡转和强烈的对比中,迸发出撼人的悲愤,极具艺术感染力。

② "上马"二句:意谓自己一生以从军杀敌为理想。狂胡,狂妄的胡人,这里指金人。草,起草,书写。

③ "二十"二句:意思是说,青年时就抱有从军杀敌之志,可现在到了五十岁还是一个清瘦的书生。抱,怀有。五十,陆游此年四十九岁,五十是约数。癯(qú)儒,瘦弱书生,陆游时任嘉州知州,为文职官员,故云"癯儒"。癯,清瘦。

④ "大散"二句:写大散关的地理环境。陈仓,地名,在今陕西省宝鸡市。郁,众多、密集貌。盘纡(yū),盘旋曲折。纡,曲折。

⑤ "劲气"二句:写大散关地区的民风民情。劲气,劲健的气质。钟,凝集。义士,讲节义之人。共壮图,共谋宏大的理想抱负。

⑥ "坡陁(tuó)"二句:意思是说,咸阳、长安一带地势险阻,是秦汉时的都城。坡陁,即"陂(pō)陁",也作"陂陀",倾斜不平貌。陁,同"陀"。咸阳城,今陕西咸阳市,秦朝都咸阳,西汉都长安(今陕西西安),两城相距很近,所以这里以咸阳城代指咸阳、长安一带地区。

⑦ "王气"二句:意思是说,咸阳、长安的帝王气象今天浮荡着傍晚的雾霭,城中昔日的宫殿中春天长满了杂草。王气,古时所谓的帝王气象或气运,咸阳和长安为帝王建都之地,所以那里被认为有"王气"。霭,云气,烟雾。芜,丛生的草。

⑧ "王师"二句:意谓何时能从宋朝军队北征,扫除金人,迎接皇

帝北归中原。王师,指南宋的军队。汛扫,洒扫,扫除。皇舆,皇帝的车驾。舆,本为车厢之意,此指车。

⑨ 函谷:函谷关,战国时秦国在今河南省灵宝市东北置函谷关,汉武帝时移关址于今河南省新安县东,是进出关中的要塞。

⑩ 士马:战士和马匹,这里是偏义复词,指马。燕赵:燕国和赵国,两者都是战国时国名,燕国在今河北省东北部,辽宁省南部一带,赵国在今河北省中南部,山西省东部一带。青徐:古代两个州名,青州在今山东省,徐州在今江苏省、安徽省北部一带。

⑪ 营:营建,建造。七庙:古代礼制,天子有七个祖庙。次第:依次。画:规划,修建。九衢(qú):很多条大道。九,这里是虚数,表示很多的意思。衢,四通八达的大路。

⑫ 偏师:全军的一个部分,非主力部队。可汗(kè hán):古代回纥、突厥等族称其君主为可汗,这里指金主。倾都:整个都城的人。倾,竭尽。受俘:受降。

⑬ 上寿:举杯劝酒,表示祝贺。大安宫:唐代宫殿名,这里借指宋朝宫殿。正观:即贞观,唐太宗年号,宋代避仁宗讳改"贞"为"正"。唐代贞观时期是历史上著名的盛世。

⑭ "丈夫"二句:意思是说,我能完成上述收复中原,重振宋朝的心愿,一生就会非常有价值,和蝼蚁之死完全不同了。丈夫,对有志向、有气节男儿的称呼,这里是陆游自指。毕,完毕,完成。蝼蚁,蝼蛄和蚂蚁,都是极微小的昆虫。

⑮ "志大"二句:意思是说,我志愿浩大却实现无期,以上所云只不过是自己醉后大胆的幻想而已。

金错刀行①

黄金错刀白玉装，夜穿窗扉出光芒。②

丈夫五十功未立，提刀独立顾八荒。③

京华结交尽奇士，意气相期共生死。④

千年史策耻无名，一片丹心报天子。⑤

尔来从军天汉滨，南山晓雪玉嶙峋。⑥

呜呼！楚虽三户能亡秦，岂有堂堂中国空无人！⑦

注释

① 金错刀：一种刀身嵌有黄金纹饰的宝刀。《后汉书·舆服志》："佩刀乘舆，黄金通身雕错。"错，嵌饰。此诗乾道九年（1173）十月作于嘉州。诗名为《金错刀行》，实际塑造的是一位才能卓绝、意气风发、身怀报国大志的奇伟英雄形象，是诗

人自身形象的象征。诗中笔力雄健,气势充沛,节奏铿锵流
转,风格极为雄放激扬。

② 装:刀柄上的装饰。窗扉:窗子和门。扉,门扇。

③ "丈夫"二句:写金错刀的主人胸有大志却人生蹭蹬,五十岁
尚未建立功业,所以感到茫然失意。他其实就是诗人自身的
象征,作此诗时陆游四十九岁。八荒,八方。

④ "京华"二句:意思是说,他在京城结交的都是些奇伟不凡之
士,大家都很有志向和气概,相约携手奋斗,生死与共。京
华,即京城,京城为文物荟萃之地,故称京华。奇士,奇伟不
凡之人。意气,意志和气概,这里是很有志节和气概的意思。
相期,相约。共生死,同生共死。

⑤ "千年"二句:意思是说,他耻于碌碌无为,不能在流传千载的
史书上留下英名,怀着一片忠贞之心欲报效贤明的君主。史
策,史书。丹心,赤诚的忠心。

⑥ 尔来:近来。尔,同"迩",近的意思。天汉滨:即南郑(今陕西
汉中),天汉指汉水(今名汉江),流经南郑。南山:终南山。
玉嶙峋(lín xún):像错落重叠的玉石。嶙峋,山石参差重
叠貌。

⑦ "楚虽"二句:意思是说,古代楚国虽只有三姓,却能灭亡秦
朝,而当今我们堂堂大宋王朝怎能会没有有才能的人士?
"楚虽"句,楚国王室宗族由屈、景、昭三氏构成,楚国被秦国
所灭,当时有民谣云:"楚虽三户,亡秦必楚。"后灭掉秦国的
项羽、刘邦都是楚地人。堂堂,这里是广大的意思。中国,中

原之国,这里指宋朝。

辑评

顾佛影《评注剑南诗钞》卷二:"英气出纸背。"

胡无人①

须如猬毛磔,面如紫石棱。②

丈夫出门无万里,风云之会立可乘。③

追奔露宿青海月,夺城夜踏黄河冰。

铁衣度碛雨飒飒,战鼓上陇雷凭凭。④

三更穷虏送降款,天明积甲如丘陵。⑤

中华初识汗血马,东夷再贡霜毛鹰。⑥

群阴伏,太阳升,胡无人,宋中兴。⑦

丈夫报主有如此,笑人白首篷窗灯。⑧

注释

① 胡无人:古乐府曲名,属相和歌,瑟调曲。此诗乾道九年
(1173)冬作于嘉州,诗中塑造了一个威武壮伟的爱国志士形

象,他随军出征北方,驱敌夺城势如破竹,彻底击溃了侵略者,使宋朝中兴。主人公英武高大的形象,战场上紧张激烈的场面,诗中畅快响亮的节奏共同形成了诗歌雄壮恣肆的风格。但结尾主人公嘲笑白首于篷窗灯下者的一幕,其实就是诗人对自己现实处境的自嘲,流露出他内心难以掩饰的失落和苦闷。

② "须如"二句:描写诗中主人公威武的相貌。《晋书·桓温传》:"(刘)惔尝称之曰:'(桓)温眼如紫石棱,须作猬毛磔,孙仲谋、晋宣王之流亚也。'"磔(zhé),张开貌。棱(léng),威严之意。

③ "丈夫出门"二句:意思是说,作为大丈夫他不惧远征万里,很快就得到了建功立业的机会。无万里,不惧怕万里远征。风云之会,《周易·乾卦·文言》:"云从龙,风从虎。"意思是说,龙得云而升天,虎遇风而出谷,称为风云之会。这里是指得到施展抱负、建功立业的机遇。会,遇合。

④ "追奔"四句:写主人公随宋朝军队远征西北,追击奔逃的敌人直到青海,夜渡黄河攻夺城池,威武地行进在沙漠、山岭之间。追奔,追击奔逃的敌人。青海,今名青海湖,在青海省界内。铁衣,铠甲,这里代指战士。碛(qì),沙漠或戈壁。飒(sà)飒,风雨声。陇,陇山,在今陕西省陇县西北陕西、甘肃两省交界处。凭凭,雷声,唐李白《远别离》:"雷凭凭兮欲吼怒。"

⑤ 三更:半夜。穷虏:穷途末路的敌人。降款:降书。积甲:堆积的铠甲,为收缴敌兵所得。

74

⑥ "中华"二句:意思是说,宋军战胜敌人之后,获得了他们所特有的汗血马、白鹰等稀有之物。汗血马,产于大宛国的一种良马,汉武帝时李广利攻大宛国,缴获汗血马,始将其带入中国。可参看前《九月十六日夜梦驻军河外,遣使招降诸城,觉而有作》诗注④。东夷,古代对我国东方民族的称呼。霜毛鹰,毛如霜色的白鹰,唐朝时新罗(在今朝鲜北部)、扶余(在今辽宁昌图以北、黑龙江双城以南一带地区)等国曾贡白鹰。

⑦ 群阴:众多黑暗,这里象征宋朝的敌人。胡无人:金国等再没有向宋朝挑衅的人。中兴:复兴。

⑧ "丈夫报主"二句:意思是说,大丈夫应该像上面所述那样击败敌人,复兴宋朝,报答贤明的君主;对于在贫寒中碌碌无为、终老白头之辈,他是嘲笑的。白首篷窗灯,在闲居的草屋窗灯下白头终老。

晓 叹①

一鸦飞鸣窗已白,推枕欲起先叹息。②
翠华东巡五十年,赤县神州满戎狄。③
主忧臣辱古所云,世间有粟吾得食!④
少年论兵实狂妄,谏官劾奏当窜殛。⑤

不为孤囚死岭海，君恩如天岂终极。⑥

容身有禄愧满颜，灭贼无期泪横臆。⑦

未闻含桃荐宗庙，至今铜驼没荆棘。⑧

幽并从古多烈士，悒悒可令长失职？⑨

王师入秦驻一月，传檄足定河南北。⑩

安得扬鞭出散关，下令一变旌旗色！⑪

注释

① 此诗宋孝宗淳熙元年(1174)夏作于蜀州(今四川崇州)，这年
春陆游由权知嘉州重新调回蜀州。诗中回顾了中原沦陷，北
宋灭亡以来宋朝忧患耻辱的形势，和自己因坚持抗击金人、
收复失地的主张而遭遇贬黜的遭际。但是诗人并没有颓废
绝望，而是坚强地保持着对出兵、恢复之事的信心和期待。
因此此诗于沉郁感慨中充溢着催人奋进的强大力量。

② 窗已白：意指天亮。

③ "翠华"二句：意思是说，宋朝都城东迁临安，南宋建立至今已
近五十年，中原大地被金人所占据。翠华东巡，指宋高宗南
渡迁都临安。翠华，天子的车盖以翠羽为装饰，故称翠华。
东巡，巡为巡视之意，这里是对都城东迁临安的委婉说法。
五十年，自建炎元年(1127)宋高宗即位至今为四十八年，接
近五十年。赤县神州，中国的一种称谓，《史记·孟子荀卿列
传》："(邹衍)以为儒者所谓中国者，于天下乃八十一分居其

76

一分耳。中国名曰赤县神州,赤县神州内自有九州。"这里指中原地区。戎狄,古代称中国西部民族为戎,北方民族为狄,这里指金人。

④ "主忧"二句:意思是说,古人云,如君主感到担忧就是臣子的耻辱,今天正处于主忧臣辱之时,即使有饭我也吃不下去。主忧臣辱,典出《史记·范雎列传》:"(秦)昭王临朝叹息,应侯进曰:'臣闻主忧臣辱,主辱臣死。今大王中朝而忧,臣敢请其罪。'""世间"句,典出《论语·颜渊》:"齐景公问政于孔子。孔子对曰:'君君、臣臣、父父、子子。'公曰:'善哉!信如君不君、臣不臣、父不父、子不子,虽有粟,吾得而食诸?'"

⑤ "少年"二句:意思是说,自己年轻时议论出兵抗金,无所顾忌,遭到谏官弹劾,本当流放或处死。陆游隆兴元年曾上书朝廷提出出兵山东、迁都建康、登用北方遗才、剪除结党营私的龙大渊、曾觌等建议,触怒孝宗被贬出京城,乾道二年又因言官劾奏他力说张浚用兵而被罢官还乡。具体可参看前《望江道中》注①、《游山西村》注①。狂妄,这里是反语,陆游终生主张出兵北伐,并不认为这是狂妄之举。谏官,宋朝有谏院、御史台,合称"台谏",其各级官员统称"谏官",专掌规谏讽喻,凡朝政、官员有失,皆可谏正。劾奏,上奏弹劾。窜殛(jí),窜为流放之意,殛为杀死之意。

⑥ "不为"二句:意思是说,幸亏君主的恩惠宽广无边,我才没有被贬死于极为僻远的岭海地区。岭海,五岭、南海一带,即今天广东、广西地区,古代这里是极为偏远荒凉之地,官员戴罪

常被贬于此。终极,尽头。

⑦ 容身有禄:有俸禄来存身。满颜:满脸。横臆:横流胸前。臆,胸。

⑧ "未闻"二句:写沦陷后东京城内的荒凉景象,昔日天子的宗庙不再有祭祀活动,宫殿前的铜驼淹没在荆棘之中。"未闻"句,《礼记·月令》:"仲夏之月……农乃登黍。是月也,天子乃以雏尝黍,羞以含桃,先荐寝庙。"含桃,樱桃。宗庙,帝王或诸侯祭祀祖先的场所。"铜驼"句,典出《晋书·索靖传》:"(索)靖有先识远量,知天下将乱,指洛阳宫门铜驼,叹曰:'会见汝在荆棘中耳!'"

⑨ "幽并"二句:意思是说,古代幽州、并州之地的黄河以北地区自古多有志节之士,怎能让他们身处金人的统治下,无所作为,悒悒不乐呢?"幽并"句,《魏书·李孝伯李冲传》:"史臣曰:燕赵信多奇士。"韩愈《送董邵南序》:"燕赵古称多慷慨悲歌之士。"幽并,幽州和并州,幽州在今河北东北部、辽宁南部一带,并州在今河北西北部、山西北部一带,是古燕国和赵国之地。烈士,和"奇士"、"慷慨悲歌之士"同义,指气概奇伟、心怀天下之士。悒悒,心情抑郁不快貌。长失职,常常无所作为,无法追求自己的抱负。

⑩ "王师"二句:意谓宋朝军队只要攻取关中,很快就会收复中原地区。王师,指南宋军队。秦,指关中地区(今陕西省中部),春秋战国时为秦国之地。传檄,下达征讨敌人的战书。河南北,黄河南北地区。河,古时黄河称为河。

⑪ "安得"二句:意谓何时才能随宋军从大散关出兵,一声令下,收复中原。散关,即大散关。一变旌旗色,把中原地区金人的旗帜变为宋朝的旗帜,意指收复中原。

辑评

〔宋〕刘辰翁《精选陆放翁诗集》:"志士而不能言,是翁能言。"(尾批)

对酒叹①

镜虽明,不能使丑者妍;②
酒虽美,不能使悲者乐。
男子之生桑弧蓬矢射四方,古人所怀何磊落!③
我欲北临黄河观禹功,犬羊腥膻尘漠漠;
又欲南适苍梧吊虞舜,九疑难寻眇联络。④
惟有一片心,可受生死托,
千金轻掷重意气,百舍孤征赴然诺。⑤
或携短剑隐红尘,亦入名山烧大药。⑥
儿女何足顾,岁月不贷人;⑦

黑貂十年弊，白发一朝新。⑧

半酣耿耿不自得，清啸长歌裂金石。⑨

曲终四座惨悲风，人人掩泪无人色。

注释

① 此诗淳熙元年（1174）夏作于蜀州。诗中塑造了一个志向高
远，气概豪迈的英雄形象，又采用歌行体，句式长短错落，节
奏奔放流走，气势汹涌澎湃，很好地表现了诗人自身英伟磊
落的气概和郁郁不平的情感。

② 妍（yán）：美好，美丽。

③ "男子"二句：意谓男儿在世当如古人那样心系四方，胸怀宽
广坦荡。"男子"句，语本《礼记·内则》："国君世子生……射
人以桑弧蓬矢六，射天地四方。"意思是说国君的长子出生，
主管射箭的官员送给他桑木制作的弓和六支蓬草制作的箭，
希望他长大能处理天地之事，平息四方之难。磊落，俊伟的
样子。

④ "我欲"四句：是说主人公打算北观禹功，南吊虞舜，表示欲学
习古圣贤之人的胸怀志向。禹功，指龙门，在今山西河津县
和陕西韩城县之间黄河两岸，据说为大禹疏浚黄河时所开
凿，故这里称"禹功"。犬羊，对金人的蔑称。漠（mò）漠，密布
貌。苍梧，山名，又名九疑山，在今湖南省宁远县境内，据说
舜死后葬于此。《史记·五帝本纪》："（舜）南巡狩，崩于苍梧

之野,葬于江南九疑,是为零陵。"眇联络,没有线索,没有踪
迹的意思。渺,眇茫,遥远看不清。

⑤ "千金"二句:极写主人公的豪爽气概,唐李白《古风》其九:
"齐有倜傥生,鲁连特高妙。……意轻千金赠,顾向平原笑。"
《侠客行》:"三杯吐然诺,五岳倒为轻。"意气,情义和气节。
百舍,行军三十里为一舍,百舍极言旅程遥远。孤征,一个人
行走。赴然诺,践行承诺。然诺,许诺、承诺。

⑥ "或携"二句:写主人公在和平无事时或隐迹于尘世,或入山
林修道炼丹。红尘,指世间。烧大药,烧炼丹药。大药,即道
教徒所烧炼服食的金丹。唐白居易《不二门》诗:"亦曾烧大
药,消息乖火候。至今残丹砂,烧干不成就。"

⑦ 贷人:意谓岁月一刻不停地流逝,对人毫不宽恕。贷,宽恕。

⑧ "黑貂"句:用苏秦说秦惠王之事,《战国策·秦策一》:"(苏
秦)说秦王书十上而说不行。黑貂之裘弊,黄金百斤尽,资用
乏绝,去秦而归。"黑貂,黑色的貂皮衣。弊,破旧。

⑨ 耿耿:心中不宁貌。不自得:不得意。啸:撮口发出声音,是
古人抒发情感的一种方式。《世说新语·栖逸》:"阮步兵啸,
闻数百步。苏门山中,忽有真人,樵伐者咸共传说。阮籍往观,
见其人拥膝岩侧,籍登岭就之,箕踞相对。……籍因对之长啸。
良久,乃笑曰:‘可更作。’籍复啸。意尽,退,还半岭许,闻上嗂
然有声,如数部鼓吹,林谷传响,顾看,乃向人啸也。"

秋 声①

人言悲秋难为情，我喜枕上闻秋声。②

快鹰下韝爪觜健，壮士抚剑精神生。③

我亦奋迅起衰病，唾手便有擒胡兴，④

弦开雁落诗亦成，笔力未饶弓力劲。⑤

五原草枯苜蓿空，青海萧萧风卷蓬，⑥

草罢捷书重上马，却从銮驾下辽东。⑦

注释

① 此诗淳熙元年(1174)夏作于蜀州通判任上。中国古代诗人
  "自古逢秋悲寂寥"，但陆游这里却闻秋声而生喜色，主要原
  因还是他心系北方沦陷区的爱国之心。中国自古即有防秋
  的传统，即每到秋季，庄稼成熟，北方民族也正是马肥之时，
  易入侵汉境，历代朝廷都会在这时对西北、北部边境增加兵
  力，严加防范，因此秋季是一个金戈铁马的季节。正是系念
  失地的爱国之心的驱动，诗人听到秋声顿生出兵擒贼的豪
  兴。诗中情感激昂，气势如虹，节奏响亮迅疾，表现出诗人乐
  观豪迈的精神气概。

② 悲秋：因秋季环境萧瑟而悲凉，战国宋玉《九辩》："悲哉，秋之
  为气也。"难为情：难以控制情感。

③ 韝(gōu)：皮革制成的臂套，养鹰者打猎时所戴，供鹰栖立。

觜(zuǐ):鸟嘴。

④ 奋迅:振奋迅捷。起衰病:从衰病卧床中起身。唾手:在手上吐唾沫揉搓,表示振作欲有所行动。擒胡兴:捉拿金人的兴致。

⑤ "弦开"二句:写诗人"擒胡兴"与诗兴都极为高涨,驰骋疆场的同时,俊爽的诗作也写成了。饶,让,减的意思。

⑥ "五原"二句:写西北边地苍凉的秋色,烘托主人公雄伟的气概。五原,地名,在今内蒙古自治区五原县,《太平寰宇记》卷三十七:"汉置五原郡,地有原五所,故为名。"苜蓿(mù xù),一种重要的牧草。青海,即今青海湖,在青海省界内。萧萧,形容风声。蓬,蓬草。

⑦ "草罢"二句:意谓刚刚在西北边地打完胜仗,便马不停蹄地又随皇上的车驾东征辽东。草,起草。捷书,传报胜利的书信。銮(luán)驾,皇帝的车驾。銮,皇帝车上的铃。辽东,今辽宁省东南部地区。

辑评

〔宋〕刘辰翁《精选陆放翁诗集》:"但能言此,亦不易得。"(尾批)

朱东润《陆游选集》:"这首诗充满了坚强、勇敢的战斗气氛;结尾一句,把战争推向辽东,俱备有余不尽的意致。"

秋 思①

烈日炎天欲不禁，喜逢秋色到园林。②

云阴映日初萧瑟，露气侵帘已峭深。③

衰发凋零随槁叶，苦吟凄断杂疏砧。④

雁来不得中原信，抚剑何人识壮心！⑤

注释

① 此诗淳熙元年(1174)七月作于蜀州。初秋时节天气尚嫌炎热，突然凉气到来，自然令人心生惬意，但是萧瑟的秋景同时也给人带来时光流逝、年岁日长、思乡怀远的迟暮悲凉之感。不过诗人并没有因此陷入颓废，而是激发出及早收复中原、报效国家的强烈渴盼。诗的篇幅不长，情感却层层转折，于悲凉中透出慷慨之气，绝无儿女沾巾之态。

② 欲不禁：难以坚持，简直吃不消。

③ 萧瑟：萧条。峭深：锐利深入，这里是寒气袭人之意。

④ "衰发"二句：意思是，白发随着枯萎的树叶一同掉落，凄婉的吟诗声和稀疏的捣衣砧声相杂。衰发，白发。凋零，脱落。凄断，凄凉幽咽。疏砧(zhēn)，稀疏的捣衣声。砧，捣衣石，这里指在砧上捣衣的声音。

⑤ "雁来"句：典出苏武大雁传书故事，《汉书·苏建列传附苏武列传》记载，汉武帝时苏武出使匈奴，被扣留二十年。汉昭帝

《秋思》

即位,匈奴与汉和亲,汉朝索要苏武,匈奴谎称苏武已死。后汉使者出使匈奴,称汉天子在上林苑射猎得到大雁,足上系有苏武所写之信,言苏武诸人在荒泽中。匈奴单于不得不承认苏武尚在,并放还汉朝。壮心,收复中原的壮志。

辑评

〔清〕方东树《昭昧詹言》:"起句秋,次点人,三四秋景,以所思之事。"吴闿生批:"此收较胜,以其神气迸出也。"

观长安城图①

许国虽坚鬓已斑,山南经岁望南山。②

横戈上马嗟心在,穿堑环城笑虏孱。③

日暮风烟传陇上,秋高刁斗落云间。④

三秦父老应惆怅,不见王师出散关。⑤

注释

① 此诗淳熙元年(1174)七月作于蜀州。诗人观看长安城的地图,顿时便兴发出征杀敌的冲动,可见他许身祖国的志愿确实是既坚定又持久,并没有随着他远离前线而消减。但是出

兵关中毕竟只是他的一己愿望而已,朝廷中无动于衷,就难以化为现实。因此诗中情感最终又归于失望和惆怅,这惆怅是北方父老的,也是诗人自己的,诗人的忧虑来自北方人民的痛楚。正因为此,诗中的感情虽低沉但却深厚感人。

② 许国:许身祖国。斑:花白。"山南"句:意思是说诗人在南郑的近一年时间,经常眺望北方终南山一带。山南,终南山以南,指南郑(今陕西汉中)一带。经岁,一岁,一年。南山,终南山。

③ 横戈:拿着戈。戈,古代的一种兵器,横刃长柄。嗟心:感慨之心,这里是壮心的意思。"穿堑"句:意思是说,金人环长安城穿凿壕沟,实在怯懦得令人发笑。陆游于此句自注云:"谍者言:虏穿堑三重,环长安城。"堑,护城河。虏,指金人。孱(chán),懦弱。

④ 风烟:指烽烟,古时边疆遇敌入侵,在高台上点烟火报警,夜晚点火,叫作烽或烽火,白天点烟,叫作燧或烽烟。陇:陇山,在今陕西省陇县西。刁斗:古代军中用具,白天用于做饭,晚上用来打更,这里是指军中敲击刁斗的打更声。落云间:因秋高,所以长安一带传来的刁斗声似从云间落下。

⑤ 三秦:即关中,项羽亡秦后,曾把关中分为雍、塞、翟三部分,因有此称。王师:南宋军队。散关:大散关,在今陕西省宝鸡市南大散岭上。

长歌行①

人生不作安期生，醉入东海骑长鲸；②

犹当出作李西平，手枭逆贼清旧京。③

金印煌煌未入手，白发种种来无情。④

成都古寺卧秋晚，落日偏傍僧窗明。⑤

岂其马上破贼手，哦诗长作寒螀鸣？⑥

兴来买尽市桥酒，大车磊落堆长瓶。

哀丝豪竹助剧饮，如巨野受黄河倾。

平时一滴不入口，意气顿使千人惊。⑦

国雠未报壮士老，匣中宝剑夜有声。⑧

何当凯还宴将士，三更雪压飞狐城。⑨

注释

① 长歌行:古乐府曲名,属相和歌,平调曲。此诗作于淳熙元年
  (1174)九月,时陆游寓居成都(今属四川)多福院。诗中抒写
  破贼报国的壮伟抱负和壮志难酬,寄意于痛饮的慷慨情怀及
  豪放气概,情感跌宕起伏,气势波澜壮阔。主人公即使在失
  意饮酒中也横溢着"顿时千人惊"的气概,充满着杀敌凯旋的
  渴望,形象极为高大动人,是诗人自身的写照。

② "人生"二句:意谓自己的人生理想不在隐居。安期生,传说
中的仙人。《史记·封禅书》:"少君言上曰:'……臣尝游海
上,见安期生,安期生食巨枣,大如瓜。安期生仙者,通蓬莱
中,合则见人,不合则隐。'"又《列仙传》:"安期先生者,琅琊
阜乡人也,买药于东海边,时人皆言千岁翁。秦始皇东游,请
见,与语三日三夜,去,留书以赤玉舄一量为报,曰:'后数年,
求我于蓬莱山。'""醉入"句,骑鲸入海是隐居者或仙人的形
象,唐杜甫《送孔巢父谢病归游江东兼呈李白》:"若逢李白骑
鲸鱼。"唐李贺《神仙曲》:"碧峰海面藏灵书,上帝拣作神仙
居。晴时笑语闻空虚,斗乘巨浪骑鲸鱼。"

③ "犹当"二句:意思是说,希望像唐朝李晟那样,杀敌平乱,保
卫国家。李西平,指唐朝名将李晟,德宗时李晟平定朱泚(cǐ)
叛乱,因功改封西平郡王。"手枭"句,《旧唐书·德宗本纪
上》:"(兴元元年五月)李晟自渭北移军于光泰门外。贼来
薄,我军争奋击,大败之,蹙入光泰门,斩馘数千计,贼党恸哭
而入白华。戊辰,列陈于光泰门外。遣骑将史万顷往神麚
村……与贼血战,贼党大败,追击至白华,朱泚、姚令言率众
万余遁去。晟收复京城。"枭(xiāo),悬首示众。逆贼,指朱
泚叛军。旧京,唐朝京城长安(今西安)。

④ "金印"二句,意谓功业未建,官职未封,而人已衰老,生出白
发。金印,官印。煌(huáng)煌,明亮貌。种种,头发短少貌,
意指衰老。

⑤ 成都古寺:当指诗人寓居的成都多福院。卧秋晚:秋天的傍

晚卧床。

⑥"岂其"二句:意思是说,我这样常常像寒蝉哀鸣一样凄苦吟诗,哪像一个上马杀敌的战士? 岂其,岂是,难道,表反诘语气,"其"为语助词,无义。破贼手,杀敌的战士。哦(é)诗,吟诗。寒螿(jiāng),寒蝉。螿,蝉的一种。

⑦"兴来"六句:写诗人难以实现壮志,借酒浇愁的豪放之态。市桥,即市场、市肆。磊落,错杂堆垛貌。长瓶,高的酒瓶。哀丝豪竹,哀婉的丝乐和豪壮的管乐,即动人的音乐。"丝"指琴、瑟等弦乐,"竹"指笛、箫等管乐。剧饮,痛饮,豪饮。巨野,古代大泽名,在今山东省巨野县北,临近黄河。意气,饮酒时豪放的气概。

⑧雠(chóu):仇的异体字,仇敌。"匣中"句:参前《宝剑吟》注②。匣,剑匣,剑鞘。

⑨何当:何时能够。凯还:同"凯旋",胜利归来。凯,军队得胜后奏的乐曲。"三更"句:描绘主人公和宋朝军队在北方凯旋时夜深大雪的环境,以烘托宋军将士的英勇雄伟。三更,半夜时分。飞狐城,在今河北涞源县,西汉时为广昌县,隋仁寿元年(601)更名为飞狐县。

辑评

〔清〕马星翼《东泉诗话》:"放翁《长歌行》最善,虽未知与李、杜何如,要已突过元、白。集中似此亦不多见。"

〔清〕方东树《昭昧詹言》:"压卷。"吴闿生批:"所以压卷,亦

90

以豪迈纵横也。"

高步瀛《唐宋诗举要》:"金印煌煌未入手"句下:"吴(汝纶)曰:逆折。""岂其马上破贼手"句下:"吴曰:平空提起,意态英伟非常。""哦诗长作寒螿鸣"至"如巨野受黄河倾"数句下:"吴曰:满腹牢骚之气。""平时一滴不入口"句下:"吴曰:转笔不测。""国雠未报壮士老"句下:"吴曰:撑挺。""匣中宝剑夜有声"句下:"吴曰:淋漓酣纵。"诗尾:"方植之(方东树)以此诗为放翁压卷。吴曰:放翁豪横处自臻绝诣。"

王文濡《宋诗评注读本》:"烈士暮年,壮心未已,老骥伏枥,志在千里。南渡君臣之选愞,惟知称臣纳币耳,诗盖慨乎言之。"

朱东润《陆游选集》:"诗句极生动活跃。"

程千帆、沈祖棻《古诗今选》:"陆游发了一辈子牢骚,这种牢骚痛苦地折磨着诗人的心灵,但同时,希望的火焰也不停息地在他心中熊熊地燃烧着。这篇诗是很好的例证。它意态英伟,风格清壮,笔势顿挫转折有力,确是一篇杰作。"

江上对酒作①

把酒不能饮,苦泪滴酒觞,
醉酒蜀江中,和泪下荆扬。②

楼橹压溢口，山川蟠武昌。

石头与钟阜，南望郁苍苍。③

戈船破浪飞，铁骑射日光。④

胡来即送死，讵能犯金汤。⑤

汴洛我旧都，燕赵我旧疆。⑥

请书一尺檄，为国平胡羌。⑦

注释

① 此诗淳熙元年(1174)九、十月间作于成都。诗人在蜀江上泛舟饮酒，奔流万里的江水连接着巴蜀和荆扬大地，他不禁想象起荆扬大地地理的形胜和宋朝军队的威武，激发出报国平胡的壮怀。诗中情感由低沉转入昂扬，表现了诗人强烈的爱国之心和豪迈的英雄之气。

② "把酒"四句：诗人在蜀江上饮酒，因忧国伤神而难以下咽，泪水滴入酒杯，人醉而酒洒入江中，因此诗人想象自己的眼泪随着东流的江水直入荆州、扬州之地。把酒，拿酒、端酒。苦泪，忧伤的泪。酒觞，酒杯。觞，古代饮酒的器具。蜀江，当指成都附近的岷江或沱江，是长江的支流。荆扬，荆州和扬州，这里泛指湖南、湖北、安徽中南部、江西中北部、江浙一带地区。详见前《归次汉中境上》注③。

③ "楼橹"四句：因诗人想象自己的泪水随江水流向荆扬之地，

此四句便顺势写荆扬之地的地理形势。楼橹,本指古代建在城上用以瞭望的望楼,这里指建在船上瞭望台,代指高大的战船。湓(pén)口,地名,在今江西省九江市,湓水入长江口处。蟠,盘曲伏卧。武昌,在今湖北省武汉市。"石头"句,石头和钟阜都在今江苏南京市,石头指石头城,三国时吴大帝孙权所建;钟阜即钟山,又名紫金山。郁苍苍,一片葱郁青绿。

④ "戈船"二句:写荆扬大地上,宋朝军队的威武:战船冲开波浪在长江上飞驶,骑兵的铠甲映射着日光闪闪发亮。戈船,战船。铁骑,穿着铠甲的骑兵。

⑤ 胡:指金人。讵(jù)能:岂能。讵,副词,和"岂"同义。金汤:金城汤池的略写,意谓城墙像金一样坚固,护城河像沸水一样难渡。

⑥ 汴洛:指北宋东京开封(今属河南)和西京洛阳(今属河南)。燕赵:指今河北省、山西省北部、北京市、天津市、辽宁省南部一带地区,战国时这里属燕、赵二国,北宋时为宋朝北方边境。

⑦ "请书"二句:意谓拿着战书,为国家平定金国侵略者。一尺檄,檄是战争中征讨敌人的军书,古时书信写在长一尺左右的绢帛或木牍上,所以这里称"一尺檄"。胡羌,胡是古代对我国西北部民族的统称,羌为古代我国西部的民族之一,这里"胡羌"指金人。

　　朱东润《陆游选集》："陆游从眼泪滴入酒盃,酒盃倾入江水,写到东南的形胜,敌人的不能进犯。这里我们必须从诗人的思想飞跃,逐步发展,体会他的高涨的爱国情绪。"

楼上醉歌①

我游四方不得意,阳狂施药成都市,②

大瓢满贮随所求,聊为疲民起憔悴。③

瓢空夜静上高楼,买酒卷帘邀月醉。

醉中拂剑光射月,往往悲歌独流涕。④

划却君山湘水平,斫却桂树月更明。⑤

丈夫有志苦难成,修名未立华发生。⑥

注释

① 此诗作于淳熙二年(1175)六月,去年除夕陆游除朝奉郎成都府路安抚司参议官兼四川制置使司参议官,今年正月离荣州(今四川荣县)来成都。此来成都,诗人担任的依然是无所事事的闲职,心中颇有悒悒不得意之感,因此他佯狂施药,高楼

醉饮,以发泄满怀的愤懑之情。诗中郁愤不平之气充溢,风格慷慨悲壮。

② "我游"二句:意思是说,自己仕途不得志,闲暇无聊,在成都市中施药为民治病。游四方,宦游四方,奔走各地做官。不得意,不得志。"阳狂"句,古人有"不为良相则为良医"的说法,意谓不能在政治事业中做出贡献,就做一名好的医生,为人民救治疾病。杜甫也有过卖药的经历,其《绝句九首》其七云:"移船先主庙,洗药浣沙溪。"陆游这里阳狂施药之举,是发泄他人生不得志的愤懑。阳狂,同"佯狂",假装疯狂。施药,给人施送药物治病。

③ 贮(zhù):积存,装。随所求:随病人所需求而施送。起憔悴:使憔悴的病人康复。

④ "瓢空"四句:写诗人施完药,晚上到酒楼上伴月借酒消愁的情形。抚剑光射月,写诗人胸怀壮志却无途施展的愤懑之态。流涕,流泪。

⑤ "划(chǎn)却"二句:陆游于此两句下自注云:"太白诗:'划却君山好,平铺湘水流。'老杜诗:'斫却月中桂,清光应更多。'"乃是用李白《陪侍郎叔游洞庭醉后三首》其三和杜甫《一百五日夜对月》诗中之意,表达自己去除人生之途上的阻碍,施展宏大抱负的渴望。划却,削去,铲除。划,同"铲"。君山,山名,在洞庭湖中。湘水,今名湘江,在湖南省境内,注入洞庭湖。"斫却"句,唐段成式《酉阳杂俎》载:"旧言月中有桂,有蟾蜍。故异书言,月桂高五百丈,下有一人常斫之,树创随

合。人姓吴名刚,西河人,学仙有过,谪令伐树。"斫(zhuó)
却,砍去。斫,砍,削。

⑥ 丈夫:有志节的男儿,是诗人自指。修名:美好的名声。修,
美好。华发:白发。

辑评

〔宋〕刘辰翁《精选陆放翁诗集》"阳狂施药成都市"句下批:
"起得便高妙。"

花时遍游诸家园(十首选一)①

为爱名花抵死狂,②只愁风日损红芳。③

绿章夜奏通明殿,乞借春阴护海棠。④

注释

① 此诗淳熙三年(1176)春作于成都。巴蜀海棠驰名天下,春意
盎然之时,诗人乘兴遍游成都城内的诸家花园,并作绝句十
首,此为其第二首。诗的首句纵笔写尽爱花之情,接着却因
爱花而生惜花之意,幻想奏请天帝借来春阴使海棠花长盛不
衰,把意境又翻进一层,和宋苏轼《海棠》诗"东风袅袅泛崇

96

光,香雾霏霏月转廊。只恐夜深花睡去,高烧银烛照红妆"有异曲同工之妙。

② "为(wèi)爱"句:意谓对诸家园林里的各种名花喜爱得欲死欲狂。为,因为。抵死,格外,分外。

③ 风日:风和阳光。红芳:指花。

④ "绿章"二句:意思是说,连夜写奏书奏明玉帝,请求他借来春阴保护海棠花。绿章,即青词,古代祭告鬼神时,把文辞用朱笔写在青藤纸上,故名。通明殿,道教中最高天神玉帝所居住的宫殿。海棠,蔷薇科落叶小乔木,为人们所喜爱的重要观赏花木之一,蜀地海棠尤为著名。沈立《海棠记序》:"蜀花称美者有海棠焉。……足与牡丹抗衡,称独步于西洲矣。"

辑评

〔宋〕刘辰翁《精选陆放翁诗集》:"狂得有理。"(尾批)

〔清〕朱梓、冷昌言《宋元明诗三百首》:"与东坡《海棠》诗,同一惜花心事,各具深情。"

〔清〕陈衍《石遗室诗话》:"(谈东《剑南诗选》)评云:'此十绝句,皆清丽高响。'仆谓最胜者此六首,今录之。"(按:六首指"看花"、"为爱"、"花阴"、"枝上"、"重葺"、"丝丝"六首。)

王文濡《宋诗评注读本》评此篇和"飞花尽逐五更风"篇:"爱花心事,无微不至。"

顾佛影《评注剑南诗钞》卷二:"此种诗非放翁精诣,而亦清新可喜。"

朱东润《陆游选集》："此诗在《剑南诗稿》中颇有名，虽然没有提到忧时爱国，但是透露出了对于自然景色的深厚感情。"

题醉中所作草书卷后[①]

胸中磊落藏五兵，欲试无路空峥嵘。[②]

酒为旗鼓笔刀槊，势从天落银河倾。[③]

端溪石池浓作墨，烛光相射飞纵横。[④]

须臾收卷复把酒，如见万里烟尘清。[⑤]

丈夫身在要有立，逆虏运尽行当平。[⑥]

何时夜出五原塞，不闻人语闻鞭声。[⑦]

注释

① 此诗淳熙三年(1176)春作于成都，为诗人题其草书卷后之作。诗风正如其草书，前八句写作书过程，笔走龙蛇，一气贯注，极为酣畅淋漓。诗人是将满腔壮志和豪放的英雄气概运之于书中，因此诗的最后兴发出报国杀敌的壮志和渴盼，全诗风格极为雄健纵肆。

② 磊落：众多貌。五兵：古代戈、殳、戟、酉矛、夷矛五种兵器合称五兵，这里借指胸中的军事谋略。峥嵘：山势高峻貌，这里

指心中慷慨不平。

③ "酒为"二句:意思是说,草书如同行军打仗,书写前喝酒好似军中的旗鼓以壮声威,手中的笔好似战士的刀枪,其气势如同银河从天上倾泻而下。槊(shuò),长矛,古代的一种兵器。

④ "端溪"二句:意思是说,以端溪出产的砚台磨墨,在烛光的照耀下下笔纵横如飞。端溪石池,产于端溪的砚台,即端砚,为中国古代名砚。端溪,溪名,在今广东高要市境内。

⑤ "须臾"二句:意思是说,瞬间就完成草书,又端杯饮酒,就像打了一场胜仗,消除国难,恢复了太平,感觉酣畅淋漓。须臾,一会儿,片刻。烟尘,指金人侵略的危难。

⑥ "丈夫"二句:意谓有志男儿当建立功业,有所立身,金人侵略者的命运已尽,应当去平定他们。逆虏,指金人侵略者。运,命运、运数,是古代迷信的说法。行当,应当,唐李白《荆州贼平,临洞庭言怀作》:"关河望已绝,氛雾行当扫。"

⑦ 五原塞:在今内蒙古五原县,为两汉时北方边境要塞,汉军常从这里出征北伐匈奴。"不闻"句:写想象中宋军出征的情景:队伍十分整肃,只听到扬鞭催马的声音,而没有人语声。

辑评

〔宋〕刘辰翁《精选陆放翁诗集》"如见万里烟尘清"句下批:"得之可诵。"尾批:"此坡翁僧履声,变化奇杰。"

〔清〕吴焯《批校剑南诗稿》"须臾"两句旁批:"得之可诵。"全首批:"此坡公僧履声,变化奇杰。"

顾佛影《评注剑南诗钞》卷二:"挥毫落纸,如风雨骤至,精光飞射,不分是诗,是字,是旗鼓刀槊也。"

朱东润《陆游选集》:"(陆游)把上马作战的意图,完全从书法中透露出来,'如见万里风尘清',正写出那横扫敌人、心满意足的神态。最后更从正面提出他的志愿。"

和范待制秋兴(三首选一)①

策策桐飘已半空,啼螀渐觉近房栊。②

一生不作牛衣泣,万事从渠马耳风。③

名姓已甘黄纸外,光阴全付绿尊中。④

门前剥啄谁相觅,贺我今年号放翁。⑤

注释

① 范待制:即范成大,南宋著名诗人,时他以敷文阁待制知成都府权四川制置使,故称范待制。范成大于淳熙二年(1175)六月来成都任职,陆游时为成都府路安抚司参议官兼四川制置使司参议官,是范成大的下属。两人本是旧交,因此在范成大幕中,陆游和他以文字相交,不拘礼法,常常诗酒唱和。此

诗即是他和范成大之作,作于淳熙三年(1176)九月。这年三月陆游因被人劾奏免官,六月任主管台州桐柏山崇道观的祠禄官,居于成都。祠禄官是宋代安置官员的一种虚职,只领俸禄,没有实际任事。因此他在诗中颇有甘于退居,在酒樽中打发光阴的沮丧愤懑之情,但也表现出面对困难和打击傲岸不屈的坚强个性。

② 策策:叶落声。啼螿(jiāng):鸣蝉。栊(lóng):窗棂。

③ "一生"二句:意思是说,我一生窘困也不做哀泣状,万事皆不闻不问,任它随风而去。牛衣泣,用汉王章之事,《汉书·王章传》载:"初,(王)章为诸生,学长安,独与妻居。章疾病,无被,卧牛衣中,与妻决,涕泣。……及为京兆,欲上封事,妻又止之曰:'人当知足,独不念牛衣中涕泣时邪?'"牛衣,用草麻等编成的给牛御寒之物。从渠,任他。渠,他。马耳风,意谓过耳不闻,语本唐李白《答王十二寒夜独酌有怀》:"世人闻此皆掉头,有如东风射马耳。"

④ "名姓"二句:意思是说自己已甘心不做官,把光阴打发在饮酒之中。甘,甘心,甘于。黄纸,登记官吏考核成绩的文册,古代对官吏考核,成绩报告朝廷后,登记在黄纸上保存。绿尊,盛着清酒的酒杯。尊,同"樽",酒杯。

⑤ 剥啄:叩门声。唐韩愈《剥啄诗》:"剥剥啄啄,有客至门。""贺我"句:《宋史·陆游传》:"范成大帅蜀,游为参议官,以文字交,不拘礼法,人讥其颓放,因自号放翁。"

关山月①

和戎诏下十五年，将军不战空临边。②

朱门沉沉按歌舞，厩马肥死弓断弦。③

戍楼刁斗催落月，三十从军今白发。④

笛里谁知壮士心，沙头空照征人骨。⑤

中原干戈古亦闻，岂有逆胡传子孙。⑥

遗民忍死望恢复，几处今宵垂泪痕！⑦

注释

① 关山月：古乐府曲名，属横吹曲。此诗淳熙四年(1177)正月
   作于成都。陆游自从离开南郑前线以后，能看到北伐的希望
   越来越渺茫，多年壮志落空之郁愤的积累，使他把批判的笔
   触直接指向了南宋朝廷。诗中他展现了三幅画面：一幅是边
   地上将军无法出战，只能在歌舞中昏沉度日图；一幅是战士
   们在长期戍边中虚掷岁月，寂夜月光下用笛声抒发愁怀图；
   第三幅是中原沦陷区，那里的遗民们在苦盼恢复中黯然垂泪
   图。而致使这三幅画面产生的根源正是十五年前所下的议
   和诏书。这样就把朝廷苟安求和政策所带给国家人民的严
   重危害鲜明而直接地揭示了出来，表现出诗人对最高统治者
   极度的愤慨之情。
② 和戎诏下：指宋孝宗隆兴二年(1164)所下的宋、金议和之诏，

《宋史·孝宗本纪二》载:"(隆兴二年十二月)丙申,制曰:'比遣王抃远抵颍滨,得其要约,寻澶渊盟誓之信,仿大辽书题之仪,正皇帝之称,为叔侄之国,岁币减十万之数,地界如绍兴之时。'"十五年:隆兴元年(1163)十一月孝宗召侍从、台谏集议讲和、遣使、礼数、土贡之事,二年与金议和成,下制,从隆兴元年至淳熙四年为十五年。

③ 朱门:古代高官贵族宅第的大门漆为朱红色,后便以朱门作为高官贵族之家的代称,这里指边地将帅的营帐或官邸,亦可理解为南宋王朝当权的主和派官僚。沉沉:幽深的样子。按歌舞:和着节拍观看歌舞。按,打拍子。厩(jiù):马棚。

④ 戍(shù)楼:边地军中戍守瞭望用的岗楼。刁斗:古代军中夜晚打更巡视用的工具,白天可用作炊具。

⑤ "笛里"二句,意思是说,有谁知道笛声里战士们杀敌壮心无处施展的苦闷和常年远戍在外的愁思,边地沙漠上一片寂静,月光空空地照在那里老死战士的尸骨上。

⑥ 中原:这里指淮河以北被金人占领的广大地区。干戈:干和戈是古代的两种兵器,后以之代指战争或冲突。逆胡:指金人侵略者。传子孙:指金人长期占领中原,子孙相传。

⑦ 忍死:忍受着痛不欲生的苦难。遗民:中原沦陷区的百姓。恢复:收复失地。

辑评

赵齐平《宋诗臆说》:"开头四句是第一段。……这第一段押

103

平声韵,音调谐婉,一唱三叹,不胜遗憾惋惜之中包含着深沉激越的忧愤。……中间四句是第二段。这第二段换了入声韵,表现诗人对'和戎'带来的后果的无比悲痛心情。……最后四句是第三段,再换平声韵,音调抑扬顿挫,感慨更加深沉,从边防战士转到写人民,主要是在金侵略者统治、奴役下的北方人民,也就是中原'遗民'。……《关山月》诗只有十二句,而包含的内容十分丰富。由此可见陆游诗笔的凝练、简洁,也可见陆游高度的艺术概括力。但是凝练、简洁不等于枯燥、贫乏,高度概括不等于空洞抽象。《关山月》诗不仅有着深刻的思想,而且有着充沛的感情、生动的描写、丰满的形象、隽永的韵味。这证明了前面所说陆游采用《关山月》乐府旧题的创造性和开拓性。……对于《关山月》乐府旧题来说,陆游这首诗使它内容充实了,境界扩展了,思想深刻了,意义重大了,并且它不再是唐人诗中所写的'更吹羌笛《关山月》,无那金闺万里愁'(王昌龄《从军行》)、'无端更唱《关山》曲,不是征人亦泪流'(王表《成德乐》)那样一味低回哀怨、不胜其苦,而是苍茫沉郁、悲凉激越了。陆游采用《关山月》乐府旧题的创造性和开拓性,还表现在诗人相当巧妙地紧扣着题目的'关'、'山'和'月'这样分属地面与天空的客观具体描写对象,去组织诗材、深化诗境。……说陆游这首《关山月》诗思想性和艺术性达到了完美的结合,是一点也不夸张的;说《关山月》诗不但是陆游七古中的名篇,而且是陆游全部爱国诗歌的优秀杰出代表,也是完全符合实际的。"

出塞曲①

佩刀一刺山为开，壮士大呼城为摧。②

三军甲马不知数，但见动地银山来。③

长戈逐虎祁连北，马前曳来血丹臆；④

却回射雁鸭绿江，箭飞雁起连云黑。⑤

清泉茂草下程时，野帐牛酒争淋漓；⑥

不学京都贵公子，唾壶麈尾事儿嬉。⑦

注释

① 出塞曲：古乐府曲名，属横吹曲。此诗淳熙四年(1177)正月
作于成都。诗中描绘了想象中出征塞外，越山摧城，逐虎射
雁，痛饮休息等场面，声色飞动，气势凌云，风格极为雄豪壮
健。结尾笔锋一转，直刺那些京都贵公子，他们的生活和气
概在豪迈的战士面前显得是那么渺小苍白。显然，诗中驰骋
沙场的战士正是诗人自身形象和理想的写照，而所谓的京都
贵公子则是那些身在高位却一味苟且偷安的主和派士人的
象征。

② "佩刀"二句：典出《后汉书·耿弇列传附耿恭列传》："(耿)恭
仰叹曰：'闻昔贰师将军拔佩刀刺山，飞泉涌出，今汉德神明，
岂有穷哉。'"壮士，指出塞征战的战士。摧，摧毁，倒塌。

③ 三军：春秋时大的诸侯国军队分为中军、上军和下军，或中

军、左军和右军，后以之泛指军队。甲马：铠甲和战马，代指兵马。银山：军中兵马众多如山，铠甲闪亮如银，故曰银山。

④ 戈：古代的一种兵器，横刃长柄。祁连：即祁连山，主要在今甘肃省境内。曳(yè)：拖、拽。血丹臆(yì)：指所猎杀的猛虎胸部被血染红了。臆，胸。

⑤ 鸭绿江：江名，在今辽宁省、吉林省东部与朝鲜交界处。连云黑：黑压压一片连着云彩，形容雁多。

⑥ "清泉"二句：意思是说，军队在清泉茂草处停驻休息，搭起帐篷，杀牛摆酒，淋漓痛饮。下程，停下行程，即中途休息。

⑦ 唾壶麈(zhǔ)尾：《世说新语·豪爽》："王处仲(王敦)每酒后，辄咏'老骥伏枥，志在千里。烈士暮年，壮心不已'。以如意打唾壶，唾壶边尽缺。"《世说新语·容止》："王夷甫容貌整丽，妙于谈玄，恒捉玉柄、麈尾，与手都无分别。"唾壶即痰盂，麈尾即拂尘，曾是魏晋名士们装点清雅的物品，这里借指京都贵公子们嬉戏时的玩物。

战城南①

王师出城南，尘头暗城北。②

五军战马如错绣，出入变化不可测。③

逆胡欺天负中国，虎狼虽猛那胜德。④

马前喔咿争乞降，满地纵横投剑戟。⑤

将军驻坡拥黄旗，遣骑传令勿自疑。⑥

诏书许汝以不死，股栗何为汗如洗？⑦

注释

① 战城南：汉乐府诗旧题，属鼓吹曲铙歌。此诗淳熙四年
（1177）正月于成都作，诗中描绘了想象中宋军出征伐金时威
武壮观的场面和金军闻风丧胆，不战而降的情形，体现出诗
人英伟豪壮的气概和高度的民族自信心，也是他强烈而坚定
的爱国忠心的表现。

② "王师"二句：写宋军出征时战尘飞扬的场面，以烘托军队的
威武气势。王师，指南宋军队。

③ 五军：为古代军制，春秋时晋国有中军、上军、下军、新上军、
新下军五军，这里泛指军队。错秀：错杂的锦绣，形容宋军队
伍错杂变化的壮观情形。

④ "逆胡"二句：意思是说，金兵违背天意侵略中国，他们是虎
狼之师，虽然勇猛，但哪里能战胜有道德的宋朝军队。逆
胡，指金人。虎狼，对金朝军队的蔑称。德，指有道德的宋
朝军队。

⑤ 喔咿（wà yī）：象声词，形容金人说话的声音。

⑥ "将军"二句：意思是说，宋军主将在旌旗的簇拥下驻马高坡，

派人传令金军速速投降，将会得到宽大的处置。驻坡，驻马于高坡。黄旗，主将之旗。勿自疑，为所传宋军主将命令的内容，要金兵不要怀疑宋军的仁慈。

⑦ "诏书"二句：亦是宋军主将所传之令的内容，意思是说，宋朝皇帝已下了诏书，饶恕你们不死，你们为何还要害怕，两腿战栗，流汗如洗？股栗，两腿战栗。股，大腿。

夜读唐诸人诗，多赋烽火者，因记在山南时登城观塞上传烽，追赋一首①

我昔游梁州，军中方罢战。②

登城看烽火，川迥风裂面。

青荧并骆谷，隐嶙连鄠县。

月黑望愈明，雨急灭复见。

初疑云罅星，又似山际电。③

岂无酒满尊，对此不能咽。

低头愧虎韔，零落白羽箭。④

何时复关中？却照甘泉殿。⑤

注释

① 烽火:古时在边疆至京城主将驻地每隔一定距离筑一高台,称为烽火台,上面堆积柴草,燃烧以报警或报平安,晚上点火称为烽或烽火,白天烧柴草或狼粪生烟称为燧或烽烟。山南:终南山以南,指南郑(今陕西汉中)一带。塞上:这里指南郑一带的宋金边境。传烽:烽火台举烽烟或烽火时,逐台相传,直至将帅驻地或京城,称为传烽。此诗淳熙四年(1177)正月作于成都。陆游乾道八年(1172)三月至十一月在四川宣抚使王炎幕中任职,驻于南郑,这首诗中追述了他当时登南郑城观看传烽火的情景,及不能出兵杀敌的愤懑心情。时隔多年诗人又念及此事,表明他对南郑前线生活的深深怀念,表现出他无论何时也难以平息的报国杀敌之志。

② 梁州:南郑为兴元府治所,兴元府隋、唐时曾为梁州,古代又属九州之一的梁州之地。

③ "登城"八句:写晚上登南郑城所看到的边境传烽火的景象:烽火闪耀,似云端之星,山际闪电,绵延于骆谷之中,向北直至鄠县。城,指南郑城墙。迥,远。青荧,火光闪亮貌。骆谷,峡谷名,南起今陕西洋县北,北抵陕西户县西南,长四百余里,是关中至汉中的交通要道。隐翳(yì),时隐时现貌。翳,遮蔽。鄠县,今陕西户县。罅(xià),缝隙。

④ "岂无"四句:写看到烽火的壮观而生发的不能驰骋杀敌的感伤之情。尊,同"樽",酒杯。虎韔(chàng),装饰着老虎图案的弓套。韔,弓套。零落,这里是残破之意。白羽箭,以白色羽

109

毛为箭尾的箭。

⑤ 关中：今陕西省中部一带地区，因在函谷关以西，陇关以东，
故称关中或关内。甘泉殿：汉宫殿名，原址在今陕西淳化县。

楼上醉书①

丈夫不虚生世间，本意灭虏收河山；②

岂知蹭蹬不称意，八年梁益凋朱颜。③

三更抚枕忽大叫，梦中夺得松亭关。④

中原机会嗟屡失，明日茵席留余潸。⑤

益州官楼酒如海，我来解旗论日买。⑥

酒酣博塞为欢娱，信手枭卢喝成采。⑦

牛背烂烂电目光，狂杀自谓元非狂。⑧

故都九庙臣敢忘？祖宗神灵在帝旁。⑨

注释

① 此诗淳熙四年（1177）正月作于成都。诗中纵笔书写诗人狂
饮、博戏的狂放之态，但是结尾笔锋一转，指出自己并没有忘
记故都和宗庙，言外之意，恰恰是皇上和执政者已经忘记了

110

故国和祖宗,自己的狂放之举正是他们不思恢复的政策迫使
所致。因此诗中于狂放纵肆之风中流溢着对最高统治者强
烈的愤慨和批判。

② 丈夫:诗人自指。不虚生世间:不应碌碌无为地活一世。虏:
指金人。

③ 蹭蹬(cèng dèng):难进貌,比喻潦倒失意。八年:陆游乾道
六年(1170)到达夔州(今重庆奉节),然后辗转南郑、成都、蜀
州(今四川崇州)、嘉州(今四川乐山)、荣州(今四川荣县)等
地,一直在川陕地区,至今为八年。梁益:梁州和益州,这里
指川陕地区。梁州为传说中大禹时所划分的中国九州之一,
地域包括今四川省东部,陕西省、甘肃省南部;益州为汉武帝
时所置十三刺史部之一,辖地包括今四川省、云南省、贵州省
大部,陕西省南部,甘肃东南一小部,湖北省西北部一隅等。

④ 松亭关:在今河北宽城县西南,《金史·地理志上》:"滦州(今
河北滦县)……有松亭关,国名斜烈只。"

⑤ 中原机会:收复中原的机会。嗟:嗟叹,叹息。茵席:褥子,枕
席。潸(shān):流泪貌,这里为名词,指眼泪。

⑥ 益州官楼:指成都的酒楼,宋代酒由官家专卖,故称"官楼"。
"我来"句:意谓把酒楼整日地包下来。解旗,大约是说,因为
是他一个人把酒楼整日包下,所以解去了酒楼招揽生意的
酒旗。

⑦ "酒酣"二句:写诗人酒后玩赌博游戏的情形,语本唐杜甫《今
夕行》:"咸阳客舍一事无,相与博塞为欢娱。冯陵大叫呼五

白,袒跣不肯成枭卢。"并用《晋书·刘毅传》所载刘裕"喝子成卢"之事。(具体可参看前《武昌感事》注②)博簺(sài),古代博戏的统称。"信手"句,意谓玩樗蒲(chū pú)博戏时,信手抛掷,便能赢得"枭"、"卢"之彩。枭卢,为樗蒲中最高的两种彩。

⑧ "牛背"二句:意思是说,诗人对他人的议论毫不在意,别人说他狂到了极点,他却认为毫不狂放。烂烂,形容目光明亮有神,语本《世说新语·容止》:"裴令公目王安丰(王戎):'眼烂烂如岩下电。'"牛背,典出《世说新语·雅量》:"王夷甫(王衍)尝属族人事,经时未行。遇于一处饮燕,因语之曰:'近属尊事,那得不行?'族人大怒,便举樏掷其面。夷甫都无言,盥洗毕,牵王丞相臂,与共载去。在车中照镜,语丞相曰:'汝看我眼光,乃出牛背上?'(意谓对族人之举毫不放在心上。)"

⑨ 故都:指北宋都城开封。九庙:即宗庙,古代皇帝立九庙供奉祖先。

辑评

〔清〕爱新觉罗·弘历等《唐宋诗醇》:"纵笔直书,却有沉郁顿挫之妙。范成大赠游云:'高兴余飞动,孤忠有照临。'非虚语也。"

〔清〕朱梓、冷昌言《宋元明诗三百首》"丈夫"句批:"慷慨激昂。""中原"三句批:"题托之醉,时托之梦,实系一片忠爱之心顿挫出之者也。"

顾佛影《评注剑南诗钞》卷二:"此等诗或以其叫嚣过甚,然宋诗生气故多迳露,放翁才大,尤不屑屑于字句之间。读者宜于其性灵之中求之。"

猎罢夜饮示独孤生(三首选一)①

白袍如雪宝刀横,醉上银鞍身更轻。

帖草角鹰掀兔窟,凭风羽箭作鹗鸣。②

关河可使成南北?豪杰谁堪共死生。③

欲疏万言投魏阙,灯前揽笔涕先倾。④

注释

① 独孤生:陆游在蜀中结识的一位年轻奇伟之士,他在另一首诗诗题中云:"独孤生策,字景略,河中人。工文善射,喜击剑,一世奇士也。""生"是古代对年轻读书人的称呼。此诗淳熙四年(1177)九月作于陆游自成都之汉州(今四川广汉)时,为三首中的第三首。独孤策工文章,善骑射,有报国之志,诗人颇引之为同调。诗中展示了他们共同饮酒驰猎,谈论理想抱负,为国计忧虑流泪等情景,于忧国忧民的慷慨悲壮中也表现出知己相与的淋漓畅快。

② "白袍"四句:描绘两人射猎时飒爽矫健的英姿。帖草,紧贴

《猎罢夜饮示独孤生》（三首选一）

着草地而飞。帖,通"贴"。角鹰,鹰的一种,《埤雅》:"鹰鹞顶有角,毛微起,通谓之角鹰。""凭风"句,意谓羽箭迎风而飞,发出似鹰鸣一般的声音。凭,乘,依凭。羽箭,尾部装有羽翎的箭。鸱(chī),鸱鹰。

③ "关河"句:意谓怎能使国家南北分裂。关河,犹言山河,这里指代国家。成南北,成为南北分裂的两部分。豪杰,指独孤策。堪,能够。

④ 疏万言:写万字的奏疏。魏阙:古代宫殿前巍然高耸的楼阙,后以之代指朝廷。揽笔:提笔,拿笔。倾:倾泻,表示眼泪多。

辑评

〔清〕爱新觉罗·弘历等《唐宋诗醇》:"直从胸臆流出,如闻抚髀之叹。"

秋晚登城北门①

幅巾藜杖北城头,卷地西风满眼愁。②

一点烽传散关信,两行雁带杜陵秋。③

山河兴废供搔首,身世安危人倚楼。④

横槊赋诗非复昔,梦魂犹绕古梁州。⑤

注释

① 此诗淳熙四年(1177)秋作于成都。秋季的傍晚诗人在成都城北门登城北眺南郑、长安一带,凄凉的秋景,危难的国势和自身衰老废退的遭际,使他生出无限的感伤和失落,诗中情感极为悲凉低沉。

② "幅巾"句:写诗人扎着头巾拄着藜(lí)杖在成都北面城墙上伫立眺望的形象。幅巾,用整幅缣丝做的头巾。藜杖,藜茎做的手杖。藜,一种一年生草本植物。

③ 烽:烽火,详参前《夜读唐诸人诗,多赋烽火者,因记在山南时登城观塞上传烽,追赋一首》注①。散关:即大散关。杜陵:地名,在长安(今陕西西安)城南。

④ "山河"二句:意思是说:国家残破让人搔首感叹,身世艰危使我倚楼伤怀。山河,代指国家。兴废,兴立和废毁,这里指废毁。安危,安全和危难,这里指危难。倚楼,倚靠着城楼。

⑤ 横槊赋诗:指诗人在南郑军中忙于事务之余赋诗的生活,用曹操之事,详参前《夜读岑嘉州诗集》注⑤。古梁州:指南郑,南郑属古代中国九州之一的梁州之地,故称。

辑评

〔清〕爱新觉罗·弘历等《唐宋诗醇》:"神似少陵。"

〔清〕潘德舆《养一斋诗话》:"且放翁七律,佳者诚多,然亦佳句耳;若通体浑成,不愧南渡称首者,尝精求之矣。如……'一点烽传散关信,两行雁带杜陵秋'……此十数章七律,著句既遒,全体亦警拔相称。盖忠愤所结,志至气从,非复寻常意兴。"

〔清〕方东树《昭昧詹言》:"先叙题面,三四切地写景,后半入己情,缠绵蕴藉。"

顾佛影《评注剑南诗钞》卷二:"五六雄浑。"

江楼吹笛饮酒大醉中作①

世言九州外,复有大九州。②

此言果不虚,仅可容吾愁。③

许愁亦当有许酒,吾酒酿尽银河流。④

酌之万斛玻瓃舟,酣宴五城十二楼。⑤

天为碧罗幕,月作白玉钩;⑥

织女织庆云,裁成五色裘。⑦

披裘对酒难为客,长揖北辰相献酬。⑧

一饮五百年,一醉三千秋。

却驾白凤骖班虬,下与麻姑戏玄洲。⑨

锦江吹笛余一念,再过剑南应小留。⑩

注释

① 此诗淳熙四年(1177)十月作于成都。失落的诗人在江楼上吹笛饮酒浇愁,大醉后展开了奇异的想象,在缥缈瑰奇的神仙世界中痛饮嬉游,以消解凡世中难以容纳的无边愁绪。诗中用奇幻的仙境,极度的夸张,错落奔放的音节形成了豪放飘逸、淋漓纵肆的诗境,神似李白诗风。

② "世言"二句:《史记·孟子荀卿列传》记载,战国时学者邹衍认为中国名赤县神州,内有九州,即大禹所划分的九州。中国之外和赤县神州相似的另有大九州。

③ "此言"二句:意思是说,如果九州之外复有大九州的说法不虚的话,这个大九州仅仅能容纳下我的忧愁。

④ 许:这样,如此。银河流:天上银河中的水。

⑤ 斛(hú):古代容量单位,十斗为一斛。玻璨舟:玻璃酒杯,古代有一种名为"羽觞"的酒杯,旁有两翼,形状似船,所以这里称为"玻璨舟"。五城十二楼:《史记·孝武本纪》载:"方士有言:'黄帝时为五城十二楼,以候神人于执期,命曰迎年。'"裴骃《集解》:"应劭曰:'昆仑玄圃五城十二楼,此仙人之所常居也。'"

⑥ 碧罗幕:青绿色的罗缎做成的帐篷。白玉钩:白玉做成的帘钩。

⑦ 织女:传说中的仙女,善织布。庆云:《晋书·天文志中》:"瑞气:一曰庆云。若烟非烟,若云非云,郁郁纷纷,萧索轮囷,是谓庆云,亦曰景云。此喜气也,太平之应。"裘:皮衣,这里泛

指衣服。

⑧难为客:意谓客游在外之人很艰难。长揖:恭敬地拱手施礼。
北辰:即北极星。献酬(chóu):主人向客人敬酒曰献,客人给
主人祝酒后主人再敬曰酬,献酬泛指主客相互敬酒。

⑨"却驾"二句:写诗人驾龙凤游于仙境。屈原《离骚》:"驷玉虬
以乘鹥兮,溘埃风余上征。……吾令凤鸟飞腾兮,继之以日
夜。"骖(cān),一车所驾的四马或三马中两旁的马称骖。
虬(qiú),传说中无角的龙,一说为龙子有角者。麻姑,神话
中的仙女。葛洪《神仙传·王远》载:"麻姑至,蔡经亦举家见
之。是好女子,年十八九许,于顶中作髻,余发散垂至腰,其
衣有文章而非锦绮,光彩耀日,不可名字,皆世所无有
也。……麻姑自说:'接待以来,已见东海三为桑田,向到蓬
莱,水又浅于往昔,会时略半也,岂将复还为陵陆乎?'"玄洲,
神话中地名,《十洲记》云:"玄洲在北海之中,戍亥之地。"

⑩"锦江"二句:意思是说,自己成仙后还余有一个念头,就是仙
游再过剑南时要稍作停留。锦江吹笛,传说仙人费文祎骑黄
鹤,吹玉笛,往来锦江。余一念,余有一个念头。剑南,指今
四川省剑门关(在剑阁县北)以南,长江以北地区,这里指
蜀地。

辑评

〔清〕吴焯《批校剑南诗稿》:"太白余习。"

大风登城①

风从北来不可当，街中横吹人马僵。②

西家女儿午未妆，帐底炉红愁下床。③

东家唤客宴画堂，两行玉指调丝簧。

锦绣四合如垣墙，微风不动金猊香。④

我独登城望大荒，勇欲为国平河湟。⑤

才疏志大不自量，西家东家笑我狂。⑥

注释

① 此诗淳熙四年(1177)十一月作于成都。诗中以大风严寒中
登城北望，欲以平定金人侵略者的自我形象，和在家中安稳
度日的"西家""东家"形成鲜明的对比，象征以诗人自身为
代表的爱国之士不能为苟且偷安之辈所理解和支持的现实。
两相对比中，既显示了诗人勇于坚持远大理想，不从流俗的
傲岸和坚贞品性，也暴露了苟且者的平庸渺小。

② "风从"二句：既是实写风势的强劲凛冽，也暗喻北方金人向
南侵略的气焰。

③ "西家"二句：意谓西家女儿因风大天寒，到中午还在帐底放
着火炉的床上不愿起身梳妆。

④ "东家"四句：写东家在此大风之日于厅堂宴饮，堂内锦绣屏

幕四合,丝竹和鸣,香雾袅袅,温暖平静,和外边直似两重天
地。画堂,装饰有图画的厅堂。两行玉指,指堂上列为两行
的乐妓。丝簧,丝是弦类乐器,簧是以片状振动体振动发声
的乐器,这里"丝簧"泛指乐器。锦绣,锦绣做的屏幕。
垣(yuán),墙。金猊(ní),金色猊形的香炉。猊,狻(suān)
猊,即狮子。

⑤ 大荒:辽远之地。河湟:今青海乐都县(隋朝时曾称湟水县,
北宋时曾为湟州)、甘肃临夏市(古称河洲)一带地区,时这里
为西夏之地,西夏臣于金。《新唐书·吐蕃传》:"湟水出蒙
谷,抵龙泉与河合……故世举谓西戎地曰河湟。"

⑥ "才疏"二句:比喻苟安之辈嘲笑诗人这样的爱国主战之士的
志向抱负。

辑评

〔宋〕刘辰翁《精选陆放翁诗集》:"光燄开合。"(尾批)

朱东润《陆游选集》:"陆游提出自己的志愿,是和东家西家
那些大官僚、贵妇人完全不同的。从对立中,看到统治阶级的无
聊堕落和爱国之士的忠勇奋发。"

枕 上 ①

枕上三更雨，天涯万里游。

虫声憎好梦，灯影伴孤愁。②

报国计安出，灭胡心未休。③

明年起飞将，更试北平秋。④

注释

① 此诗淳熙四年(1177)十二月作于成都。诗中写自己万里客居，冬夜孤愁难眠的情景和报国无门的深沉忧愤。但可贵的是他并没有因此失去固有的人生信念，而是以汉代抗击匈奴的名将李广自期，既是他对未来的执着期待，也是对北伐破贼的英雄人物出现的强烈渴盼。

② "枕上"四句：写诗人冬夜孤独忧愁难眠的情状。三更，半夜。天涯，极言离京城及故乡之远。"虫声"句，意思是说，虫子好像憎恨我做好梦似的，鸣叫不已，使我难以入眠。

③ "报国"句：意谓报国无路。计，计划，打算。胡，指金人。

④ "明年"二句：典出《汉书·李广苏建传》："于是上乃召拜(李)广为右北平太守。……上报曰：'……将军其率师东辕，弥节白檀，以临右北平盛秋。'广在郡，匈奴号曰'汉飞将军'，避之，数岁不入界。"飞将，指李广。北平，即右北平郡，汉时郡名，治平冈(今辽宁凌源市西南)。秋，即防秋，古时每到秋季

122

庄稼成熟,北方游牧民族易侵掠汉境,这时朝廷需重兵严防,称为"防秋"。

辑评

〔清〕范大士《历代诗发》:"二联对句,尤自然入胜地。"

游诸葛武侯书台①

沔阳道中草离离,卧龙往矣空遗祠。②

当时典午称猾贼,气丧不敢当王师。③

定军山前寒食路,至今人祠丞相墓。④

松风想像梁甫吟,尚忆幡然答三顾。⑤

出师一表千载无,远比管乐盖有余。⑥

世上俗锦宁办此,高台当日读何书?⑦

注释

① 诸葛武侯台:诸葛亮所筑读书台,在今成都市北。《太平寰宇记》载:"华阳县(今四川成都):读书台,在县北一里。诸葛亮相蜀,筑此台以集诸儒,兼以待四方贤士,号曰读书台。在章城门

西,今为乘烟观。"诸葛亮死后谥忠武侯,故称"诸葛武侯"。此诗作于淳熙五年(1178)正月。诗人游成都诸葛武侯书台,因忆及沔阳诸葛亮墓和祠庙及当地人们对他的祭祀,并进而回顾他卓绝的才能和功业,及其《出师表》中所表达的恢复汉室,报答刘备的志向和节操。表达了对诸葛亮的敬仰和怀念之情。

② "沔阳"二句:乃陆游游成都诸葛亮读书台而忆及沔阳的诸葛亮祠庙。沔阳,今陕西勉县。离离,繁盛貌。卧龙,指诸葛亮,《三国志·蜀书·诸葛亮传》:"徐庶见先主(刘备),先主器之,谓先主曰:'诸葛孔明者,卧龙也,将军岂愿见之乎?'"《三国志·蜀书·庞统传》:"《襄阳记》曰:诸葛孔明为卧龙,庞士元为凤雏,司马德操为水镜,皆庞德公语也。"祠,指沔阳的诸葛亮祠庙,蜀汉景耀六年(263)后主刘禅为他所立。

③ 典午:指司马懿,《三国志·蜀书·谯周传》:"咸熙二年夏,巴郡文立从洛阳还蜀,过见(谯)周。周语次,因书版示立曰:'典午忽兮,月酉没兮。'典午者谓司马也,月酉者谓八月也,至八月而文王(司马懿)果崩。""典午"乃"司马"的隐语,"典"为掌管之意,同"司";"马"在十二生肖中的排序为"午"。猾贼:奸猾之人。"气丧"句:《三国志·蜀书·诸葛亮传》裴松之注:"《汉晋春秋》曰:亮自至,数挑战。宣王(司马懿)亦表固请战。使卫尉辛毗持节以制之。姜维谓亮曰:'辛佐治仗节而到,贼不复出矣。'亮曰:'彼本无战情,所以固请战者,以示武于其众耳。将在军,君命有所不受,苟能制吾,岂千里而请战邪!'"王师,指蜀国军队,陆游以蜀汉为正统,故称。

④ 定军山：在今陕西勉县东南，诸葛亮死后葬于此。《三国志·蜀书·诸葛亮传》："亮遗命葬汉中定军山。"寒食：节令，在清明前一日或两日。祠：祭祀。丞相墓：即诸葛亮之墓。

⑤ 梁甫吟：古乐府曲名，《三国志·诸葛亮传》载："亮躬耕陇亩，好为《梁父吟》。"答三顾：答应刘备三次拜访请他辅佐的请求。诸葛亮《出师表》："先帝不以臣卑鄙，猥自枉屈，三顾臣于草庐之中，谘臣以当世之事，由是感激，遂许先帝以驱驰。"

⑥ 出师一表：诸葛亮曾在建兴五年(227)和六年两次上书刘禅，后人名之为《前出师表》和《后出师表》。这里指《前出师表》，其中云："今南方已定，兵甲已足，当奖率三军，北定中原，庶竭驽钝，攘除奸凶，兴复汉室，还于旧都。此臣所以报先帝，而忠陛下之职分也。"管乐(yuè)：管仲和乐毅。管仲，字夷吾，春秋时人，辅佐齐桓公称霸诸侯。乐毅，战国时人，燕昭王时任燕国上将军，率领燕军大败齐国，下齐城七十余座。《三国志·诸葛亮传》载："(诸葛亮)每自比于管仲、乐毅。"

⑦ "世上"二句：意思是说，世上一般人哪会具有诸葛亮这样的才能志节，当日在读书台上他都读了些什么书？宁办此，岂能如此，"此"指上面所言诸葛亮比管仲、乐毅还要杰出的才能和志节。高台，指读书台。

辑评

〔宋〕刘辰翁《精选陆放翁诗集》："此一句收拾书台有味。"（末句批）

〔清〕爱新觉罗·弘历等《唐宋诗醇》:"警策语,故不在多。"

〔清〕吴焯《批校剑南诗稿》:"一句收拾书台,有味。"

顾佛影《评注剑南诗钞》卷二:"语皆猎人,惟一结意新。"

龙兴寺吊少陵先生寓居①

中原草草失承平,戍火胡尘到两京。②

扈跸老臣身万里,③天寒来此听江声。④

注释

① 龙兴寺:在忠州(今重庆市忠县),曹学佺《蜀中名胜记》卷十
九记载:"忠州:……(龙兴寺)在州北八十里……汉永平间
建。"少陵先生:即杜甫,杜甫曾在长安(今西安)城南的少陵
居住过,因自称"少陵野老"。寓居:唐代宗永泰元年(765)
秋,杜甫自成都东下,在忠州居住过一段时间,寓居隆兴寺,
有《题忠州龙兴寺所居院壁》等诗。此诗作于淳熙五年
(1178)四月。陆游在蜀地的诗作流传至京师,孝宗看到后有
所感动,这年初召他还朝。东归途中,四月抵忠州(今重庆忠
县),因之龙兴寺凭吊杜甫寓居,作此诗。诗中伤悼杜甫遭遇
战乱和流离漂泊的不幸,其实也是自伤,因为陆游和杜甫在

国家危难,故都沦陷,自身衰老羁旅的遭际,及胸怀报国大志却无处施展的失意情怀上是极为相似的。

② "中原"二句:《资治通鉴·唐纪三十三》载:"(天宝十四年)十一月,甲子,禄山发所部兵及同罗、奚、契丹、室韦凡十五万众,号二十万,反于范阳。……(十二月)丁酉,禄山陷东京,贼鼓噪自四门入,纵兵杀掠。"《资治通鉴·唐纪三十四》载:"(至德元年六月)安禄山不意上遽西幸,遣使止崔乾祐兵留潼关,凡十日,乃遣孙孝哲将兵入长安……禄山命搜捕百官、宦者、宫女等,每获数百人,辄以兵卫送洛阳。王、侯、将、相扈从车驾、家留长安者,诛及婴孩。"中原,泛指黄河中下游流域地区。草草,仓促貌。承平,太平。戎火胡尘,指唐玄宗天宝末年爆发的安史之乱。两京,指唐朝京城长安(今陕西西安)和东都洛阳(今属河南)。

③ 扈跸(hù bì)老臣:指杜甫,杜甫于唐肃宗至德二载(757)四月从长安逃至肃宗行在凤翔,被授以左拾遗,长安收复后随从肃宗归长安,故云"扈跸老臣"。扈,扈从。跸,皇帝出行的车驾。身万里:杜甫《登高》诗中云:"万里悲秋常作客。"

④ "天寒"句:陆游自注云:"以少陵诗考之,盖以秋冬间寓此州也。寺门闻江声甚壮。"杜甫在忠州时所作《禹庙》诗云:"云气嘘青壁,江声走白沙。"

辑评

〔清〕爱新觉罗·弘历等《唐宋诗醇》:"双管齐下,一写两

127

枝。""张完臣曰:'草草'二字,状尽衰世景象,谓之咏少陵可,谓之自咏亦可。"

顾佛影《评注剑南诗钞》卷二:"苍凉激越,是放翁真性情,亦是集中第一等好诗。"

初发夷陵①

雷动江边鼓吹雄,百滩过尽失途穷。②
山平水远苍茫外,地辟天开指顾中。③
俊鹘横飞遥掠岸,大鱼腾出欲凌空。④
今朝喜处君知否? 三丈黄旗舞便风。⑤

注释

① 夷陵:今湖北宜昌市。此诗是淳熙五年(1178)五月陆游东归行至夷陵时作。陆游八年宦游川陕一带,大部分时间都是在失意愁闷中度过的,今年始得东归京城,其心中的喜悦自然不言而喻。行至夷陵已经出三峡来到荆楚大地,山势逐渐平缓,地势变得开阔,诗人的情绪也更加高涨,雄壮的江涛声,广阔的原野,江上俊鹘的疾飞,江中大鱼的腾跃都令他豪情四起,产生出酒楼上酣畅痛饮的豪壮爽健意气。

② "雷动"二句:写夷陵一段的长江浪涛拍岸如擂鼓般雄伟,舟行至此,三峡中的众多险滩已经过尽,江水变得开阔浩渺,使人容易迷路。百滩,长江三峡中的众多险滩。夷陵当三峡东口,诗人自西过三峡而来,故云"百滩过尽"。

③ "山平"句:意谓前方荆楚大地地势开阔,平缓的山峰,宽阔的江水都在远处苍茫的雾霭之外。唐王维《汉江临泛》诗云:"江流天地外,山色有无中。"唐李白《渡荆门送别》诗:"山随平野尽,江入大荒流。""地辟"句:意谓身后险峰高耸,地辟天开般的三峡山水,都成了回顾指点中的景色。

④ 鹘(hú):一种鹰类猛禽,即隼(sǔn)。凌空:迫近天空。

⑤ "今朝"二句:意思是说,今天在何处表达喜悦你知道吗? 是在酒旗迎风飞舞的酒楼上。黄旗,黄色的酒招。

辑评

〔宋〕刘辰翁《精选陆放翁诗集》:"是出峡气象。"(尾批)

小雨极凉舟中熟睡至夕①

舟中一雨扫飞蝇,半脱纶巾卧翠藤。②
清梦初回窗日晚,数声柔橹下巴陵。③

《小雨极凉舟中熟睡至夕》

注释

① 此诗作于淳熙五年(1178)陆游东归途中将至巴陵(今湖南岳阳)时。盛夏时节行舟江上,一场小雨带来了凉爽的天气,诗人头巾半解在舟中藤床上酣然而眠,一觉醒来已是傍晚,耳畔的船橹声格外的轻柔。诗中寥寥几笔勾勒出一幅自身的舟中昼睡图,使其清雅的风度,东归之时悠然自得的心情尽现眼前。

② 纶(guān)巾:一种用丝带编结的头巾,相传为三国时诸葛亮所创,因又名"诸葛巾"。翠藤:指用青藤编制的卧具。

③ 初回:初醒。窗日晚:窗外的太阳已快落山。柔橹:轻柔的船橹划水声。

辑评

〔宋〕刘辰翁《精选陆放翁诗集》:"自然是。"(尾批)

〔清〕爱新觉罗·弘历等《唐宋诗醇》:"卢世㴋曰:只末一句,有多少蕴含在。"

顾佛影《评注剑南诗钞》卷二:"意境逼真。"

六月十四日宿东林寺①

看尽江湖千万峰,不嫌云梦芥吾胸。②

戏招西塞山前月，来听东林寺里钟。③

远客岂知今再到，老僧能记昔相逢。④

虚窗熟睡谁惊觉，野碓无人夜自舂。⑤

注释

① 东林寺：在庐山，《雍正江西通志》卷一一三《寺观》记载："九
江府：东林寺在德化县(今江西九江)庐山之麓。晋太元九年
慧远开创，谢灵运为凿池种莲，号莲池。宋改为禅寺。"此诗
作于淳熙五年(1178)六月陆游自成都东归途中。诗人乾道
六年(1170)入蜀时，曾来过东林寺，这次离蜀东归，再宿此
寺，中间已经过八年的人生历练。此行毕竟是归返京师，心
情较为开朗，而且禅家追求空明无碍的心境，因此他诗中发
出了云梦在胸不足为碍的豪言，和召唤西塞山前月，共听东
林寺里钟的逸兴。同时，也通过寺中夜宿时静谧的环境传达
出荣辱不牵挂于心的淡定心境。

② "看尽"二句：意谓看尽了各地的千山万水，即使云梦泽放在
胸中也不会觉得堵塞不快。江湖，泛指四方各地。云梦，即
云梦泽，古时楚地的大泽。芥，即芥蒂，一种细小的梗塞物，
后比喻积在心中的怨恨或不快，这里用为动词，为堵塞之意。

③ 西塞山：在今湖北大冶市界内长江边上，乾道六年(1170)八
月陆游入蜀途中曾游览过这里，《入蜀记》中记载："十六
日……晚过道士矶……矶一名西塞山……抛江泊散花洲，洲

与西塞相直。前一夕，月犹未极圆，盖望正在是夕，空江万顷，月如紫金盘，自水中涌出，平生无此中秋也。"

④ 远客：陆游自指。再到：乾道六年(1170)陆游入蜀途中游览过庐山东林寺，这次自蜀东归又在这里住宿，故云"再到"。《入蜀记》载："(八月)七日，往庐山，小憩新桥市……东林寺亦自作会，然来者反不若太平之盛矣，亦可笑也。"老僧：指东林寺僧人。

⑤ "虚窗"二句：写夜宿时东林寺的幽静环境。虚窗，窗子打开，故云"虚窗"。碓(duì)，舂(chōng)米谷的工具，这里"野碓"指田野里以水为动力的水碓，可以自动舂米。舂，用杵臼捣去谷物的外壳。

辑评

〔清〕姚鼐《今体诗钞》："最似东坡。"

〔清〕方东树《昭昧詹言》："通首情景交融，收有奇气。"

〔清〕陈衍《石遗室诗话》："(谈东《剑南诗选》)评云：'一气舒卷，却能凝炼稳重，宋人谓半山最擅胜场。'仆谓此放翁之极似东坡者，其所以能成大家在此。"

登赏心亭^①

蜀栈秦关岁月遒，今年乘兴却东游。^②

全家稳下黄牛峡，半醉来寻白鹭洲。^③

黯黯江云瓜步雨，萧萧木叶石城秋。^④

孤臣老抱忧时意，欲请迁都涕已流。^⑤

注释

① 赏心亭：在建康（今江苏南京），《景定建康志》卷二二载："赏心亭，在下水门之城上，下临秦淮，尽观览之胜。"此诗作于淳熙五年（1178）闰六月东归途中至建康时。陆游早年曾上书中书省、枢密院二府议论迁都建康，这次东归京城，又有议论国事的希望，因此途经建康停驻，兴致颇高，专门登赏心亭览眺。诗中前两联以高涨的逸兴贯注四个相距千里的地名，一气而下，境界壮阔，笔力爽健，淋漓畅快。但登临览眺，油生欲论迁都之念的同时，也想到迁都、恢复之事实现的艰难和渺茫，因此心头又萦绕着忧时伤老的感慨。诗的前后两部分情感转折极大，但又统一在对国家命运的牵挂系念之中，充满着诗人挚诚的爱国之心。

② 蜀栈：蜀地的栈道。栈道是在地势险阻的绝壁上架木而成的道路，今四川剑阁县北的剑门山上多栈道，陆游在川陕一带时多次经过那里。秦关：秦地的关塞。南郑（今陕西汉中）一

带属古秦地,其北有大散关,为宋金边境的要塞,陆游在南郑时曾到过那里。遒(qiú):匆促而过之意。

③ 黄牛峡:在今湖北宜昌市西长江上,以险阻难行著称。《水经注》:"江水又东,径黄牛山,下有滩,名黄牛滩。南岸重岭叠起,最外高崖间有石,色如人负刀牵牛,人黑牛黄,成就分明。既人迹所绝,莫得究焉。此岩既高,加以江湍迂回,虽途经信宿,犹望见此物。故行者谣曰:'朝发黄牛,暮宿黄牛。三朝三暮,黄牛如故。'"白鹭洲:在今江苏南京市西南长江中,《太平寰宇记》载:"江宁县:白鹭洲,在县西三里,隔江中心,南边新林浦。白鹭洲在大江中,多聚白鹭,因名。"

④ 黯(àn)黯:昏暗貌。瓜步:地名,在今南京市六合区东南,有瓜步山,山下有瓜步镇。《太平寰宇记》:"扬州六合县:瓜步山,在县东南二十里,东临大江。"木叶:树叶。石城:即石头城,建康(今南京)古称石头城。

⑤ 孤臣:诗人自称。迁都:即迁都建康,这是陆游一向的政治主张,他在朝中时曾上《上二府论都邑札子》主张迁都建康。

辑评

高步瀛《唐宋诗举要》:"意极沉著,词亦健拔,放翁佳构。"

顾佛影《评注剑南诗钞》卷二:"五六'瓜步'、'石头'皆是未到时虚想,故与三四之'黄牛峡'、'白鹭洲'不犯复。结处忽感到时事,妙在不甚接。"

程千帆、沈祖棻《古诗今选》:"这篇诗前写宦游远方多年才得东归的欣快之情；后则写登临之时，回忆前尘，忧时痛泪却不由自主地涌出，情随事迁，转换无痕。五、六两句，触景生情，以景足情，恰好作为过脉，布局很见匠心，不独'意极沉著，词亦健拔'（高步瀛语）而已。"

建安遣兴（六首选二）①

绿沉金锁少时狂，几经秋风古战场。②
梦里都忘闽峤远，万人鼓吹入平凉。③

注释

① 建安：即建安县，在今福建省建瓯市南。淳熙五年（1178）诗人奉召离蜀东归，秋抵临安，召对，除福建常平茶盐公事，冬赴任所建安。这组诗是淳熙六年（1179）五月在建安所作，此诗为六首中的第五首。陆游东归是抱着有所作为的愿望的，但是孝宗派他到建安任职，再次使他愿望成空，只有把恢复之志发于金戈铁甲、秋风战场的梦境中。诗中在壮心不已的豪迈中，也透着对现实失望无奈的郁愤。

② "绿沉"二句：写梦中诗人宝枪金甲，在秋风凌厉的古战场上整装待发的情景。绿沉金锁，语出唐杜甫《重过何氏》其四：

"雨抛金锁甲,苔卧绿沉枪。""绿沉"即绿沉枪,宋姚宽《西溪诗话》云:"以调绿漆之,其色深沉,如漆调雌黄之类。""金锁"指金锁甲,即用金线穿缲的锁子甲。《唐六典》:"甲之制十有三,今明光、光要、细鳞、山文、乌锤、锁子,皆铁甲也。"《通典·西戎二·吐蕃》:"人马俱披锁子甲,其制甚精,周体皆遍,唯开两眼,非劲弓利刃之所能伤也。"少时狂,指诗人在南郑军中时豪放的气概。

③ 闽峤:指建安所在的今福建省一带地区,《大清一统志》:"闽亦称峤外地。"鼓吹:鸣鼓奏乐。平凉:平凉府(治今甘肃平凉),为金人辖地。

其 六①

刺虎腾身万目前,白袍溅血尚依然。②
圣时未用征辽将,虚老龙门一少年。③

注释

① 此诗追念当年在南郑射猎刺虎的英雄壮举,表达对出征杀敌的渴望和英雄无用武之地遭际的愤懑。

② "刺虎"二句:追念他当年在南郑军中狩猎时击杀猛虎的英勇往事。"刺虎"之事详见前《三月十七日夜醉中作》诗注③。依然,平静如旧的意思。

③ "圣时"二句:反用唐朝薛仁贵之事,表达自己英雄无用武之

地的愤懑。《旧唐书·薛仁贵传》记载,贞观末,唐太宗亲征辽东,薛仁贵谒将军张士贵应募从行,骁勇无比,大败高丽军队,建立奇功,受到唐太宗的高度称赞。圣时,圣明之时,指宋孝宗之世。龙门,地名,在今山西河津市西北。薛仁贵为龙门人,"征辽将"、"龙门少年"皆指薛仁贵。

弋阳道中遇大雪①

我行江郊暮犹进,大雪塞空迷远近;②
壮哉组练从天来,人间有此堂堂阵!③
少年颇爱军中乐,跌宕不耐微官缚;
凭鞍寓目一怅然,思为君王扫河洛。④
夜听籁籁窗纸鸣,恰似铁马相磨声;⑤
起倾斗酒歌出塞,弹压胸中十万兵。⑥

注释

① 此诗作于淳熙六年(1179)冬。这年九月陆游奉诏从建安(今福建建瓯市南)还临安,途中上表奏乞奉祠,留衢州(今属浙江)待命,十二月初旨下改提举江南西路常平茶盐公事,因从衢州赴抚州(今属江西)任所,途中过弋阳(今江西弋阳)时遇

138

大雪作此诗。诗中因大雪塞空的壮丽景象想到阵容盛大的甲兵从天而降,进而念及年轻时渴望从军杀敌,收复中原的理想,情绪顿时也变得高昂激越。结尾饮酒放歌,以平抑心中出塞征战的冲动,使壮美昂扬的诗境又表现出沉郁的色调。

② 江郊:江边,江岸。暮犹进:傍晚时还在行舟赶路。塞(sāi)空:弥漫于天空。

③ 组练:组甲和被练,两者都是古代士卒所穿的甲衣,用以代指军队,因组、练为白色,所以这里用来比喻大雪。有:为反问语气。堂堂阵:壮观盛大的阵容。

④ "少年"四句:意思是说,自己年轻时喜爱军中生活,性格自由豪放,不愿做一个普通小官忍受束缚,希望驰骋鞍马之上,为君王扫清中原。凭鞍,依凭马鞍。寓目,放眼而望的意思。河洛,黄河和洛水(今名洛河,在河南省界内,流经洛阳市),代指中原地区。

⑤ 簌(sù)簌:雪打窗纸的声音。铁马:披着铁甲的战马。

⑥ 出塞:古乐府曲名,属横吹曲,多写边塞征战的内容。"弹压"句:意谓借饮酒抑制胸中涌动的征伐金人的冲动。

雪中寻梅（二首选一）①

幽香淡淡影疏疏，②雪虐风饕亦自如。③
正是花中巢许辈，人间富贵不关渠。④

注释

① 此诗淳熙六年(1179)冬作于抚州(今属江西)，时陆游在提举江南西路常平茶盐公事任。诗的前两句分别正面写梅花幽雅的韵致和傲岸的风骨，三四句以人喻花，把梅花和隐士巢父、许由相比，点明它不慕富贵、清高脱俗的品格，把诗歌意境更推进一步。

② "幽香"句：写梅花清幽淡雅的韵致。宋林逋《山园小梅》诗云："疏影横斜水清浅，暗香浮动月黄昏。"

③ "雪虐"句：写梅花不畏风雪的风骨。唐韩愈《祭河南张员外文》："岁弊寒凶，雪虐风饕(tāo)。"唐无名释《古梅》："火虐风饕水渍根。"饕，原为贪婪之意，这里指贪婪凶狠地摧残。

④ 巢许辈：巢父、许由之类的人。巢父和许由相传是尧时的两位隐士，晋皇甫谧《高士传》卷上"巢父"云："巢父者，尧时隐人也。山居不营世利，年老以树为巢，而寝其上，故时人号曰巢父。尧之让许由也，由以告巢父，巢父曰：'汝何不隐汝形，藏汝光，若非吾友也！'击其膺而下之。(许)由怅然不自得，乃过清泠之水，洗其耳拭其目，曰：'向闻贪言，负吾之友矣！'

遂去,终身不相见。"又《高士传》卷上"许由"云:"许由,字仲武,阳城槐里人也。……尧让天下于许由……不受而逃去。……由于是遁耕于中岳颍水之阳,箕山之下。"不关渠:和它无关,意谓梅花不慕人间富贵。渠,代词,你,他,这里指梅花。

闻　雁①

过尽梅花把酒稀,熏笼香冷换春衣。②
秦关汉苑无消息,③又在江南送雁归。④

注释

① 此诗淳熙七年(1180)正月作于抚州。梅花过尽,熏炉熄灭,代表着春天的到来,但对于日夜渴盼收复北方失地的诗人来说,这也意味着又一年时光的逝去。大雁在春天如期北归,诗人却只能眺望,这眺望中蕴含着对雁归的羡慕,对沦陷之地人民的担忧,对自身无途报国的伤感,对执政者碌碌无为的愤恨。诸般感情汇为一股,凝集在他注目北眺的身影之中,浓郁而深长,让人回味无穷。

② 熏笼香冷:冬季熏烤衣物,在熏炉上置笼,称为熏笼,熏炉中

又常添加香料,以散发香气;到了春季,天气变暖,不再使用熏炉,所以云"香冷"。

③ 秦关汉苑:代指关中地区。"秦关"指函谷关,在今河南灵宝市东北,战国时秦国所置;"汉苑"指西汉时的上林苑,在长安(今陕西西安)附近。无消息:没有"秦关汉苑"被收复的消息。

④ 雁归:大雁春季向北迁徙,对于江南而言,大雁北归乃是飞向中原。

辑评

〔清〕爱新觉罗·弘历等《唐宋诗醇》:"张完臣曰:可谓深至。"

五月十一日夜且半,梦从大驾亲征,尽复汉唐故地,见城邑人物繁丽,云:西凉府也。喜甚,马上作长句,未终篇而觉,乃足成之①

天宝胡兵陷两京,北庭安西无汉营。②
五百年间置不问,圣主下诏初亲征。③
熊罴百万从銮驾,故地不劳传檄下。④

142

筑城绝塞进新图，排仗行宫宣大赦。⑤

冈峦极目汉山川，文书初用淳熙年。⑥

驾前六军错锦绣，秋风鼓角声满天。⑦

苜蓿峰前尽亭障，平安火在交河上。⑧

凉州女儿满高楼，梳头已学京都样。⑨

注释

① 大驾：皇上的车驾。汉唐：西汉和唐朝是中国古代最强盛的两个朝代，后人并称之为"汉唐"。西凉府：治今甘肃武威市，唐朝为凉州，"安史之乱"后为吐蕃所占，北宋初置西凉府，后陷入西夏。此诗淳熙七年（1180）五月作于抚州（今江西抚州），诗中把自己梦中从皇帝亲征西北，尽收失地的情景写得栩栩如生，再次展示了他那腔热切的报国之心。

② "天宝"二句：意思是说，唐玄宗天宝年间爆发的"安史之乱"使长安、洛阳两京沦陷，北庭、安西地区为外族侵占。"安史之乱"详参前《龙兴寺吊少陵先生寓居》注②。两京，唐朝京城长安和东都洛阳合称"两京"。北庭安西，唐代置北庭都护府和安西都护府，治所分别在今新疆吉木萨尔县和吐鲁番市西，安史之乱后两地都陷于吐蕃。

③ 五百年间：安史之乱爆发于天宝十四载（755），北庭、安西均在贞元间（785～805）陷于吐蕃，距陆游当时约四百年，这里"五百年"之说乃是取其成数。置不问：放置一边，不问收复。

④ "熊罴(pí)"二句:意思是说,皇上率领百万精锐军队亲征,无
须发布檄文警告敌人,被金人侵占的宋朝故地就收复了。熊
罴,熊和罴都是猛兽,比喻英勇的士卒。罴,棕熊。銮驾,皇
帝的车驾。

⑤ 绝塞:僻远人迹罕至的边塞,这里指上文所云西凉府。新图:
新的宋朝疆域图,因收复失地,疆域改变,所以向皇上进献新
的疆域图。排仗:排设仪仗。行宫:皇帝在外时临时居住的
宫室。宣大赦:宣布大赦令,古时在喜庆、灾荒之时常对有罪
之人进行赦免,以显示皇帝的恩惠,称为大赦。

⑥ "冈峦"二句:意谓收复了失陷的故地,极目而望尽是宋朝之
地,各种文书也开始使用宋朝年号纪年。淳熙,宋孝宗时
年号。

⑦ 六军:泛指军队,《通典·职官典·武官上》:"三代之制,天子
六军。"错锦绣:形容皇帝驾前士卒众多而威武,如同错杂的
锦绣。鼓角:军队中擂鼓吹角的声音。

⑧ 苜蓿峰:山名,在今甘肃西部,新疆东部一带。亭障:古代在
边疆设置的堡垒。平安火:古时从边地至京城每隔一段距离
置一烽堠,点烽火以报敌情,无事时每日初夜举烽火一炬以
报平安,称为平安火。交河:唐时县名,旧址在今新疆吐鲁番
市西北,为安西都护府治所。

⑨ "凉州"二句:意谓凉州收复后,那里的人们开始学习宋朝的
习俗。凉州,即诗题中所云"西凉府",唐朝时为凉州。京都,
这里指北宋都城开封。

辑评

顾佛影《评注剑南诗钞》卷三："自李显忠、邵宏渊符离之败，孝宗意志颓唐，恢复之念已绝，虽有陈亮、朱熹等反复疏陈激励，而终厌厌不能复振。放翁职小官微，更无进言余地，忠愤无所泄，则托诸梦寐之言聊以快意。则明知此愿不复偿也。"

程千帆、沈祖棻《古诗今选》："这是一篇以浪漫主义手法写成的诗篇，其中洋溢着渴望民族兴复的激情和崇高美丽的想象，而广大人民无比深厚的反侵略反压迫精神，则正是诗人的激情和想象的根源。结尾以生活中一个细小的变化，反映出时局的重大变化，有'一粒粟中藏世界'之妙。"

大雨逾旬，既止复作，
江遂大涨 (二首选一)①

一春少雨忧旱暵，熟睡湫潭坐龙懒。②
以勤赎懒护其短，水浸城门渠不管。③
传闻霖潦千里远，榜舟发粟敢不勉。④
空村避水无鸡犬，茅舍夜深萤火满。⑤

《大雨逾旬，既止复作，江遂大涨》（二首选一）

注释

① 逾:超过之意。此诗淳熙七年(1180)五月作于抚州,为全诗二首中的第二首。这年五月江西遇水灾,时陆游在提举江南西路常平茶盐公事任,尽力组织船只送粮救灾。这首诗中描述了当时江水泛滥和救灾的情景,表现了诗人仁惠爱民、为民排忧的一面。

② 旱暵(hàn):干旱。"熟睡"句:古代迷信的说法,龙掌管下雨。湫(qiū),水潭。坐,因为。

③ "以勤"二句:意思是说,龙用辛勤来补救他的偷懒,以回护致使一春少雨的过错,结果下雨太多,水都淹到了城门他也不管。护,回护。短,过错。渠,代词,他、其的意思。

④ 霖潦(lào):过多的雨水。霖,久雨。潦,同"涝",雨水过多。榜舟:发布告示派船。榜,古代官府的告示。发粟:发放粮食。勉:努力。

⑤ "空村"二句:诗人自注云:"民家避水,多依丘阜,以小舟载米振之。"

辑评

〔清〕陈衍《石遗室诗话》:"(掞东《剑南诗选》)评云:'沉著似杜,放翁集中最用力者。'"

顾佛影《评注剑南诗钞》卷三:"二诗(按,指'墙角蚊雷喧甲夜'首与此首)刻画透尽。"

秋旱方甚，七月二十八夜忽雨，喜而有作①

嘉谷如焚稗草青，沉忧耿耿欲忘生。②
钧天九奏箫韶乐，未抵虚檐泻雨声。③

注释

① 此诗淳熙七年(1180)七月作于抚州。诗中写秋旱逢雨时诗人欢欣鼓舞的心情。屋檐上雨水倾泻的声音在他耳中竟然比天上演奏古人心目中最美的《箫韶》乐还要动听，这一句夸张使诗人欢跃的情绪、对老百姓生计的热切关心呼出，形成很强的感染力。

② "嘉谷"句：写田间的荒芜景象，意谓大旱使田间禾苗枯萎，杂草繁盛。嘉谷，泛指庄稼。稗(bài)草，稻田中的一种杂草。沉忧，深忧。耿耿，心中不宁貌。

③ "钧天"二句：意思是说，即使天上演奏九遍《箫韶》乐，也抵不上此时屋檐上的下雨声。钧天，古时人们把天分为九区，中央一区为钧天，这里泛指天。九奏箫韶乐，演奏九遍《箫韶》乐。箫韶乐，据说为舜所作的乐曲，《尚书·益稷》："《箫韶》九成，凤凰来仪。"郑玄注："若乐九变，人鬼可得而礼。"

寄奉新高令^①

小雨催寒著客袍，草行露宿敢辞劳。^②

岁饥民食糟糠窄，吏惰官仓鼠雀豪。^③

只要闾阎宽棰楚，不须亭障肃弓刀。^④

九重屡下丁宁诏，此责吾曹未易逃。^⑤

注释

① 奉新高令:指奉新县令高南寿。《江西通志》卷一二八《宦绩录》记载:"高南寿,字景仁,福清人。淳熙间,知奉新县事,大旱,祷于城隍神,有'愿减三年寿,祈为十日霖'之语。岁饥,白连帅振廪劝籴,荒政具举。"奉新,即奉新县,今属江西省。此诗淳熙七年(1180)十月作于陆游自抚州之高安(今江西高安)的途中。这年春天江南西路各地先是少雨,后又大雨成灾,秋季再次发生旱灾,陆游积极参与组织了赈灾工作。奉新县令高南寿也是一位积极救灾济民的爱民官吏,所以陆游以之为同调,寄诗坦言表白在赈灾工作中形成的想法。诗中指出地方官吏腐败懒惰、暴虐待民是百姓苦难的主要原因,自己和高南寿作为地方官应该宽惠爱民,勤勉尽心地为百姓办事,流露出爱民的深情,也展现了正直的品质。

② 著客袍:漂洒在自己的衣袍上。客,诗人自指。敢:反问语气,岂敢之意。

③ 岁饥:年成遭遇灾荒。饥,灾荒。糟糠:酒糟糠皮等低劣的食物。窄:紧缺。"吏惰"句:意谓官吏懒惰致使官仓鼠雀猖獗。豪,猖獗之意。

④ "闾阎(lú yán)"二句:意思是说,只要官府宽用刑罚,对百姓仁慈,国家就会安定。闾阎,古时平民聚集之地,即民间。宽箠楚,刑罚宽松。箠楚,木棍和荆杖,都是古代的刑具,代指刑罚。亭障,边疆险要处所修建的堡垒。肃弓刀,严布军队。

⑤ 九重:皇帝所居之地,即朝廷。丁宁诏:一再告诫宽惠爱民的诏书。丁宁,也作"叮咛",再三告诫。此责:指上文所言岁饥民困、官吏慵懒、刑罚严苛等罪责。吾曹:我辈。

辑评

〔清〕爱新觉罗·弘历等《唐宋诗醇》:"此真良两千石矣,察吏恤灾,安民弭盗,奉公任职,八句中色色具到,却一气浑成,不冗不腐,风雅遗轨,何可多得!《鹤林玉露》载王十朋、真德秀二诗,命意虽同,而气格相去远矣。"

〔清〕潘德舆《养一斋诗话》:"且放翁七律,佳者诚多,然亦佳句耳;若通体浑成,不愧南渡称首者,尝精求之矣。如……'只要闾阎宽箠楚,不须亭障肃弓刀'……此十数章七律,著句既遒,全体亦警拔相称。盖忠愤所结,志至气从,非复寻常意兴。"

小园 (四首选一)^①

小园烟草接邻家,桑柘阴阴一径斜。^②
卧读陶诗未终卷,又乘微雨去锄瓜。^③

注释

① 《小园》(四首)淳熙八年(1181)四月作于山阴。去年陆游自
抚州奉召回临安,途中因被给事中赵汝愚所劾,归家乡山阴,
今年三月曾有提举淮南东路常平茶盐公事之任,但又为一些
臣僚以"不自检饬,所为多越于规矩"论罢。这四首诗描写他
闲居时的生活情形和心理状态,有农耕生活的闲逸自得,更
多则是遭弃后的愤懑和不甘。此选其第一首,这首诗描绘诗
人在家中闲居时的闲逸生活,小园中草树成荫、幽静至极的
环境,诗人读陶诗、耕种锄瓜的生活,加上平缓的结构、浅易
的语言,构成了诗歌平淡悠然的意境。

② 桑柘(zhè):桑树和柘树,叶子可以用来养蚕。阴阴:浓密幽
暗貌。

③ 陶诗:陶渊明的诗。陶渊明,东晋诗人,诗歌多描写田园闲居
生活,诗风以自然平淡为主。终卷:读完全书。乘:趁着。

辑评

〔清〕爱新觉罗·弘历等《唐宋诗醇》:卢世㴖曰:"闲情逸事,
惟世外人知之。"

南堂卧观月①

河汉横斜星宿稀，卧看凉月入窗扉。②
恍如北戍梁州日，睡觉清霜满铁衣。③

注释

① 此诗淳熙八年(1181)六月作于山阴。月朗星稀的夏夜诗人
在床上久久难眠，竟进入幻觉，仿佛又回到往日在南郑军中
时的生活，满身清凉皎洁的月光变成了银色铠甲上所洒上的
清霜。这首诗和李白诗句"床前明月光，疑是地上霜"手法相
似，通过错觉传神地表现出诗人专注入神的心理状态。而这
种心理状态正是来自诗人对南郑时军中生活的深情眷恋和
对实现杀敌报国理想的热切渴盼。

② 河汉:即银河。星宿(xiù):天文学上的二十八个星位，这里指
星。窗扉:窗户和门。扉，门扇。

③ 恍如:恍惚不清中好像。北戍梁州日:指乾道八年(1172)陆
游在四川宣抚使王炎幕中任职驻守南郑(今陕西汉中)时，南
郑属古时九州之一的梁州之地，西晋、隋、唐时又曾为梁州治
所，故这里称梁州。睡觉:睡醒。铁衣:铠甲。

九月三日泛舟湖中作①

儿童随笑放翁狂，又向湖边上野航。②

鱼市人家满斜日，菊花天气近新霜。③

重重红树秋山晚，猎猎青帘社酒香。④

邻曲莫辞同一醉，十年客里过重阳。⑤

注释

① 湖：指镜湖，今名鉴湖，在浙江绍兴市南，陆游所居住的三山别业在镜湖畔。赵翼《陆放翁年谱》："先生《幽栖》诗自注：'乾道丙戌（乾道二年，1166），始卜居镜湖之三山。'而庆元三年《春尽遣怀》诗自注则云：'余以乾道乙丑（乾道元年，1165）卜筑湖上。'盖乙丑买宅，丙戌罢官归始入居之。"此诗淳熙八年（1181）九月作，时陆游奉祠在山阴三山别业居住。归乡闲居固然让身怀大志的诗人失落无奈，但故乡优美的风物，淳朴可亲的乡邻，天真无邪的儿童，以及狂放无拘的生活方式，也给长期宦游在外的他带来无限的慰藉和快乐。诗中诗人肆然无拘，真淳尽现的形象极为动人。

② 随笑：追随嬉笑。放翁：陆游之号，《宋史·陆游传》载："范成大帅蜀，游为参议官，以文字交，不拘礼法，人讥其颓放，因自号放翁。"野航：指农家小船。元王祯《农书》卷十七："野航，田家小渡舟也。"

③ 鱼市:镜湖岸边买卖鱼的市场,陆游《思故山》诗:"柳姑庙前鱼作市。"菊花天气:菊花开放时节的秋季天气。

④ 红树:枫树一类的树,秋季叶子变为红色,故云。猎猎:风吹旗子的声音。青帘:古时酒店所挂的青色酒招,又称青旗,是酒家的标志。社酒:社日所酿的酒。社日是祭祀土地神的日子,分春社和秋社,这里为秋社。

⑤ 邻曲:邻居。十年:陆游在"邻曲"两句下自注云:"予自庚寅至辛丑,始见九日于故山。"庚寅指乾道六年(1170),辛丑为淳熙八年(1181),之间相距十二年,诗人取其成数故称"十年"。重阳:重阳节,每年农历九月初九为重阳节,又称九日。

辑评

〔清〕李慈铭《越缦堂诗话》卷上:"此外清新婉约者,尚有数篇,然仅到得中晚唐人境界。如《九月三日泛舟湖中作》云……《禹迹寺南有沈氏小园,四十年前尝题小阕壁间。偶复一到,而园已易主,刻小阕于石,读之怅然》云……二首自然清转,情韵甚佳,亦刘随州(刘长卿)、许丁卯(许浑)之亚矣。"

〔清〕陈衍《石遗室诗话》:"(掞东《剑南诗选》)评第二联云:'高宕自然。'"

顾佛影《评注剑南诗钞》卷三:"诗中之画,三四绝佳。"

蔬圃绝句 (七首选一)①

百钱新买绿蓑衣，不羡黄金带十围。②
枯柳坡头风雨急，凭谁画我荷锄归？③

注释

① 蔬圃(pǔ)：菜园。此诗为七首诗中的第二首，淳熙八年
(1181)十月作于山阴。诗中描画了一幅诗人身着蓑衣，肩扛
锄头，在菜园耕作的老农画像，但言外也隐隐流露着失意不
平之气。

② 蓑(suō)衣：用蓑草制成的雨披。黄金带：古代官服的腰带，
饰以黄金，故称"黄金带"。十围：围表示圆周长度的单位，五
寸为一围，一说三寸为一围，"十围"是夸张的说法，极言地位
的尊崇。

③ "枯柳"二句：描绘风急雨骤之时，诗人在位于长着枯柳的山
坡上的菜园里耕作完毕，扛着锄头归来的形象。枯柳坡头，
长满枯柳的山坡，抑或山坡名"枯柳坡"。凭谁，靠谁。荷锄
(hè chú)，扛着锄头。荷，扛，担。

辑评

顾佛影《评注剑南诗钞》卷三："荒率之趣，放翁特多，不能多
选，聊备一格。"

十月二十六日夜，梦行南郑道中，既觉怅然，揽笔作此诗，时且五鼓矣^①

孤云两角不可行，望云九井不可渡。^②

嶓冢之山高插天，汉水滔滔日东去。^③

高皇试剑石为分，草没苔封犹故处。^④

将坛坡陀过千载，中野疑有神物护。^⑤

我时在幕府，来往无晨暮。^⑥

夜宿沔阳驿，朝饭长木铺。^⑦

雪中痛饮百榼空，蹴踏山林伐狐兔。^⑧

眈眈北山虎，食人不知数。^⑨

孤儿寡妇雠不报，日落风生行旅惧。^⑩

我闻投袂起，大嘑闻百步，^⑪

奋戈直前虎人立，吼裂苍崖血如注。^⑫

从骑三十皆秦人，面青气夺空相顾。^⑬

国家未发度辽师，落魄人间傍行路。^⑭

对花把酒学酕醄，空辱诸公诵诗句。^⑮

即今衰病卧在床，振臂犹思备征戍。^⑯

南人孰谓不知兵？昔者亡秦楚三户！^⑰

注释

① 南郑：今陕西汉中市，为四川宣抚使司驻地，乾道八年（1172）陆游在四川宣抚使王炎幕中任职时驻于此。五鼓：即五更，凌晨时分。此诗淳熙八年（1181）十月作于山阴。在南郑不足一年的时间是陆游一生中唯一的一段军旅经历，但这段生活却成为他日后魂牵梦绕的美好回忆。这首诗再次写到他梦及在南郑时的生活情景：雄险的山川，紧张而痛快的军旅生活，特别是那次一人击杀猛虎的英雄壮举，一一健笔写来，如滔滔江水，豪气逼人。梦醒回到现实，虽有落魄人间的感伤，但转瞬间便又昂然振起，唱出对重入军旅、击退侵略者的强烈渴望和高度自信。全诗笔力雄健，豪气贯注，一韵到底，韵脚密集，构成急促而铿锵的节奏，结构跌宕奔放，形成了豪放激昂的风格。

② 孤云两角：二山名，在南郑一带。王象之《舆地纪胜》载："兴元府（治南郑）：孤云山，在廉水县（北魏时所置县，治今陕西南郑县西南廉水镇）东南七十里。"又："两角山、孤云山相连，山绝顶高而两峰。古语云：'孤峰、两角，去天一握。'"望云九井：二滩名，在今四川省广元市北，嘉陵江上。陆游《感旧》（要识梁州远）诗自注："予山南杂诗百余篇，舟行过望云

滩坠水中。"

③ 嶓(bō)冢山:在今陕西宁强县北陕西、甘肃两省交界处。汉水:即今汉江,上游流经陕西省南部。

④ "高皇"二句:陆游《偶怀小益南郑之间,怅然有赋》诗自注:"嶓冢山庙旁有高皇试剑石,中分如截。"高皇,汉高祖刘邦。犹故处,故迹犹存之意。

⑤ 将坛:即将军坛,在今陕西南郑县城南,相传为刘邦拜韩信为大将时所筑。坡陀:同"陂陀"、"陂陁",地势倾斜不平貌。中野:荒野。神物护:神灵佑护,因将军坛过千载而尚存,故认为它有神灵佑护。

⑥ 幕府:即四川宣抚使王炎幕府。来往无晨暮:来来往往地奔忙,不分早晚。

⑦ 沔阳驿:沔阳县的驿站,沔阳县即今陕西勉县。长木铺:在沔阳县附近。

⑧ 榼(kē):古代盛酒的器具。蹴(cù)踏:这里是驰骋奔走之意。蹴,踩,踏。伐:追击。

⑨ 耽耽:这里借作"眈眈",形容虎视的样子。

⑩ 孤儿寡妇:被虎咬死父母和丈夫的人。雠(chóu):"仇"的异体字。

⑪ 袂(mèi):衣袖。嘑(hū):"呼"的异体字。闻百步:百步以外可听得见。

⑫ "奋戈"二句:陆游在南郑时曾在一次打猎中击杀猛虎,可参看前《三月十七日夜醉中作》注③。虎人立,老虎像人一样直

立。吼裂苍崖,老虎的吼声使青色的山崖几乎破裂。

⑬ 秦人:关中地区出身的人,这里古代属秦国,故称。秦地士卒素以勇敢善战著称,唐杜甫《兵车行》:"况复秦兵耐苦战。"唐李筌《太白阴经·人谋上·人无勇怯篇》:"经曰:勇怯有性,强弱有地。秦人劲,晋人刚,吴人怯,蜀人懦,楚人轻,齐人多诈,越人浇薄,海岱之人壮,崆峒之人武,燕赵之人锐,凉陇之人勇,韩魏之人厚。地势所生,人气所受,勇怯然也。"面青气夺:因恐惧而脸色发青,呼吸欲绝。

⑭ 度辽师:《汉书·昭帝纪》记载,汉昭帝元凤三年(82)冬,辽东乌桓反,以中郎将范明友为度辽将军往击之。颜师古注引应劭语:"当度辽水往击之,故以度辽为官号。"这里以汉代度辽师代指宋朝征伐金人的军队。落魄:亦作"落泊",穷困失意之意。人间:世间,与军中相对。傍行路:意谓和平常人一样。傍,接近。行路,行路之人,即平常人。

⑮ 酝藉:亦作"蕴藉",温雅之意。

⑯ 备征戍:投身军中之意。

⑰ "南人"二句:意思是说,谁说南方人不懂军事? 古时推翻秦朝的就是南方的楚地人。陆游为南方人,故有此语。"南人"句,为"孰谓南人不知兵"的倒装。亡秦楚三户,楚国为秦国所灭,当时有民谣云:"楚虽三户,亡秦必楚。"后来推翻秦朝的起义军领袖项羽、刘邦都是楚人。详参前《金错刀行》注⑦。三户,指楚国王室宗族由昭、屈、景三姓构成而言。

顾佛影《评注剑南诗钞》卷三:"('耽耽北山虎'八句)此写搏虎,以幻作真,神光弈弈。""'从骑'二句,极似老杜。""'国家'以下,无限感慨,实即是篇作意。"

朱东润《陆游选集》:"陆游回忆在南郑军中刺虎的故事,自言即在病中还能随时奋起,为国家击溃敌人。刺虎四句,写自己和虎的斗争,也写到从者的惊悚,神态毕现,活跃纸上。"

寄朱元晦提举①

市聚萧条极,村墟冻馁稠。②

劝分无积粟,告籴未通流。③

民望甚饥渴,公行胡滞留?④

征科得宽否,尚及麦禾秋。⑤

注释

① 朱元晦:即朱熹,字元晦,南宋著名理学家。此诗淳熙八年
(1181)十一月作于山阴。这年秋冬时节,浙东先是大旱,既
而淫雨,造成水灾,朱熹奉命提举浙东常平茶盐公事,前往赈
灾;任命是在八月,但十二月六日才到任。这首诗是在朱熹

未到任时写的,有催促之意,也表达了希望他宽免征科,帮助人民度过灾荒的期许,体现出陆游在闲居之时也不忘关注百姓疾苦的仁者情怀。

② 市聚:犹言市集、市场。村墟:村落,村庄之意。冻馁(něi):饥寒。馁,饥饿。稠:这里是多的意思。

③ "劝分"句:意思是说劝人分出余粮给灾民,但是百姓都没有积存的粮食。"告籴(dí)"句:是说从外地买粮,但遭到阻禁,粮食不能流通。籴,买进粮食。

④ "民望"句:意思是说,百姓对朝廷派人救济非常渴望。"公行"句:意思是,您的行期为什么遇到滞留延迟?公,指朱熹。

⑤ 征科:赋税。麦禾秋:庄稼成熟。秋,秋季是庄稼成熟的季节,所以秋表示成熟之意。

辑评

〔清〕爱新觉罗·弘历等《唐宋诗醇》:"恻然仁者之言,四十字不愧古人。罗大经谓:'文公于诗,独取放翁,以其气质浑厚。'殆未足以尽之。"

顾佛影《评注剑南诗钞》卷三:"忠厚悱恻,仁者之言。"

洊饥之余，复苦久雨，感叹有作①

道傍襁负去何之？积雨仍愁麦不支。②

为国忧民空激烈，杀身报主已差池。③

属餍糠籺犹多愧，徙倚柴荆只自悲。④

十载西游无恶岁，羡他嵝下足蹲鸱。⑤

注释

① 洊(jiàn)饥：一再的饥荒。洊，再，一次又一次。此诗淳熙九
年(1182)一月作于山阴。去年秋季浙东先是大旱，接着又淫
雨不止，一直持续到今年春季，《宋人法书》第三册载陆游正
月十六日与曾仲躬书中也谈到此事："东人流殍满野，今距麦
秋尚百日，奈何！……而淫雨复未止，所谓麦，又已堕可忧境
中矣。"灾荒不断，百姓四处逃荒，饿殍满野，诗人痛在心头却
无能为力，只能将满怀忧民之情发于诗中。

② 襁(qiǎng)负：用襁褓背负着婴儿逃荒的灾民。襁，背负婴儿
的布兜。积雨：久雨。麦不支：麦子不能收获。

③ "为国"二句：意谓自身因年老闲居，目睹百姓的苦难，只能空
怀一腔替国家忧虑人民的激烈情怀，却没有能力舍身报效君
王，投入到赈灾行动中去。差池，蹉跎之意。

④ 属餍(yàn)：饱食之意。《左传·昭公二十八年》："属餍而
已。"杜预注："属，足也。"糠籺(hé)：糠是麦子、谷物脱下的壳

皮,麸是麦糠里的粗屑,这里"糠麸"指粗劣的粮食。徙倚:徘徊之意。柴荆:柴草荆条做的门,言居处简陋。

⑤ "十载"二句:意思是说,我在蜀地游宦近十年,没有遇上饥荒之年,很羡慕岷山之下的巴蜀之地粮食丰足。诗人于此两句下自注云:"予在蜀几十年,未尝逢岁歉也。"十载西游,陆游乾道六年(1170)到蜀地任夔州(今重庆奉节)通判,之后又在南郑、嘉州、成都等地任职居住,淳熙六年(1179)方离蜀还临安,之间将近十年,故云。恶岁,灾荒之年。"崏下"句,《史记·货殖列传》记载:"吾闻汶山之下沃野,下有蹲鸱,至死不饥。"崏,同"汶",指汶山,即岷山,在今四川省松潘县北。蹲鸱(chī),大芋头,因形状像蹲伏的鸱鸟而得名。

夜观秦蜀地图①

往者行省临秦中,我亦急服叨从戎。②
散关摩云俯贼垒,清渭如带陈军容。③
高旌缥缈严玉帐,画角悲壮传霜风。④
咸阳不劳三日到,幽州正可一炬空。⑤
意气已无鸡鹿塞,单于合入蒲萄宫。⑥
灯前此图忽到眼,白首流落悲途穷。⑦

吾皇英武同世祖，诸将行策云台功。⑧

孤臣昧死欲自荐，君门万里无由通。⑨

正令选壮不为用，笔墨尚可输微忠。⑩

何当勒铭纪北伐，更拟草奏祈东封。⑪

注释

① 此诗淳熙九年(1182)二月作于山阴。诗中写诗人因观看秦、蜀一带的地图，而又回想起在南郑从军时的生活情景：雄伟壮观的边地环境，紧张而令人振奋的军旅生活，气吞金人的豪迈意气。一幕幕往事使诗人顿时激动兴奋起来，即便明知自己已年纪老迈，仕进无途，但仍不能阻挡他渴望为国家贡献余力的雄心和热情。

② 往者：指乾道八年(1170)三月至十一月，陆游在四川宣抚使司任干办公事兼检法官时。行省：指四川宣抚使司。秦中：指四川宣抚使司治所南郑一带，这里古属秦地。急服：即军服。叨：谦辞，领受之意。从戎：从军。

③ 散关：即大散关，在今陕西宝鸡市南大散岭上，是宋金两军对峙的要塞。贼垒：金人的堡垒。清渭：即渭水，今名渭河。渭河和泾河是关中地区两条主要的河流，渭河水清，泾河水浊，泾渭分明，所以人们称渭河为清渭。陈军容：陈列军队。

④ "高旌"句：意思是说，高高飘扬的旌旗衬托着威严的主帅营帐。缥缈，若有若无貌。玉帐，主将的营帐。画角：角是古

代军中使用的一种乐器,用以惊昏晓,雕饰有花纹的角称为"画角"。

⑤ 咸阳:今陕西咸阳市。幽州:古州名,在今辽宁南部,河北东北部一带,这里泛指金人上京、燕京所在的地区。一炬空:一把火烧光。

⑥ "意气"二句:是说自己当时意气豪壮,对消灭金人充满信心,收取鸡鹿塞已不放在眼里,他的理想是让金人臣服,金主到大宋朝廷朝拜。合入,应该进入。鸡鹿塞,在今内蒙古鄂尔多斯市,汉宣帝甘露三年(前51)匈奴单于来朝,汉朝遣董忠善等将骑兵护送单于出鸡鹿塞。蒲萄宫,汉宫殿名,在长安,汉哀帝元寿二年(前1)匈奴单于来朝,住在蒲萄宫中。

⑦ 此图:指秦蜀地图。途穷:人生失意的意思。

⑧ 吾皇:指宋孝宗。世祖:指东汉光武帝,光武帝是汉朝的中兴之主,故这里以之比宋孝宗。诸将:指南宋众将领。行:应当。策:谋划,谋求。云台功:云台是东汉时台名,汉明帝追念前世功臣,命画光武帝中兴二十八将之像于云台上。

⑨ 孤臣:陆游自指。昧死:冒死。

⑩ 笔墨:代指表达对国事意见建议的疏奏。输:表达之意。微忠:微不足道的忠心,是谦辞。

⑪ "何当"二句:承上句"笔墨输微忠"而来,意思是说,当宋朝军队北伐时,自己可以作铭以记述功绩;国家太平昌盛时,可以草拟奏书祈求朝廷到泰山封禅。勒铭记北伐,用东汉班固作《燕然山铭》纪窦宪北伐匈奴之功的故事。《后汉书·窦融列

165

传附窦宪列传》:"(窦)宪、(耿)秉遂登燕然山,去塞三千余里,刻石勒功,纪汉威德,令班固作铭。"东封,即封禅,是古代帝王祭祀天地,禀告成功的一种礼仪,在泰山上筑坛祭天称为"封",在其附近的梁父山上辟基祭地称为"禅"。因泰山在东方,故称"东封"。

辑评

顾佛影《评注剑南诗钞》卷三:"劈空而下,滔滔莽莽,一泻无余。"

夜闻秋风感怀①

西风一夜号庭树,起揽戎衣泪溅襟。②

残角声催关月堕,断鸿影隔塞云深。③

数篇零落从军作,一寸凄凉报国心。④

莫倚壮图思富贵,英豪何限死山林。⑤

注释

① 此诗淳熙九年(1182)八月作于山阴。诗人从深夜窗外的秋风声中,想起昔年从军的生活,但是那段时光宛如昙花一现,

并没有得到任何出征杀敌施展抱负的机会,获得的只有一些
军中的诗作,和一腔失落凄凉的报国之心。因此诗的结尾发
出劝人不要指望宏图远志谋取富贵的激愤之声。

② 号庭树:风吹庭院中树木,发出号叫般的声音。戎衣:军衣。

③ 残角:夜深军营中稀落的角声。关月:边疆关塞上空的月亮。
断鸿:失群的孤雁。塞云:边塞上的云。

④ 从军作:在南郑从军时的诗作。

⑤ "莫倚"二句:意思是说,不要指望依靠壮志宏图去取得富贵,
你看无数有志的英雄豪杰却在山林中无所事事地老死。山
林,指退隐闲居之地。

草书歌①

倾家酿酒三千石,闲愁万斛酒不敌。②

今朝醉眼烂岩电,提笔四顾天地窄。③

忽然挥扫不自知,风云入怀天借力。④

神龙战野昏雾腥,奇鬼摧山太阴黑。⑤

此时驱尽胸中愁,槌床大叫狂堕帻。⑥

吴笺蜀素不快人,付与高堂三丈壁。⑦

注释

① 此诗淳熙九年(1182)八月、九月间作于山阴。诗中描绘醉后草书的情形,用极度的夸张,奇幻的比喻,描状草书时狂放激昂的心理状态,形象生动地展示了草书所具有的宣泄激情的艺术功能和雄奇壮伟的艺术境界。

② "倾家"二句:意谓倾尽家财酿得三千石酒,却消解不尽心中万斛愁情。《晋书·何充传》载:东晋何充能饮酒,雅为刘惔所贵。惔每云:"见次道(何充字)饮,令人欲倾家酿。"倾家,倾尽家产。石,一为古代容量单位,十斗为一石;二为古代重量单位,一百二十斤为一石。斛(hú),古代量器名,也是容量单位,十斗为一斛,后改为五斗。不敌,这里是不能消解的意思。

③ 烂岩电:意谓醉后精神焕发,目光明亮如山岩下的闪电。语出《世说新语·容止》:"裴令公(裴楷)目王安丰(王戎):'眼烂烂如岩下电。'"

④ "忽然"二句:意思是说,在一种不自觉的状态下忽然运笔自由挥写,仿佛风云进入胸中,上天借给力量。挥扫,指纵横自如地书写草书。

⑤ "神龙"二句:形容草书雄健奇幻的状貌,犹如神龙在旷野交战,烟雾昏悭,奇鬼摧倒大山,遮蔽月光。"神龙"句,《周易·坤卦》"爻辞":"战龙于野,其血玄黄。"太阴,即月亮。

⑥ "槌床"句:描绘醉中草书时亢奋癫狂的精神状态。《旧唐书·文苑中·贺知章传》:"(张)旭善草书,而好酒,每醉后号

呼狂走,索笔挥洒,变化无穷,若有神助,时人号为张颠。"唐杜甫《饮中八仙歌》:"张旭三杯草圣传,脱帽露顶王公前,挥毫落纸如云烟。"帧,头巾。

⑦"吴笺"二句:是说纸和绢帛太狭小,不能使人痛快尽致,干脆在高堂墙壁上作书。吴笺,吴地出产的纸。蜀素,蜀地产的素帛。

辑评

〔清〕爱新觉罗·弘历等《唐宋诗醇》:"与《醉后草书》一篇,各成奇致。"

朱东润《陆游选集》:"中间四句写书家提笔纵横的意境。书法是中国特有的艺术,草书驰骤挥沥,更能发抒书家的不平之气。陆游此诗极能深入。"

程千帆、沈祖棻《古诗今选》:"陆游这篇诗写自己借草书来排遣闲愁。这种闲愁的具体内容,他在诗中没有明说,可是在《题醉中所作草书卷后》中,却讲得很清楚:'胸中磊落藏五兵,欲试无路空峥嵘,酒为旗鼓笔刀矟,势从天落银河倾。……须臾收卷复把酒,如见万里烟尘清。'这也再一次证明了,这位诗人对祖国的热爱,对现实的关注,是他创作激情的根源。"

夜泊水村①

腰间羽箭久凋零，太息燕然未勒铭。②

老子犹堪绝大漠，诸君何至泣新亭。③

一身报国有万死，双鬓向人无再青。④

记取江湖泊船处，卧闻新雁落寒汀。⑤

注释

① 此诗淳熙九年(1182)八九月间作于山阴。诗中抒写了自己
衰老弃置，杀敌报国之志成空的悲愤，和对执政者懦弱苟且
的批判，情感悲慨却境界壮阔，具有雄劲动人的格力。

② 羽箭：用羽翎做尾的箭。杜甫《丹青引赠曹将军霸》："猛将腰
间大羽箭。"凋零：这里是残破脱落之意。太息：叹息。燕然
未勒铭：意谓没有破贼立功，用东汉窦宪北击匈奴，登燕然山
立石勒铭记功之事，详参前《夜观秦蜀地图》注⑪。燕然，燕
然山，即今蒙古国境内的杭爱山。

③ "老子"二句：意思是说，我尚有随军横绝大漠，追击敌人的心
力，但是执政者却安于现状，没有收复中原的志向。老子，犹
言老夫，是陆游自指。绝，横绝，度过。大漠，泛指北方边疆
地区广阔的沙漠。诸君，指南宋执政者。泣新亭，用东晋士
人"新亭对泣"的故事比喻南宋执政者安于现状，不思恢复。
《世说新语·言语》记载："过江诸人，每至美日，辄相邀新亭，

《夜泊水村》

借卉饮宴。周侯(周颛)中坐而叹曰:'风景不殊,正自有山河之异!'皆相视流泪。唯王丞相(王导)愀然变色曰:'当共戮力王室,克复神州,何至作楚囚相对!'"

④ 青:黑色。

⑤ "记取"二句:照应诗题,描写自己夜泊水村,凄凉沦落的现状。江湖,指隐居之地,和市朝相对。新雁,秋季刚从北方飞来的大雁。汀,水中或水边平地。

辑评

〔清〕爱新觉罗·弘历等《唐宋诗醇》:"率多胸臆,兼有气骨,可为南渡君臣慨然太息。"

〔清〕潘德舆《养一斋诗话》:"且放翁七律,佳者诚多,然亦佳句耳;若通体浑成,不愧南渡称首者,尝精求之矣。如……'老子犹堪绝大漠,诸君何至泣新亭'……此十数章七律,著句既遒,全体亦警拔相称。盖忠愤所结,志至气从,非复寻常意兴。"

〔清〕简朝亮《读书草堂明诗》:"陆务观《夜泊水邨》,随地亦老思报国也。"

〔清〕方东树《昭昧詹言》卷二〇吴闿生批:"三四生气奋出,千古常新。"

哀 北①

太行天下脊，黄河出昆仑。

山川形胜地，历世多名臣。②

哀哉六十年，左衽沦胡尘。③

抱负虽奇伟，没齿不得伸。④

老夫实好义，北望常酸辛。⑤

何当拥黄旗，径涉白马津?⑥

穷追殄犬羊，旁招出凤麟。⑦

努力待传檄，勿谓吴无人!⑧

注释

① 北:指北方沦陷的中原等地。此诗淳熙九年(1182)九月作于山阴,诗中抒写对北方地区沦陷近六十年尚未收复,和自己胸怀奇伟的抱负却到老无途施展的痛切情感。诗人虽满怀伤感却并没有沮丧,依旧保持着对出师中原,驱除侵略者的高度热情和自信,表现出一种极为可贵的坚毅和奋发精神。

② "太行"四句:是说北方地区有太行山、黄河等山川,地理形势优越,又名臣辈出。太行,太行山,南北绵延于今河南西北部,山西东部、河北西部一带。"黄河"句,黄河源于昆仑山的一支巴颜喀拉山,故云"黄河出昆仑"。《史记·大宛列传》引

《禹本纪》:"河出昆仑。"

③ "哀哉"二句:意思是说,让人哀伤的是,这里沦陷于金人的统治下已经六十年。六十年,自建炎元年(1127)北宋灭亡,北方沦陷,至淳熙九年(1182)已有五十五年,这里取其整数。左衽,古时四方少数民族衣服的前襟向左掩,故称"左衽",这里意指沦陷地区人民用金人的习俗。沦胡尘,意谓沦陷于金人的残酷统治下。

④ 奇伟:壮伟不凡。没齿:牙齿脱落,指年老。伸:施展之意。

⑤ 老夫:诗人自称。好义:意谓有以天下为己任的责任感。"北望"句:意思是说北望中原,常常感到悲伤。

⑥ 拥黄旗:跟从主将出征之意。黄旗,主将之旗,《宋史·兵制九》:"高宗建炎元年,始颁枢密院教阅法……每军各置旗号,前军绯旗,飞鸟为号;后军皂旗,龟为号;左军青旗,蛟为号;右军白旗,虎为号;中军黄旗,神人为号。"白马津:在今河南滑县境内。津,渡口。

⑦ 殄(tiǎn):消灭。犬羊:对金人侵略者的蔑称。凤麟:凤凰和麒麟,比喻沦陷之地的爱国豪杰之士。

⑧ "努力"二句:是诏告北方沦陷地区百姓的话,意思是说,你们要努力等待宋军传布讨伐金人的军书,不要认为南方没有人才。檄(xí),古代军中用于征讨、晓谕的文书。吴,江东之地,这里泛指南宋统治的地区。

三江舟中大醉作①

志欲富天下，一身常苦饥。

气可吞匈奴，束带向小儿。②

天公无由问，世俗那得知？③

挥手散醉发，去隐云海涯。④

风息天镜平，涛起雪山倾。⑤

轻帆入浩荡，百怪不可名。⑥

虹竿秋月钩，巨鳌倘可求。⑦

灭迹从今逝，回看隘九州！⑧

注释

① 三江：一说为曹娥江、钱清江、浙江三江所会之处，称为三江海口，在山阴县西北五十里；一说为浙江、浦阳江、曹娥江交汇处。此诗淳熙九年（1182）九月作于山阴，抒写诗人壮志无由实现，只有归隐江湖的强烈悲慨之情。诗的开端即用强烈的对比，使激愤之情势如火山爆发，喷薄而出，把自己英雄遭受压抑埋没的困境写至极致，问天无由，世俗不容，无奈之中只好隐迹天涯，在狂放不羁的江湖生活中寻求慰藉。全诗气势澎湃，风格奇崛，悲愤慷慨之情和傲岸不平之气交织，读之动人心魄。

② "束带"句:意思是说,穿戴整理官服,向那些庸俗的上级官吏折腰奉迎,用陶渊明"不为五斗米折腰"典。

③ 天公:上天。无由:犹无从。

④ "挥手"二句:意谓隐居天涯海角,过自由无拘无束的生活。

⑤ "风息"二句:意思是说,风住时水面平稳明亮如天然的镜子,浪涛涌起时如雪山倾倒。

⑥ 浩荡:指广阔的江水。百怪:浩荡江水中的众多可怪之物。不可名:不知道名字。

⑦ "虹竿"二句:意思是说,以彩虹为钓竿,以秋月为钓钩,欲钓巨鳌。鳌(áo),一种大鳖。

⑧ "灭迹"二句:意谓隐藏行迹,离开市朝,过无拘无束的隐居生活,这时再回头看尘世,整个九州大地都觉得狭小局促。

辑评

〔清〕戴明说《历代诗家》:"小李白。"(题下评)

〔清〕爱新觉罗·弘历等《唐宋诗醇》:"拟以太白,便觉去人不远。"

寄题朱元晦武夷精舍(五首选一)①

身闲剩觉溪山好,心静尤知日月长。②

天下苍生未苏息,忧公遂与世相忘。③

注释

① 朱元晦:即朱熹。武夷精舍:朱熹在武夷山所建的学舍。武
夷,指武夷山,在今福建省武夷山市;精舍,原指佛寺,这里指
学舍。朱熹《武夷精舍杂咏序》云:"(武夷精舍)经始于淳熙
癸卯(淳熙十年)之春,其夏四月既望,堂成而始来居之。"《寄
题朱元晦武夷精舍》五首作于淳熙十年(1183)九月。朱熹淳
熙八年、九年提举浙东常平茶盐公事时多次上书孝宗直言政
事得失,为宰相王淮所忌,因乞请奉祠。《宋史·道学·朱熹
列传》载:"时郑丙上疏诋程氏之学以沮熹,淮(宰相王淮)又
擢太府寺丞陈贾为监察御史。贾面对,首论近日搢绅有所谓
'道学'者,大率假名以济伪,愿考察其人,摈弃勿用,盖指熹
也。十年(淳熙十年),诏以熹累乞奉祠,可差主管台州崇道
观,既而连奉云台、鸿庆之祠者五年。"这年夏,他在武夷山建
学舍退居讲学,陆游因此作诗相寄,表达对他避谤退居的同
情及对其精舍闲逸生活的向往,同时也激励他不能忘怀现
实,时刻保有忧国忧民之心。这首诗为组诗的第三首,主要
表达对朱熹不能忘怀天下百姓的期许,既体现了陆游对老友
坦言劝勉的挚情,也展示了他自己无论穷达,绝不改变初衷
的弘毅精神。
② 剩:副词,颇,更。溪山:山水。日月:岁月。
③ 苍生:黎民百姓。苏息:休养生息。公:指朱熹。

辑评

〔清〕爱新觉罗·弘历等《唐宋诗醇》:"惟朱子称此诗,惟此诗可寄朱子,所云诗中有人者。"

〔清〕简朝亮《读书草堂明诗》:"陆务观《寄题朱元晦武夷精舍》,以忧公为天下忧也,知人之哲也。其诗曰:'天下苍生未苏息,忧公遂与世相忘。'"

〔清〕陈衍《石遗室诗话》:"(掞东《剑南诗选》)评云:'赠遗极得本人身分,如此诗真不苟作也。'"

感　愤①

今皇神武是周宣,谁赋南征北伐篇?②
四海一家天历数,两河百郡宋山川。③
诸公尚守和亲策,志士虚捐少壮年!④
京洛雪消春又动,永昌陵上草芊芊。⑤

注释

① 此诗淳熙十年(1183)十一月作于山阴。诗的前两联以武功显赫的周宣王比拟宋孝宗,表达对收复中原,统一天下的热切渴盼和坚定信念,境界壮阔,格力雄壮。颈联则转写执政

者一味求和,志士们白白浪费少壮之年的现实,与前两联形成强烈的对比,迸发出撼人心魄的愤慨。尾联则以春天又至,宋太祖陵墓上野草繁茂的荒凉景象作结,不仅寄寓了诗人岁月虚掷的无限伤感,也使太祖生前的功业和身后的荒凉,他英武的气概和南宋统治者的懦弱无能形成比照,留给读者无尽的回味。

② "今皇"二句:意思是说,当今皇上似周宣王一样神明英武,但是谁来赋写像《诗经》中歌颂周宣王南征北伐之武功的诗篇那样的篇章呢? 南宋初黄中辅所作《念奴娇》云:"吾皇神武,踵曾孙周发。"今皇,指宋孝宗。周宣,即周宣王,西周第十一位君王,公元前827年至公元前782年在位。宣王之时周王朝已经衰微,他任用召穆公、周定公、尹吉甫等大臣整顿朝政,特别是征伐侵扰周朝的戎、狄、淮夷等取得胜利,使周王朝获得一时的复兴,史称"宣王中兴"。南征北伐篇,歌颂周宣王南征北伐之功绩的诗篇,这里借指歌颂宋孝宗武功之诗。《毛诗序》:"《六月》,宣王北伐也。""《采芑》,宣王南征也。"

③ "四海"二句:意思是,天下统一,四海一家是天命所注定之事,黄河南北的众多州郡河山都是宋朝所有。天历数,天运,天命之意,《论语·尧曰》:"咨! 尔舜,天之历数在尔躬。"两河百郡,黄河南北地区的众多州郡。两河,黄河南北两部分地区。百郡,郡为州一级的行政区划,北宋宣和四年(1122)时共有府三十八,州二百四十三,军五十二,监四,都为此级,

"百郡"是概称。

④ 诸公:指南宋执政者。和亲策:和亲是中国古代与少数民族首领结亲求得和平相处的一种政策,这里代指南宋所采取的与金人议和的政策。志士:指像诗人自己一样有抗击金人,收复失地之志的士人。虚捐:白白地浪费。

⑤ 京洛:北宋东京开封,西京洛阳一带地区。永昌陵:宋太祖赵匡胤的陵墓,在今河南巩义市界内。芊(qiān)芊:草木茂盛貌。

辑评

〔清〕爱新觉罗·弘历等《唐宋诗醇》:"大声疾呼,气浮纸上,《诸将五首》之嫡嗣也。卢世㴶曰:'南渡乐于偏安,谁能念此!'"

〔清〕李调元《雨村诗话》:"余独爱其《感愤》一律,颇近唐人,尝举以示客。诗云……可称《渭南》、《剑南》二集压卷。"

〔清〕潘德舆《养一斋诗话》:"且放翁七律,佳者诚多,然亦佳句耳;若通体浑成,不愧南渡称首者,尝精求之矣。如……'今皇神武是周宣,谁赋南征北伐篇'……此十数章七律,著句既遒,全体亦警拔相称。盖忠愤所结,志至气从,非复寻常意兴。"

〔清〕李慈铭《越缦堂诗话》卷上:"然放翁七律,究不宜学也。予尝最(俗作撮)其五首,亦骊龙之珠也。《感愤》云……皆全首浑成,风格高健,置之老杜集中,直无愧色。"

〔清〕施补华《岘佣说诗》:"放翁七律,极有佳者,如《新夏感事》之'百花过后绿阴成',《感愤》之'今皇神武是周宣',皆近盛唐。今人必取其雕琢小巧之句以为工,失放翁之真矣。"

〔清〕许印芳:"七律写意,无过《感愤》一篇。其词云:'今皇神武是周宣……'生平大志,和盘托出。结语追念艺祖,含蓄不尽。得此收笔,通身皆活。"(李庆甲《瀛奎律髓汇评》卷三十二"忠愤类"《书愤》"白发萧萧卧泽中"、"镜里流年两鬓残"二诗下引)

〔清〕陈衍《石遗室诗话》:"(掞东《剑南诗选》)评云:'次联雄阔似盛唐,收能提开。'仆记陈同甫次东坡《念奴娇》(赤壁怀古)'雄姿英发'韵云:'吾皇神武,踵曾孙周发。'与此首首联极相似。"(按:"吾皇神武,踵曾孙周发"为南宋初黄中辅《念奴娇》"炎精中否"词中语,此处为陈衍误记。)

顾佛影《评注剑南诗钞》卷三:"此尤沉雄博大,的是杜陵《诸将》之遗。"

春夜读书感怀①

荒林枭独啸,野水鹅群鸣。

我坐蓬窗下,答以读书声。②

悲哉白发翁,世事已饱更。③

一身不自恤,忧国涕纵横。④

永怀天宝末，李郭出治兵；

河北虽未下，要是复两京。⑤

三千同德士，百万羽林营；

岁周一甲子，不见胡尘清。⑥

贼酋实屠王，贼将非人英，

如何失此时，坐待奸雄生？⑦

我死骨即朽，青史亦无名。⑧

此诗倘不作，丹心尚谁明？⑨

注释

① 此诗淳熙十一年(1184)春作于山阴。寂寥的春夜诗人闲居读书，不禁又生出忧国的伤感。他想到天宝末年安史之乱时，郭子仪、李光弼率军收复长安、洛阳两京的历史，而现在敌弱我强，正是征讨金人的好机会，南宋朝廷却坐失良机，使英雄志士们在无聊中老死，感慨无奈中他只好将一腔爱国忠心付之于诗歌之中。全诗情感虽然低沉，但却浓烈浑厚，有杜甫诗沉郁悲壮之风。

② "荒林"四句：描写诗人闲居读书的寂寥生活。枭，猫头鹰。蓬窗，茅屋的窗。

③ 更：经历，阅历。

④ 恤：怜惜，顾念。涕纵横：眼泪横流。

⑤ 天宝末：天宝(742～756)为唐玄宗的年号，天宝十四年(755)十一月身兼平卢(今辽宁朝阳)、范阳(今北京)、河东(今山西太原西南)三镇节度使的安禄山以讨杨国忠为名，自范阳起兵，迅速占领河北诸州县，并最终攻破洛阳和长安，这场叛乱史称"安史之乱"。李郭：李光弼和郭子仪。安史之乱爆发后，唐朝廷以郭子仪为朔方节度使，领兵东讨，郭子仪又保举朔方军将领李光弼分兵由井陉(今河北井陉县西北)进军河北，自己随后继进，与李光弼在常山(今河北正定县)会师，击败叛将史思明，收复河北十余郡。正拟进攻范阳，恰值叛军攻破潼关，唐玄宗奔蜀，形势急剧变化，二人只好撤军。唐肃宗即位后，郭子仪和李光弼先后任天下兵马副元帅，是抗击安史叛军最重要的两位将领。复两京：收复京城长安和东都洛阳。唐肃宗至德二载(757)李光弼坚守太原，屡败敌军，郭子仪收复河东郡(治今山西永济市蒲州镇)，为收复两京做了准备，同年九月任天下兵马大元帅的广平王李俶与郭子仪、李光弼等率军攻克长安，十月收复洛阳。

⑥ 同德士：同心同德的大臣，《尚书·泰誓》："予有臣三千，惟一心。"羽林营：羽林军的营帐。羽林军是皇帝的禁卫军，宋朝已无此名，这里代指宋朝将士。一甲子：古代用干支纪年法，每六十年为一循环，称为"一甲子"。胡尘：金兵的战尘。

⑦ 贼酋：指金主。酋，部落首领。孱王：懦弱之王，当时金主为世宗，多亲近文人，不喜用兵，号称"小尧舜"，故陆游称之"孱

王"。《史记·张耳陈馀列传》记载,汉高祖七年,刘邦过赵,赵王张敖待之礼甚卑,有子婿礼,高祖甚慢易之。赵相贯高、赵午等乃怒曰:"吾王孱王也!"人英:人间英杰。此时:指金主孱弱,金将无能,正可一举歼灭的时机。

⑧ 青史:即史书,古代著述曾刻写在竹简上,故称史书为"青史"。

⑨ 丹心:爱国的赤诚之心。尚:还。

辑评

〔清〕戴明说《历代诗家》:"读之兴情动魄,何必《离骚》。"

悲 秋①

病后支离不自持,湖边萧瑟早寒时。②

已惊白发冯唐老,又起清秋宋玉悲。③

枕上数声新到雁,灯前一局欲残棋。④

丈夫几许襟怀事,天地无情似不知。⑤

注释

① 此诗淳熙十一年(1184)秋作于山阴。诗中以萧瑟的秋景、孱弱的病体、惊心的白发、枕上雁声、灯前残剩的棋局等意象构成

一幅凄凉衰飒的图景,但最后以报国杀敌的襟怀成空之感慨统
摄之,便使全诗有了劲健的骨力,形成了浑厚悲壮的意境。

② 支离:破碎貌,这里指病后身体屏弱无力,似欲散开。不自
持:不能支撑自己。萧瑟:这里是萧条之意。

③ 冯唐老:以西汉冯唐之事形容自己的衰老。《史记·冯唐列
传》载,冯唐汉文帝时拜车骑都尉,景帝时为楚相,后免。汉
武帝立,求贤良,有人举荐冯唐,但冯唐已经年九十余,不能
再为官,乃以其子冯遂为郎。清秋宋玉悲:以宋玉诗句形容
自己的悲秋之情。宋玉,战国时楚大夫,他在《九辩》中云:
"悲哉!秋之为气也,萧瑟兮草木摇落而变衰。"

④ 新到雁:秋天刚从北方飞来的大雁。

⑤ 襟怀事:指诗人收复失地,报效国家的抱负。

题海首座侠客像①

赵魏胡尘千丈黄, 遗民膏血饱豺狼。②
功名不遣斯人了, 无奈和戎白面郎! ③

注释

① 海首座:法名为海的首座僧人。首座,即上座,寺院中职位最

高的僧人。侠客像:海首座所画的侠客像。此诗淳熙十一年
(1184)冬作于山阴。题侠客画像,但诗中并没有正面描绘侠
客,而是借他的英武反衬南宋主张议和之辈的怯懦,以他的
失意寄寓诗人自己有志不得施展的不平,酣畅痛快地对投降
派进行了痛斥。

② 赵魏:赵国和魏国,都是战国时诸侯国,赵国定都邯郸(今河
北邯郸),魏国定都大梁(今河南开封),这里赵魏指沦陷于金
人之手的黄河南北两岸地区。遗民:沦陷区的人民。豺狼:
对金人统治者的蔑称。

③ "功名"二句:意谓,南宋不派遣像画中侠客这样的英雄之士
去消灭敌人,获得功名,却让一些怯懦无能的书生与金人议
和,令人感到无奈。斯人,指画中侠客。了,完成。白面郎,
指书生,这里指南宋那些懦弱的主和派大臣们。《世说新
语·容止》载:"何平叔(何晏)美姿仪,面至白。魏明帝疑其傅
粉。"又《三国志·魏书·诸夏侯曹传·曹爽传附何晏》裴松之
注引《魏略》:"(何)晏性自喜,动静粉白不去手,行步顾影。"

辑评

〔元〕高明《题晨起诗卷》:"陆务观诗,大概学杜少陵,间多爱
国忧时之语。如《题侠客图》所谓'无奈和戎白面郎',《示儿作》
'但悲不见九州同',《壮士歌》所谓'胡不来归汉天子',其雄心壮
气,可想见已,诗意高语健。"

书 愤①

早岁那知世事艰，中原北望气如山。②

楼船夜雪瓜洲渡，③铁马秋风大散关。④

塞上长城空自许，镜中衰鬓已先斑。⑤

出师一表真名世，千载谁堪伯仲间！⑥

注释

① 此诗作于淳熙十三年(1186)春,时陆游六十一岁,已退居山阴家中五年之久。诗的前四句回忆往事,后四句抒发感慨,采取今昔对比的手法,以年轻时立志收复失地的壮志豪情和在前线的军旅生活做映衬,抒写晚年壮志未酬、时光虚掷的愤慨,盼望有诸葛亮那样的人物兴师北伐,完成统一大业。全诗格调悲壮,音韵铿锵,气势磅礴。

② "早岁"二句:回忆年轻时的往事,那时不懂得世事的艰难,北望中原大地,豪气如山,立志收复失地。早岁,年轻时候。中原北望,即北望中原。

③ "楼船"句:写南宋在东南江防抵抗金兵进犯事。宋高宗绍兴三十一年(1161)冬,金主完颜亮南侵,攻占扬州后进逼瓜洲,准备从瓜洲渡江。宋将刘锜、虞允文率军坚决抵抗,结果完颜亮为部下所杀,金兵溃退。到宋孝宗隆兴二年(1164),陆游任镇江通判,看到了当年的战舰及张浚在此备战的情景。

楼船,设有楼房的高大战船。瓜洲,地名,在今江苏扬州市南面,地处长江边,是南宋江防要地。

④ "铁马"句:写南宋在西北边关抗金事。宋高宗绍兴三十一年(1161)秋,金兵进攻大散关,次年被吴璘击退。宋孝宗乾道八年(1172)陆游在四川宣抚使王炎幕中,王炎与陆游筹划进兵长安,曾强渡渭水,与金兵在大散关发生遭遇战。后王炎被调回临安,反攻计划未能实现。铁马,披有铁甲的战马。大散关,今陕西省宝鸡市西南的大散岭上,当时为宋金交界的军事重镇。

⑤ "塞上"二句:是说自己曾像檀道济那样以塞上长城自许,立志保卫祖国,但是愿望落空,现在镜中的我已两鬓斑白了。塞上长城,《宋书·檀道济传》载,南朝刘宋名将檀道济北伐有功,因遭疑忌被宋文帝杀害,临死前"脱帻投地",怒道:"乃复坏汝万里之长城!"自许,自我期许。

⑥ "出师"二句:意思是说《出师表》名垂千古,千百年来有谁能和诸葛亮相提并论呢? 出师一表,指诸葛亮的《出师表》,蜀后主建兴五年(227)三月,诸葛亮率军北伐,临行前给刘禅上表,申述"北定中原"、"兴复汉室"的决心。堪,可以。伯仲间,即差不多、可以相提并论。伯仲,古代长幼次序之称,伯为长,仲为次。后引申为衡量人物的等次之意。

辑评

〔清〕范大士《历代诗发》:"结句自负,妙有浑含。"

〔清〕许印芳："通篇沉郁顿挫，而三四雄浑。不但句中力量充足，抑且言外神采飞动。此等句集中颇多……真可嗣响少陵。"（李庆甲《瀛奎律髓汇评》卷三十二"忠愤类"《书愤》"白发萧萧卧泽中"、"镜里流年两鬓残"二诗下引）

〔清〕李慈铭《越缦堂诗话》卷上："然放翁七律，究不宜学也。予尝最（俗作撮）其五首，亦骊龙之珠也。《书愤》云……皆全首浑成，风格高健，置之老杜集中，直无愧色。"

〔清〕方东树《昭昧詹言》："志在立功，而有才不遇，奄忽就衰，故思之而有愤也。妙在三四句兼写景象，声色动人，否则近于枯竭。"

王文濡《宋诗评注读本》："忠义奋发，直以武侯自命，不知南宋斯时，君臣耽于宴安，弱势已臻极点，虽有武侯其将如之何？"

顾佛影《评注剑南诗钞》卷三："音节、意境宛然杜陵，然此只是养气之功，非关学力也。"

朱东润《陆游选集》："末两句推崇诸葛亮，提出谁能和他以兄弟辈相处的问题，在全诗似觉意外生枝，实则作者以诸葛亮自比，因此前后八句一气呵成。"

程千帆、沈祖棻《古诗今选》："这篇诗从早年的豪迈写到晚年的悲愤。这不仅是诗人自己的生活和情感的写照，也是那一时代宋、金之间由战而和，宋由对金抵抗转为对金屈服的历史局势的写照。诗人们常常是通过自己内心的感受来反映广阔重大的社会生活的。"

临安春雨初霁①

世味年来薄似纱，谁令骑马客京华。②

小楼一夜听春雨，深巷明朝卖杏花。③

矮纸斜行闲作草，晴窗细乳戏分茶。④

素衣莫起风尘叹，犹及清明可到家。⑤

注释

① 临安：即今浙江杭州市，是南宋都城。霁(jì)：雨后天晴。此诗宋孝宗淳熙十三年(1186)作。陆游在家乡山阴赋闲五年，这年春天又被起用为严州(治所在今浙江建德)知府，赴任之前，先到临安去觐见皇帝，此诗便是在西湖边上的客栈里等待皇帝诏见时所作。诗中写厌倦仕途，但为了寻求报国的机会又不得不来到京城的矛盾心情。中间两联以清新闲逸之景写百无聊赖之情，颇有耐人咀嚼的韵味。"小楼"两句描绘临安城初春的景象，用明媚春光反衬自己的郁闷心情，细腻熨帖，是广为传诵的名句。

② "世味"二句：感叹世态人情像轻纱一样薄，可谁又让自己骑着马到京城作客呢？世味，指人情世态的炎凉，这里专指做官。"谁令"句，杜甫《奉赠韦左丞丈二十二韵》："骑驴三十载，旅食京华春。"此化用其诗语诗意。令，使。客京华，在京城客居。

③ "小楼"二句：是说昨夜我在小楼上听到春雨淅淅沥沥；第二

天一大早,小巷深处就有人在叫卖杏花。宋陈与义《怀天经智老因访之》诗有名句"杏花消息雨声中",此化用其意。

④ "矮纸"二句:客居无聊,在短纸上斜行写草书;晴日窗前,看着茶杯里泛起的白沫,细细品茶,借以消遣。矮纸,短纸。作草,写草书。暗用东汉张芝的典故。唐韦续《墨薮》卷一载,张芝擅长草书,但他平常都写楷书,别人问他,他说:"匆匆不暇草书。"细乳,茶中的精品。据《茶谱》说,好茶叶沏出来后成碧乳色或白乳色,水面浮着一层乳状物。陆游《剑南诗稿》中屡次提及,如"建溪小春初出磴,一碗细乳浮银粟"(《十一月上七日蔬饭骡岭小店》),"茶分细乳玩毫杯"(《入梅》),"茶杯凝细乳"(《午坐》)等。分茶,是宋代流行的一种茶道,今已失传。宋杨万里《澹庵座上观显上人分茶》诗云:"分茶何似煎茶好,煎茶不似分茶巧。蒸水老禅弄泉手,隆兴元春新玉爪。二者相逢兔瓯面,怪怪奇奇真善幻。"较为详细地记载了分茶之法。钱锺书《宋诗选注》引黄遵宪《日本国志·物产志》自注说,日本的"点茶"即和宋代的分茶之法相同:"碾茶为末,注之于汤,以筅击拂。"可参看。

⑤ "素衣"二句:是说不要叹息白衣服被京城的尘土弄脏了,我还来得及在清明节前回到家里。实是感叹京中恶浊势力把人品都玷污了,以不久便可还乡自慰。素衣,白色的衣服。晋陆机《为顾彦先赠妇》:"京洛多风尘,素衣化作缁(黑色)"。此化用其意。犹及,还来得及。陆游见孝宗后,三月由临安返山阴,七月方赴严州任。

辑评

〔元〕方回《瀛奎律髓》:冯舒评语:"光景气韵必少年作。"纪昀批:"格调殊卑,人以谐俗而诵之。"

〔明〕瞿佑《归田诗话》:"陈简斋诗云:'客子光阴书卷里,杏花消息雨声中。'陆放翁诗云:'小楼一夜听春雨,深巷明朝卖杏花。'皆佳句也,惜全篇不称。"

〔清〕爱新觉罗·弘历等《唐宋诗醇》:"颔联圆转,脱口而出,一涉凑泊,失此妙语。""瞿佑曰:陈简斋诗云:'客子光阴诗卷里,杏花消息雨声中。'陆放翁诗云:'小楼一夜听春雨,深巷明朝卖杏花。'皆佳句也。叶靖逸诗云:'春色满园关不住,一枝红杏出墙来。'戴石屏诗云:'一冬天气如春暖,昨日街头卖杏花。'句意亦佳,可以追及之。""卢世㴶曰:'三四有唐人风韵。'"

〔清〕查慎行《初白菴诗评》(晴雨类):"五、六凑泊,与前后不称。"

〔清〕朱梓、冷昌言《宋元明诗三百首》"小楼"两句批:"有唐人风韵。"

王文濡《宋诗评注读本》:"虽写离思,而有萧逸之致。"

顾佛影《评注剑南诗钞》卷三:"'小楼'一联久经传诵,自是放翁出色当行语。"

朱东润《陆游选集》:"小楼一联,诗家认为名句,十四字一气贯注,生动有致。"

程千帆、沈祖棻《古诗今选》:"这篇诗反映了诗人对于官场生活的厌倦心情。这当然是和他壮志难酬,心情抑郁分不开的。

次联使我们想起陈与义的名句'客子光阴诗卷里,杏花消息雨声中',虽然陈诗上句的意境,在陆诗中是通过全篇而展现的;而陆诗上下句之间,存在着明显的因果关系,也自不同。"

纵 笔 (三首选一)①

东都宫阙郁嵯峨,忍听胡儿敕勒歌。②

云隔江淮翔翠凤,露沾荆棘没铜驼,③

丹心自笑依然在,白发将如老去何;④

安得铁衣三万骑,为君王取旧山河!⑤

注释

① 《纵笔》三首淳熙十三年(1186)冬作于陆游知严州(治今浙江建德)时,此选其第二首。诗中想象宋朝旧京被金人占据后荒凉残破的景象,从而生发出将铁骑收复旧山河的强烈渴盼。

② 东都:洛阳为唐朝东都,这里借指北宋东京开封、西京洛阳等地。郁:密集貌。嵯峨(cuó é):高峻貌。胡儿:指金人。敕勒歌:北朝民歌,《北史·齐本纪》载,高欢令其部将斛律金唱此歌。歌词原为鲜卑语,翻译成汉语后为:"敕勒川,阴山下。

天似穹庐,笼盖四野。天苍苍,野茫茫,风吹草低见牛羊。"这里借指金人的民歌。敕勒,北朝时一少数民族名,居住于今内蒙古、山西北部一带。

③ "云隔"二句:意思是说,东都如今已经荒废,那里与南宋隔着长江、淮河,凤鸟在其上空云端飞翔,无处栖息,宫殿门前的铜驼埋没在荆棘之中。隔江淮,南宋和金东边以淮河为界,开封、洛阳在淮河以北,故云"隔江淮"。翔翠凤,凤鸟是帝王的象征,南宋朝廷迁居江淮以南,开封、洛阳荒废,所以诗人说凤鸟无处可依,在云端飞翔。荆棘没铜驼,"铜驼"为宫殿前的装饰物,被荆棘埋没,表明东都宫殿的荒凉残破。这里用西晋索靖之语,详参前《晓叹》诗注⑧。

④ "丹心"二句:是说自己虽然报国的赤诚之心依旧,但是满头白发,日益衰老却让人无可奈何。丹心,报国之心。

⑤ 铁衣:身着铁甲的士卒。骑(jì):量词,一人一马合称一骑。

书　愤①

清汴逶迤贯旧京,宫墙春草几番生。②

剖心莫写孤臣愤,抉眼终看此虏平。③

天地固将容小丑,犬羊自惯渎齐盟。④

蓬窗老抱横行路，未敢随人说弭兵。⑤

注释

① 此诗淳熙十三年(1186)冬作于严州,诗中表达了对南宋朝廷
始终坚持求和苟安政策的强烈愤慨,和自己执守抗战主张,
"虽九死而尤未悔"的坚定信念。陆游赴严州任之前,宋孝宗
曾告诫他:"严陵,山水胜处,职事之暇,可以赋咏自适。"意即
告诫莫谈国政和抗战之事,但他在这里却发出"未敢随人说
弭兵"之语,可见他性格的耿介和情绪的愤懑。

② 清汴:河名,在东京开封。《宋史·周用臣传》载,宋神宗元丰
二年,朝廷命周用臣自任村沙谷口至汴口开河五十余里,引
伊水、洛水入汴河,这条河名清汴。逶迤(wēi yí):弯曲而绵
延不绝貌。旧京:指北宋东京开封。

③ "剖心"二句:意思是说,剖开心脏也不能发泄自己胸中的悲
愤,死后挖出眼珠也要看到金人侵略者被平定。写,通"泻",
宣泄,发泄。"抉眼"句,《史记·伍子胥列传》载,春秋时,吴
王夫差不听伍子胥的劝谏,与越国讲和,并杀害伍子胥。伍
子胥临死时告诉其舍人说:"而抉吾眼县(通"悬")吴东门之
上,以观越寇之入灭吴也。"这里用其语,表达诗人对宋军必
将击败金人的坚定信念。

④ "天地"二句:意思是说,金人侵略者这样的小丑之辈似乎天
地也容忍其存在、横行,他们一向惯于背弃盟约,出尔反尔。
小丑、犬羊,都是对金人的蔑称。渎齐盟,背弃盟约。齐盟,

同盟。《左传·昭公元年》载："楚告于晋曰：'寻盟未退，而鲁伐莒，渎齐盟，请戮其使。'"又《左传·成公十一年》载："范文子曰：'是盟也何益？齐盟，所以质信也。'"

⑤ 蓬窗：草屋的窗子。弭(mǐ)兵：休兵，息兵。弭，停止。

纵笔 (二首选一)①

故国吾宗庙，群胡我寇雠。②
但应坚此念，宁假用它谋！③
望驾遗民老，忘兵志士忧。④
何时闻遣将，往护北平秋？⑤

注释

① 《纵笔》二首淳熙十四年(1187)冬作于严州，此诗是第二首。诗中再次表达了坚守抗战主张的态度，和对出兵北伐的强烈渴盼，言辞之铿锵，意志之坚决，尽显诗人坚贞的爱国赤诚。

② 故国：指被金人占领的中原地区。宗庙：帝王祭祀祖先的场所，是国家的象征。群胡：指金人。寇雠(chóu)：仇敌。

③ 坚此念：坚持出兵抗战的主张。它谋：指求和的政策。

196

④"望驾"二句:是说,沦陷地区的人民在对宋朝皇帝到来的盼望中逐渐变老,朝廷把出兵收复失地之事忘在一边令有志之士感到忧虑。遗民,遗留在沦陷之地的宋朝人民。

⑤"往护"句:用汉李广之事表达对宋军北伐金人的渴望。护北平秋,古时每到秋季,庄稼成熟,北方民族马肥,易入侵中原,所以这时会加强对北方边地的军事防范,称为"防秋"。《汉书·李广苏建传》载,汉武帝任命李广为右北平太守,告之曰:"……将军其帅师东辕,弭节白檀,以临右北平胜秋。"北平,指西汉右北平郡,治平冈(今辽宁凌源市西南)。

北　望①

北望中原泪满巾,黄旗空想渡河津。②
丈夫穷死由来事,要是江南有此人!③

注释

① 此诗淳熙十五年(1188)冬作于山阴,这年七月陆游知严州任满,暂还山阴。诗中表明他坚持抗战是出于爱国的责任感,自身的功名得失微不足道,失地的收复,国家的中兴才是大事。短短四句,却写得慷慨激昂,境界极为高远。

《北望》

② 黄旗:主帅之旗,代指南宋军队。河津:黄河上的津渡。

③ "丈夫"二句:意思是说,我穷困而死是平常小事,南宋能有率军渡过黄河,征伐金人的人才是重要的。由来事,平常的事。此人,指率军北伐之人。

估客有自蔡州来者,
感怅弥日 (二首选一)①

百战元和取蔡州,②如今胡马饮淮流。③
和亲自古非长策,谁与朝家共此忧?④

注释

① 估客:商人。蔡州:唐代宗宝应元年(762)改豫州为蔡州,治所在今河南汝南县,南宋时为金人占据。弥日:整日。陆游宋孝宗淳熙十五年(1188)知严州任满后于这年冬除军器少监,回到朝中,次年正月除礼部郎中,后又兼膳部郎中、实录院检讨官,十一月被劾罢官,返归山阴。这两首诗宋光宗绍熙元年(1190)春作于山阴,当时有商人从沦陷于金人统治下的蔡州来,诗人闻听此讯,感到欢欣,但也引发了他对南宋朝廷不能出兵中原的愤慨和忧伤。这里所选为其第二首,诗中

以唐朝元和时平定淮西叛乱之事对比南宋不能收复包括蔡
州在内的北方失地的现状,对南宋朝廷所采取的求和投降政
策进行了尖锐的批评。

② "百战"句:意思是说,唐宪宗元和年间,经过无数次战斗,终
于夺取蔡州,平定了吴元济的叛乱。元和,唐宪宗年号,起止
年为 806 至 820。取蔡州,唐德宗贞元时淮西蔡州一带已经
背叛唐朝,宪宗元和九年(814)润七月吴元济自总淮西兵柄
叛乱,十二年(817)七月裴度等率军进行征讨,这年十月李塑
率师袭取蔡州,执吴元济以献,淮西之叛彻底平定。

③ 胡马饮淮流:南宋与金东以淮河为界,故云。胡马,金人的兵
马。淮流,即淮水,今淮河。

④ 和亲:代指南宋与金人的议和。长策:长久之计。

醉 歌①

读书三万卷,仕宦皆束阁;②

学剑四十年,虏血未染锷。③

不得为长虹,万丈扫寥廓;④

又不为疾风,六月送飞雹。⑤

战马死槽枥,公卿守和约,⑥

穷边指淮淝，异域视京雒。⑦

于乎此何心，有酒吾忍酌？⑧

平生为衣食，敛版靴两脚；

心虽了是非，口不给唯诺。⑨

如今老且病，鬓秃牙齿落。

仰天少吐气，饿死实差乐。⑩

壮心埋不朽，千载犹可作！⑪

注释

① 此诗宋光宗绍熙元年(1190)夏在山阴作。这年陆游六十六岁，此次罢职还乡，他知道已难以再有实现报国理想的机会，因此作诗总结自己，抒发一生困厄的悲愤，表达对朝廷死守求和路线的谴责。诗中前八句用夸张的语言和雄壮的意象写自己遭受压抑、埋没的愤激之情，极具磅礴的气势。结尾表达至死也不失去壮心的意志，更能给人以激发和震撼之力。

② "读书"二句：是说，自己读了很多书，满腹才学，为官时却得不到施展。唐杜甫《奉赠韦左丞丈二十二韵》："读书破万卷，下笔如有神。"束阁，"束之高阁"的省语，闲置之意。

③ 虏：指金人。锷(è)：刀剑的刃。

④ "不得"二句：意谓不能像万丈长虹那样，扫除天空的阴云。

201

寥廓,空旷高远之意,这里指广阔的天空。

⑤飞雹:飞洒的冰雹。

⑥槽枥:马槽。和约:指宋孝宗隆兴二年(1164)与金人订立的
议和条约。

⑦"穷边"二句:意思是说,淮水、淝水成了荒僻的边境,汴京、
洛阳被视为异国之地。穷边,偏僻的边地。淮淝,淮水(今
淮河)和淝水,淮水是南宋和金东边的分界线,淝水源于今
安徽合肥市西,向北注入淮水。京雒,汴京和洛阳。雒,
同"洛"。

⑧于乎:同"呜呼"。吾忍酌:反问语气,不忍酌之意。酌,斟酒。

⑨"平生"四句:意思是说,平生为了衣食,只好屈心抑志地去做
官,心中虽明了孰是孰非,但口头却连声不迭地随声附和,唯
诺称是。敛版,放正朝笏(hù),以示恭敬。版,即笏,古代官
员上朝时所拿的狭长板子,用竹、象牙、玉等制成。靸两脚,
两脚穿着靴子。唯诺,应承之意。

⑩"仰天"二句:意谓年老气衰,还不如饿死比较快乐。差乐,比
较快乐。差,副词,略。

⑪"壮心"二句:意谓死后埋葬,壮心却能不朽,千年之后依然
可见。

夜归偶怀故人独孤景略[①]

买醉村场半夜归，西山落月照柴扉。[②]
刘琨死后无奇士，独听荒鸡泪满衣！[③]

注释

① 独孤景略:名策,是陆游在蜀中时结识的一位奇伟不凡的年轻人,陆游有多首诗提及他,淳熙九年(1082)有《独孤生策,字景略,河中人,工文善射,喜击剑,一世奇士也。有自峡中来者,言其死于忠涪间,感涕赋诗》一诗。此诗绍熙元年(1190)秋作于山阴,乡村闲居的寂寥之夜,他再次想起前几年死去的独孤景略,伤悼失去这位志同道合的挚友,也表达对自身失意困顿景况的感喟。

② 买醉村场:在山阴居处附近的村庄酒店饮酒而醉。柴扉:柴门。

③ "刘琨"二句:用东晋刘琨和祖逖之间共被同寝,闻鸡起舞的友情表达对独孤景略死去的怀念和伤悼。刘琨,字越石,晋人,《晋书》本传称他:"少得俊朗之目,与范阳祖逖俱以雄豪著名。"西晋末年都督并、冀、幽等州军事,讨伐刘聪、石勒,兵败投奔幽州刺史段匹磾,后为段所杀。《晋书·祖逖传》载:"(祖逖与刘琨)情好绸缪,共被同寝。中夜闻荒鸡鸣,蹴(刘)琨觉曰:'此非恶声也。'因起舞。逖、琨并有英气,每语世事,

或中宵起坐,相谓曰:'若四海鼎沸,豪杰并起,吾与足下当相避于中原耳。'"

辑评

〔清〕爱新觉罗·弘历等《唐宋诗醇》:"触绪长嗟,言在此而意在彼,十四字中,波澜甚阔。贺赏《诗话》乃谓:'务观才具无多,意境不远,惟善写眼前景物。'岂非但见方隅者耶?"

邻曲有未饭被追入郭者悯然有作①

春得香秔摘绿葵,县符急急不容炊。②
君王日御金华殿,谁诵周家七月诗?③

注释

① 邻曲:邻居。郭:外城,这里泛指城中。悯然:怜悯的样子。此诗绍熙元年(1190)秋作于山阴,诗人亲眼看到百姓遭受县吏压迫的惨状,他们被带去城中服差役,连将要下锅的饭都不容去吃。目睹这种情景,诗人既愤怒又怜悯,因此作诗记述此事,意欲像周朝时的献诗者那样,把百姓的疾苦反映给朝廷。

② "舂得"二句:意思是说,米、菜都准备好了,但县衙抓差的文书催得很急,连饭都容不得做熟。舂,捣去稻谷的壳皮。秔(jīng),"粳"的异体字,即粳米。葵,冬葵,蔬菜名。县符,县衙的文书。

③ 金华殿:汉代宫殿名,这里借指南宋宫殿。"谁诵"句:周朝时有采诗、献诗以观民风的制度,《诗经》中的许多诗歌就是从民间采集而来,或士大夫自己所作献给天子的。周家,周朝。七月诗,指《诗经·豳风·七月》一诗,诗中描写了农奴们艰辛的劳动生活。

辑评

〔清〕爱新觉罗·弘历等《唐宋诗醇》:"亲民之官,莫如守令,与人主共养百姓,同休戚者,其惟良吏乎?汉治之称文、景,有以也。"

梅花绝句 (二首选一)①

幽谷那堪更北枝,年年自分著花迟。②
高标逸韵君知否,正在层冰积雪时。③

注释

① 《梅花绝句》二首绍熙二年(1191)冬作于山阴,此为第一首。诗中歌颂梅花不畏严寒、甘于寂寞的高尚品格,是包括诗人自身在内的那些不慕名利、不逐流俗、志节高远的有志之士的象征。

② 幽谷:深幽的山谷。北枝:北向不朝阳的树枝。自分:自己料定。著花:开花。

③ 高标逸韵:高尚的气格,俊逸的风韵。标,标格,风度、气概之意。

叹 俗①

风俗陵夷日可怜,乞墦钳市亦欣然。②
看渠皮底元无血,那识虞卿鲁仲连!③

注释

① 此诗绍熙三年(1192)春作于山阴。诗中痛斥那些既无高洁之气节,亦无英伟之血性的苟且势利之辈,这正是南宋主和苟安之士所代表的萎靡不振的一代士风。其言辞之锐利,气势之凌厉令懦弱者心惊、汗颜,而奇伟高远之士则拍手称快。

② 陵夷：衰颓，衰败之意。"乞墦(fán)"句：是说世俗之辈追求名利，丧失气节，却还觉得很得意。乞墦，乞讨祭墓之物以食。墦，坟墓。《孟子·离娄篇下》记载，齐人有一妻一妾者，每次出门都饱食酒肉而回，并向其妻炫耀一块吃饭的都是富贵之人。后来其妻和妾偷偷跟着他出门，发现所到之处没有一个人停下来和他谈话，原来他是到城外的墓地里向人们乞讨祭祀剩余的酒肉而食。其妻妾感到羞耻，在庭中相顾而泣。钳市，以铁束颈游街，是古代的一种刑罚。《汉书·楚元王传》记载，西汉时楚元王刘交礼敬儒士穆生、白生、申公，及刘交孙刘戊嗣位，礼数稍怠，穆生对白生、申公说："可以逝矣！醴酒不设，王之意怠，不去，楚人将钳我于市。"遂谢病离去，申公、白生独留。后刘戊淫暴，并与吴通谋，申公、白生谏之，不听，反把二人拴在一起，穿上囚犯的衣服，在市中舂米。

③ 渠：代词，你(们)，他(们)之意。元：原来、本来。虞卿：战国时游说之士。《史记·虞卿列传》记载，虞卿见重于赵孝成王，封为上卿，后至赵相。《史记·范睢列传》记载，范睢和魏相魏齐有隙，后范睢为秦相，魏齐在赵国平原君之所，秦昭王向赵孝成王和平原君索要魏齐，赵孝成王乃发卒围平原君家。魏齐夜见虞卿，虞卿度赵王终不可说，乃解其相印，与魏齐逃亡于大梁。鲁仲连：战国时齐国人。《史记·鲁仲连列传》记载，赵孝成王时秦国在长平之战中破赵军四十余万，又东围赵都邯郸，诸侯救兵畏秦不敢前进。魏王使客将军辛垣

衍到邯郸劝说赵王和平原君尊秦王为帝。鲁仲连适游邯郸，当面和辛垣衍辩论，使他"不敢复言帝秦"，秦将听说此事，为之退兵五十里。邯郸之围解除后，平原君欲封鲁仲连，他辞让再三，终不肯受，又送之千金，鲁仲连笑曰："所贵于天下之士者，为人排患、释难、解纷乱而无取也。即有取者，是商贾之事也，而连不忍为也。"遂辞平原君而去，终身不复见。

禹迹寺南，有沈氏小园，四十年前，尝题小阕壁间，偶复一到，而园已易主，刻小阕于石，读之怅然①

枫叶初丹槲叶黄，河阳愁鬓怯新霜。②
林亭感旧空回首，泉路凭谁说断肠？③
坏壁醉题尘漠漠，断云幽梦事茫茫。④
年来妄念消除尽，回向神龛一炷香。⑤

注释

① 禹迹寺：在今浙江绍兴市东南。小阕：小词，词的一段称为一

阕。此诗绍熙三年(1192)春作于山阴,是陆游怀念前妻唐氏之作。陆游初娶唐氏为妻,夫妇感情很深,但唐氏却不为陆游母所喜,迫于压力两人最终仳离,唐氏改嫁赵士程。后陆游春日出游,在会稽城外的沈氏园偶遇唐氏夫妇,唐氏遣致酒肴,陆游感怅而赋《钗头凤》一词题于壁间。不久唐氏便郁郁而死。四十余年后陆游退居家乡,重到沈园,看到题词的墙壁已经残破,小园也换了主人,而自己也已是一个垂暮的白发老人,追抚往事,恍如梦幻,但心头对唐氏的怀念还是那么浓烈,并没有随着时间的流逝而逐渐平淡。诗人以寂寞的秋景、深情的追忆、空门的慰藉抒写出内心巨大的痛苦,无限深情贯注于字里行间,哀艳凄婉,动人心弦。其感情之专注实属古今罕见,足以昭示日月。

② 槲(hú):一种落叶乔木。"河阳"句:用西晋潘岳之事表达自己衰老困顿和伤悼唐氏之情。河阳愁鬓,是以西晋诗人潘岳自况。潘岳曾为河阳(今河南孟州)令,有郁郁不得志之感,又对其妻杨氏感情深厚,杨氏卒,有《悼亡诗》三首表达伤悼怀念之情,其《秋兴赋》云:"斑鬓发以承弁兮。"后世因以潘鬓为鬓发斑白的代称。新霜,比喻新添的白发。

③ "林亭"句:写诗人在沈园的林亭之间顾盼感旧。"泉路"句:写诗人想象中唐氏在黄泉无人可诉说感伤的孤独。泉路,黄泉之路,"黄泉"是古人所认为的人死后的去处。断肠,指伤心。

④ "坏壁"句:是说当年在沈园墙壁所题小词已经损坏,布满灰

尘。漠漠，灰尘广布貌。断云幽梦：以楚王和巫山神女的情事比喻诗人和唐氏之间已经久远的往事。宋玉《高唐赋》云，楚王游高唐，梦与巫山神女相会，神女自谓"旦为朝云，暮为行雨"。茫茫：模糊不清貌。
⑤ 年来：这些年以来。妄念：佛家语，虚妄不实的念头。蒲：蒲团，僧徒坐禅及跪拜之具。回向：佛家语，《大乘义章》卷九云："言回向者，回己善法有所趣向，故名回向。"神龛(kān)：供奉神像的石室或柜子。

辑评

〔清〕吴焯《批校剑南诗稿》："情深、可歌可泣。"

〔清〕李慈铭《越缦堂诗话》卷上："此外清新婉约者，尚有数篇，然仅到得中晚唐人境界。如《九月三日泛舟湖中作》云……《禹迹寺南有沈氏小园，四十年前尝题小阕壁间。偶复一到，而园已易主，刻小阕于石，读之怅然》云……二首自然清转，情韵甚佳，亦刘随州（刘长卿）、许丁卯（许浑）之亚矣。"

〔清〕陈衍《宋诗精华录》："古今断肠之作，无如此前后三首者。"（按："前后三首"当指本诗和《沈园》二首。）

钱锺书《宋诗选注·序》："除掉陆游的几首，宋代数目不多的爱情诗都淡薄、笨拙、套版。"（按：这里所谓陆游的几首爱情诗，当指此诗和《沈园》二首等。）

秋夜将晓，出篱门迎凉有感(二首选一)①

三万里河东入海，五千仞岳上摩天。②

遗民泪尽胡尘里，南望王师又一年！③

注释

① 此诗绍熙三年(1192)秋作于山阴。诗中通过描写北方沦陷地河山的壮伟,和失地人民流尽眼泪苦苦盼望宋军到来的画面,表达对南宋统治者不思恢复,辜负失地人民热切期盼的强烈愤慨和批判。

② "三万"二句:写沦陷之地山河的壮伟。三万里,为夸张之语,极写黄河之长。河,黄河。五千仞岳,《山海经·西山经》云:"又西六十里,曰太华之山,削成而四方,其高五千仞。"这里可能是用《山海经》之语,专指西岳华山,但作泛指沦陷地众山讲也通。仞,古代长度单位,周制一仞八尺,汉制七尺。摩天,直抵青天之意,形容山高。

③ 遗民:沦陷地的人民。胡尘:代指金人的统治。王师:指南宋军队。

辑评

顾佛影《评注剑南诗钞》卷三:"息息不忘。"

九月一日夜读诗稿有感走笔作歌①

我昔学诗未有得，残余未免从人乞；

力屏气馁心自知，妄取虚名有惭色。②

四十从戎驻南郑，酣宴军中夜连日。③

打球筑场一千步，阅马列厩三万匹；④

华灯纵博声满楼，宝钗艳舞光照席；⑤

琵琶弦急冰雹乱，羯鼓手匀风雨疾。⑥

诗家三昧忽见前，屈贾在眼元历历。⑦

天机云锦用在我，翦裁妙处非刀尺。⑧

世间才杰固不乏，秋毫未合天地隔。⑨

放翁老死何足论，广陵散绝还堪惜。⑩

注释

① 走笔:纵笔疾书之意。此诗绍熙三年(1192)秋作于山阴。陆
   游因夜读自己的诗稿有所感触,而作此诗回顾其诗歌创作的
   发展过程及原因,总结了自己在创作实践中所体会到的诗学
   要义。南宋诗人受江西诗派诗学思想的影响较大,注重在艺
   术技巧上学习吸收前人的经验,陆游早年也受到此风气的影
   响,对吕本中的诗文技巧学习较多,又对曾几诗学、北宋诗人

212

梅尧臣的"宛陵体"比较热衷。后来他到了四川宣抚使王炎幕中,驻于西北军事前线南郑,军中雄健壮观的狩猎、阅兵等场面,豪放不羁的宴饮、击球等生活,大大开阔了他的胸怀,激发了他的生命激情,使他的诗歌创作获得了源泉和动力。这时他突然领悟到,诗歌创作的要义不在于在技巧辞藻上模拟前人,而是自身真切而丰富的生活经历,和浓烈而充沛的创作激情,有了这些,辞藻和技巧便可信手拈来,毫不费力了。

② "我昔"四句:意思是说自己早年学诗不得其精髓,就像从人乞讨,仅得些残剩之物而已,诗作格力孱弱,气势萎靡,徒得虚名,心里觉得惭愧。陆游在《示子遹》诗中说:"我初学诗日,但欲工藻绘。"这里"从人乞残余"就是指"但欲工藻绘",只注重学习前人的辞藻而言。孱(chán),弱。馁(něi),空虚,丧气。

③ "四十"句:此句及以下七句描写驻守南郑时的军中生活。四十,陆游驻南郑是在乾道八年(1172),时年四十八岁,"四十"是言其整数。夜连日,夜以继日之意。

④ 打球筑场:筑建球场玩蹴鞠游戏,其《晚春感事》诗也云:"蹴鞠场边万人看。"阅马:检阅军马。厩(jiù):马棚。

⑤ "华灯"二句:写在军中时晚上纵情博戏、宴饮的豪放生活。华灯,华美而明亮之灯。纵博,纵情地进行博戏。博戏是古代的一种赌博游戏,详参前《武昌感事》注②。宝钗艳舞,形容席间舞女们衣饰华贵,舞姿优美。

⑥ "琵琶"二句,写席间的音乐,琵琶声急骤,如冰雹乱下,羯(jié)

鼓敲打得纯熟均匀,似风雨疾飞。羯鼓,出于羯族的一种鼓,形状和腰鼓相近。

⑦ "诗家"二句:是说南郑的军旅生活使自己突然领悟到作诗的要领,屈原、贾谊这些杰出文人作品的妙处清清楚楚地展现在了眼前。三昧,本为佛家语,用来比喻诗歌的精义和秘诀。《大智度论》:"善心一处住不动,是名三昧。"又:"一切禅定,亦名定,亦名三昧。"屈贾,战国时诗人屈原和西汉著名辞赋家贾谊。元,通"原"。历历,分明貌。

⑧ "天机"二句:意思是说,因为领悟到了诗家三昧,所以作起诗来各种华美的辞彩可任意驱遣,剪裁得巧妙而恰当。天机云锦,是神话传说中织女所用的织机和所织的锦缎,这里比喻作诗时的才思和辞藻。

⑨ "世间"二句:意思是说,世间有才华的杰出之士很多,但是如果领悟不透诗家三昧,他们的诗即使失之毫厘,也会差之千里。秋毫,秋天鸟兽所长的细毛。天地隔,意谓差别极大,有如天地之隔。

⑩ "放翁"二句:意思是说,自己老死是次要的,死后所领悟到的作诗要诀失传才最可惜。广陵散,古代的琴曲名,三国时嵇康善为此曲,这里比喻诗人所谓的"诗家三昧"。《世说新语·雅量》记载:"嵇中散(嵇康)临刑东市,神气不变,索琴弹之,奏《广陵散》。曲终,曰:'袁孝尼尝请学此散,吾靳固不与,《广陵散》于今绝矣!'"

辑评

〔清〕方东树《昭昧詹言》:"惜抱先生云:放翁《壬子九月夜读歌诗稿有感》云:'我昔学诗未有得……广陵散绝还堪惜。'(姚)鼐谓此诗所述,字字真实,学者不悟此旨,终不为作家矣。"

顾佛影《评注剑南诗钞》卷三:"放翁诗只是剪裁之妙,所谓善写眼前景物者也。其所以谐俗者在此,而体格卑弱亦在此。此诗自道其长,固非夸诞。"

程千帆、沈祖棻《古诗今选》:"这篇诗是陆游晚年写的对于诗歌创作的体会,当时他已是六十八岁。诗中指出,学诗与实际生活的体验密切相关,也与其他艺术相通。没有生活,诗就没有了内容,而不从其他艺术得到借鉴,也会使技巧受到限制。很显然,他偶然从其中受到启发的军中生活的那些部分,并不是生活中最本质的东西,这是我们应加注意的。"

夜读范至能揽辔录,言中原父老见使者多挥涕。感其事,作绝句①

公卿有党排宗泽,帷幄无人用岳飞。②

遗老不应知此恨,亦逢汉节解沾衣。③

注释

① 范至能:范成大,字致能,一作至能。揽辔录:书名,是范成大乾道六年(1170)使金时所作的日记,其中记载他过相州(今河南安阳)云:"遗黎(即遗民)往往垂涕嗟啧,指使人云:'此中华佛国人也。'老姬跪拜者尤多。"此诗绍熙三年(1192)冬作于山阴。诗中用南宋求和派排挤主战的大臣宗泽,杀害抗金将领岳飞这些可耻行径,和诗题中所述范成大《揽辔录》中记载的中原父老苦盼宋军到来的情景构成触目惊心的对比,使对投降派的痛切愤慨之情,虽未言明,却充满全篇。

② "公卿"句:《宋史·宗泽传》载,宗泽,字汝霖,婺州义乌人,北宋时曾任河北义兵都总管等职,屡败金兵。(康)王赵构即帝位于南京,宗泽入见,流涕陈兴复大计,上欲留之,为黄潜善等所沮。宗泽前后上请高宗还京二十余奏,每为黄潜善等所抑,忧愤成疾而死。"帷幄"句:意谓南宋朝廷不任用抗金名将岳飞。《宋史·岳飞传》载,岳飞,字鹏举,相州汤阴人,是一位力主收复失地,并屡败金兵的爱国将领。绍兴十年,他任河南北诸路招讨使,出兵中原,屡败金帅兀术,进军直至距汴京仅四五十里的朱仙镇。但是就在兀术准备弃汴京而去,河南、河北收复在即之时,宋高宗、秦桧等投降求和之辈却急令他班师还朝,并在绍兴十一年将他杀害。

③ 遗老:即遗民,指沦陷地的中国百姓。恨:遗憾。汉节:宋朝的使节。沾衣:伤心落泪。

辑评

〔清〕爱新觉罗·弘历等《唐宋诗醇》:"南渡之不振,实由于此,扼腕而言,自成高调。"

〔清〕潘德舆《养一斋诗话》卷五:"宋人绝句亦有不似唐人,而万万不可废者。如陆放翁《读范至能揽辔录》云:'公卿有党排宗泽……《追感往事》云……此类纯以劲直激昂为主,然忠义之色,使人起敬,未尝非诗之正声矣。"

〔清〕吴焯《批校剑南诗稿》:"本朝敢作此等诗?"

十一月四日风雨大作(二首选一)①

僵卧孤村不自哀,尚思为国戍轮台。②
夜阑卧听风吹雨,铁马冰河入梦来。③

注释

① 此诗为两首中的第二首,绍熙三年(1192)冬作于山阴,时年陆游六十八岁。他在衰老迟暮之年,风雨交加之夜,僵卧孤村的凄凉处境中,跳动的却是一颗尚思为国戍边的昂然壮心,其忠贞的品质,执着坚毅的精神令人动容。

② 僵卧孤村:意谓衰老困顿在偏僻的村庄。戍轮台:戍守边疆

之意。轮台,西汉时有轮台国,在今新疆轮台县一带,唐贞观时在庭州置轮台县,治所在今新疆乌鲁木齐市米东区(前米泉区)。这里以轮台泛指边疆。岑参《送刘郎将归河东》:"谢君贤主将,岂忘轮台边。"

③ 夜阑(lán):夜深。阑,残,尽。铁马冰河:指军队渡过冰冻的黄河北征。

辑评

顾佛影《评注剑南诗钞》卷三:"虽习调,尤属上乘。"

落梅(二首)①

雪虐风饕愈凛然,花中气节最高坚。②
过时自合飘零去,耻向东君更乞怜。③

注释

①《落梅》两首绍熙三年(1192)冬作于山阴。第一首赞美梅花高坚的气节,在风雪的肆虐中凛然挺立,毫不畏惧,具有令人起敬的坚强英伟之气;对于花期过时,自身枯萎飘零,淡然处之,任其自然,耻于向太阳神乞求阳光,延长生命,又表现出

《落梅》（二首）

淡泊清高的节操。

② 虐:虐待,残害。饕(tāo):贪婪凶残地欺凌。凛然:严肃不可
侵犯貌。高坚:高洁坚强。

③ 合:应该。飘零:零落。东君:神话传说中的太阳神。

其 二①

醉折残梅一两枝,不妨桃李自逢时。②

向来冰雪凝严地,力斡春回竟是谁?③

注释

① 第二首也是写梅花的"高坚"气节。它不像桃李那样奉迎趋
时,而是在春天到来时已经开尽,具有不逐流俗,甘于寂寞的
高节;又有不畏严寒的气概,在冰雪凝聚的最寒冷之处奋力
把春天挽回。这两首诗中的梅花都是像诗人那样不逐名利,
甘于寂寞,又有远大志向、英雄气概的伟岸高洁之士的象征。

② 桃李自逢时:桃花李花逢春开放,比喻奉迎趋时之辈获取人
生得意。

③ "向来"二句:意思是说,从来在雪深冰厚的严寒之地,绽放花
朵,挽回春色的是谁? 冰雪凝严地,冰厚雪深,严寒凝集之
地。斡(wò),转动,使回转。

秋晚闲步，邻曲以予近尝卧病，
皆欣然迎劳①

放翁病起出门行，绩女窥篱牧竖迎。②

酒似粥酞知社到，饼如盘大喜秋成。③

归来早觉人情好，对此弥将世事轻。④

红树青山只如昨，长安拜免几公卿！⑤

注释

① 邻曲：邻居，邻里。此诗绍熙四年(1193)秋作于山阴。诗人
因卧病初愈，受到邻居们热情的问候慰劳，使他更加深切地
体会到乡村生活的安宁美好和乡村人民纯朴真挚的情义，加
深了他对这种生活的热爱。陆游早年曾作《游山西村》一诗，
诗中说："从今若许闲乘月，拄杖无时夜叩门。"表达对乡村纯
朴生活的向往，与此诗并读更可深刻地看出他对乡村人民的
深厚感情，以及对纯真生活的热切向往。

② 绩女：绩麻之女，指农家的女孩儿。窥篱：在篱笆处看到。牧
竖：牧童。

③ 酞(nóng)：通"浓"，淳厚之意。社：社日，祭祀土地神的日子，
分为春社和秋社，此处是秋社。秋成：秋季庄稼丰收。

④ 人情好：指乡村邻里的情义淳朴美好。弥：更，愈。

⑤ "红树"二句：是说乡间的生活安宁平静，山水风物都还和过

去一样,而京城里边人事繁杂,不知道公卿官员早已更替了多少回。红树,深秋枫树等叶子变红,所以称"红树"。长安,今陕西西安市,是西汉、唐代等朝代的都城,这里代指南宋京城临安(今浙江杭州)。

书 叹[1]

夜深青灯耿窗扉,老翁稚子穷相依。[2]

齑盐不给脱粟饭,布褐仅有悬鹑衣,[3]

偶然得肉思共饱,吾儿苦让不忍违。

儿饥读书到鸡唱,意虽甚壮气力微;[4]

可怜落笔渐健快,其奈瘦面无光辉![5]

布衣儒生例骨立,纨裤市儿皆瓠肥。[6]

勿言学古徒自困,吾曹舍此将安归?[7]

作诗自宽亦慰汝,吟罢抚几频歔欷。[8]

注释

[1] 此诗绍熙四年(1193)十二月作于山阴。诗中感慨贫困,致使幼子衣食不足,身体瘦弱,流露出伤感之气,但是诗人并不因

此叹悔,而是劝慰其子勤学博览,树立远志,以之立身,表现了诗人高远的思想境界。

② 青灯:昏暗的灯光。耿:明亮貌,这里为动词。稚子:幼子。

③ 齑(jī)盐:酱菜和盐。齑,切碎的酱菜或腌菜。不给:不足供给。脱粟饭:仅脱去稻壳的糙米所做之饭。悬鹑衣:像鹌鹑短秃的尾巴那样破旧粗劣的衣服。《荀子·大略》:"子夏家贫,衣若县(县同'悬')鹑。"

④ 鸡唱:鸡鸣,指天亮时刻。"意虽"句:意谓志向虽远大壮伟,但身体瘦弱,力气很小。

⑤ 可怜:可爱。落笔渐健快:写诗作文逐渐劲健流畅。

⑥ 布衣:指没有做官之人。儒生:对书生的称呼。例骨立:一向瘦骨嶙峋之意。纨裤市儿:穿罗绸之衣的富家子弟和不学无术的市井小儿。纨裤,纨是一种细密的薄绸,裤泛指衣服,古时以"纨裤子弟"指富家子。瓠(hù)肥:像葫芦一样肥胖。《史记·张丞相列传》:"张丞相苍者……身长大,肥白如瓠。"瓠,大葫芦。

⑦ 学古:学习古人读书立志,不徒取富贵。

⑧ 歔欷(xū xī):也作"嘘唏"、"欷歔",叹息抽泣之意。

明妃曲^①

汉家和亲成故事，万里风尘妾何罪？^②

掖庭终有一人行，敢道君王弃蕉萃？^③

双驼驾车夷乐非，公卿谁悟和戎非！^④

蒲桃宫中颜色惨，鸡鹿塞外行人稀。^⑤

沙碛茫茫天四围，一片云生雪即飞。

太古以来无寸草，借问春从何处归？^⑥

注释

① 明妃曲：乐府诗题，《乐府诗集》"琴曲歌辞"有《昭君怨》，为汉乐府，署名为王嫱所作。"相和歌辞·吟叹曲"有《王明君》一题，最初由西晋石崇所作，后人之作又题为《王昭君》、《昭君叹》等。唐储光羲、宋欧阳修、王安石均有《明妃曲》之诗。明妃，即王嫱，字昭君，西晋时避司马昭之讳改为明君，故称明妃。王昭君的故事是古代诗歌、戏剧、小说中常用的题材，她初为汉元帝的宫女，《汉书·元帝纪》记载，竟宁元年（前33）春正月，匈奴乎韩邪单于来朝，元帝赐待诏掖庭王嫱为其阏氏。《后汉书·南匈奴列传》载，元帝以宫女五人赐呼韩邪单于，王昭君因入宫数岁，不得见御，积悲怨，遂主动请行。及呼韩邪单于临辞会见，汉元帝始见其貌美，意欲留之，但又难

224

于失信匈奴,只好放行。至《西京杂记》又载:汉元帝因嫔妃众多而令画工画其图像,按图召幸。诸宫人皆贿赂画工,独昭君不肯,致使她不得见上。匈奴入朝求美人,元帝依据图像令昭君行,及临行召见,始发现她貌为后宫第一,善应对,举止娴雅,元帝悔之但又无法更人,遂怒杀画工毛延寿等。此诗绍熙五年(1194)夏作于山阴,诗中通过描绘王昭君远嫁匈奴时忧伤的心情和在匈奴凄凉的处境,表达了诗人对和亲政策的批判与愤慨。显然这其中寄寓着他反对南宋统治者采取向金人求和政策的思想和态度。

② "汉家"二句:意思是说汉朝的和亲政策已成为惯例,但是王昭君何罪之有却遭受万里风尘、远嫁匈奴之苦? 和亲,汉朝以来采取的和匈奴等少数民族结亲以求和平的政策。故事,成例,惯例。妾,指王昭君。

③ 掖庭:皇宫中的旁舍,为宫女嫔妃所居之处。行:远嫁异族之意。蕉萃:同"憔悴"。

④ 双驼驾车:两头骆驼所驾之车。夷乐:指琵琶、羌笛等少数民族的音乐。《乐府诗集·相和歌辞四·吟叹曲》引《古今乐录》云:"初,武帝以江都王建女细君为公主,嫁乌孙王昆莫,令琵琶马上作乐,以慰其道路之思,送明君亦然也。"

⑤ "蒲桃"二句:写王昭君嫁于匈奴单于时的忧伤凄凉的情景。蒲桃宫,西汉宫殿名,在长安,汉哀帝时匈奴单于来朝,居住于此,这里借指呼韩邪单于在长安所居之地。鸡鹿塞,在今内蒙古鄂尔多斯市界内,是西汉和匈奴的边境之地。

⑥ "沙碛(qì)"四句:写匈奴之地环境的荒凉和气候的严寒。沙碛,沙漠。茫茫,广袤无际貌。太古,远古。

忧 国①

恩许还山已六年,誓凭耕稼饯华颠。②

养心虽若冰将释,忧国犹虞火未然。③

议论孰能忘忌讳? 人材正要越拘挛。④

群公亦采刍荛否? 贞观开元在目前。⑤

注释

① 此诗绍熙五年(1194)八月作于山阴。诗人罢职家居已近六年,但是耕稼闲居、修身养性的生活丝毫也消减不了他爱国的赤心,一念及国事顿时便会情怀激烈、忧心如焚。诗中报国的激情,国家中兴的期盼几欲力透纸背。

② "恩许"句:陆游宋孝宗淳熙十六年(1189)被劾罢官,还故乡山阴,至今为六年。饯华颠,养老之意。饯,原意为设酒宴送行,这里为养活之意。华颠,白头。

③ 冰将释:意谓心中滞碍如冰融化,消除殆尽。《老子》:"涣兮若冰之将释。"此用其语。虞:担心。火未然:比喻祸乱即将

爆发。然,同"燃"。

④ "议论"二句:意思是希望朝廷放开言路,让人议论国事,直言所欲,无所忌讳;任用人才当不拘常规,打破条条框框。议论,指议论国事。人材,即人才。拘挛,限制,束缚。

⑤ 群公:指朝廷执政者。刍荛(chú yáo):割草打柴之人,指普通百姓对国事的意见,是诗人的谦辞。贞观开元:贞观是唐太宗的年号,开元为唐玄宗前期的年号,这两个时期是历史上著名的盛世,史称"贞观之治"和"开元盛世"。

大风雨中作①

风如拔山怒,雨如决河倾。

屋漏不可支,窗户俱有声。

鸟鸢堕地死,鸡犬噤不鸣。②

老病无避处,起坐徒叹惊。

三年稼如云,一旦败垂成。③

夫岂或使之,忧乃及躬耕。④

邻曲无人色,妇子泪纵横。⑤

且抽架上书,洪范推五行。⑥

注释

① 此诗绍熙五年(1194)八月作于山阴,诗题下原注云:"甲寅八月二十三日夜。"当时一场大风雨把即将成熟的庄稼毁于一旦,诗人为邻里百姓的灾难忧虑不安,甚至研究起《洪范》、"五行"来,想帮助人民免受灾害之扰。

② "风如"六句:写当时风急雨大的情形。拔山怒,势欲拔山地怒号。决河倾,大雨倾洒使河流决堤。鸢(yuān),老鹰。

③ 稼如云:庄稼多如云。败:败毁,毁坏。垂成:即将成熟。垂,将近。

④ "夫岂"二句:意谓不用有人差遣,自己便替耕种的百姓担心忧虑。夫,句首助词。岂,岂有。或,有人。使之,排遣自己。躬耕,指以耕种为生的农民。

⑤ 邻曲:邻里。无人色:形容极度惊恐。妇子:妇女和孩子。

⑥ "且抽"二句:意思是说,查看书籍,从《洪范》中去推测天时运行的规律。洪范、五行,洪是大的意思,范为法则之意,《尚书》中有《洪范》一篇,记载了上帝赐给大禹的九种治理天下的法则,其中第一种就是"五行",即水、火、金、土、木五种物质。

新 春①

老境三年病，新元十日阴。②

疏篱枯蔓缀，坏壁绿苔侵。③

忧国孤臣泪，平胡壮士心。④

吾非儿女辈，肯赋白头吟？⑤

注释

① 此诗宋宁宗庆元元年(1195)正月作于山阴。新春之际，诗人又长一岁，已是七十一岁的古稀之年，但暮年的老病，退居的困顿却无法消减他忧国的忠心和杀敌的壮志。他满怀感慨，但那不是平常人的一己得失之叹，而是忧国忧民的壮士之悲，所以诗中情感虽悲郁，却充溢着雄劲之气。

② 老境：犹言老年，暮年。新元：庆元元年是宋宁宗即位刚改的年号，故称"新元"。

③ 枯蔓：干枯的藤蔓。缀：这里是缠绕之意。

④ 孤臣、壮士：皆诗人自指。胡：指金人。

⑤ 儿女辈：儿女情长之辈。白头吟：汉乐府诗，传说是司马相如妻卓文君所作。《西京杂记》云："相如将聘茂陵人女为妾，卓文君作《白头吟》以自绝，相如乃止。"这里借指那些感伤年老白头的诗篇。

夜 归①

疏钟渡水来，素月依林上。②
烟火认茅庐，故倚船篷望。③

注释

① 此诗庆元元年(1195)春作于山阴。诗中用稀疏的钟声、洁净
的月色等意象,以及诗人驾船夜归眺望远处升起的烟火辨认
自己茅庐的主人公形象,构成一幅自然、疏淡、温馨的画面,
以表达诗人恬然自得的心境。诗的意境自然纯净,意味淳厚
而深长。

② 疏钟:稀疏的钟声。素月:洁白的月亮。

③ "烟火"二句:是说天晚驾船欲归,倚靠着船篷,眺望远处的炊
烟和灯火辨认自己的茅庐。

辑评

〔清〕爱新觉罗·弘历等《唐宋诗醇》:"妙语,似王融《江
皋曲》。"

农家叹①

有山皆种麦，有水皆种秔。②

牛领疮见骨，叱叱犹夜耕。③

竭力事本业，所愿乐太平。④

门前谁剥啄，县吏征租声。⑤

一身入县庭，日夜穷笞搒。⑥

人孰不惮死，自计无由生。⑦

还家欲具说，恐伤父母情。⑧

老人傥得食，妻子鸿毛轻！⑨

注释

① 此诗庆元元年(1195)春作于山阴。诗中描写了一个农民的
悲惨生活,他竭力耕作,四处开垦,连夜晚也不停息,但是依
旧交不起官府繁重的租税,最后被县吏捉进县庭,鞭打得几
乎丧命。穷困至极的情况下,他只有先让老人有饭吃,妻子
儿女已无力顾及。显然陆游是有意继承杜甫、白居易等写作
"新乐府"诗的传统,反映人民疾苦,揭露社会弊病。全诗纯
用叙事,不作议论和抒情,但是在主人公辛勤耕作却交不起
租税,养活不了父母妻子的对比中,诗人对官府严酷剥削和
县吏们残忍欺压百姓行径的批判与愤慨已不言自明,叙述之

中对主人公的深切同情也溢于言外。

② 秔(jīng)："粳"的异体字,指粳米,水稻的一种。

③ 牛领:牛颈。叱(chì)叱:呼喝牛的声音。

④ 竭力:尽力。本业:指农耕之事,中国古代以农业为本业。

⑤ 剥啄:敲门声。

⑥ 笞搒(chī péng):鞭打,杖击。

⑦ 惮:害怕。自计:自己考虑。

⑧ 具说:详细诉说。

⑨ 老人:指父母。傥(tǎng):通"倘",倘若。妻子:妻子和儿女。
鸿毛轻:像鸿毛一样轻。语出汉司马迁《报任安书》:"人固有
一死,或重于泰山,或轻于鸿毛。"

舍北晚眺 (二首选一)①

红树青林带暮烟,并桥常有卖鱼船。②
樊川诗句营丘画,尽在先生拄杖边。③

注释

① 《舍北晚眺》二首庆元元年(1195)秋作于山阴,此诗为其第一
首。诗人秋日的傍晚在屋舍旁拄杖眺望,红树绿林笼罩着日

232

暮时的烟雾,桥边卖鱼的船儿熙熙攘攘,一幅诗情画意的图景引得他逸兴顿发,不由得想起杜牧的诗句和李成的山水画来。这首诗意境明丽,意气风发,颇有杜牧山水诗的爽健俊逸之风。

② 并桥:靠近桥。

③ 樊川诗句:樊川指唐代诗人杜牧,杜牧因在长安城南的樊川之地有别业,其文集又名《樊川集》,故后人称之"樊川"。杜牧《山行》诗云:"停车坐爱枫林晚,霜叶红于二月花。"营丘:指宋代画家李成,宋郭若虚《图画见闻志》记载:"李成,字咸熙,其先唐宗室,避地营丘,因家焉。尤善画山水寒林,神化精灵,绝人远甚。""尽在"句:意谓尽在我拄杖眺望之中。先生,诗人自指。

辑评

〔清〕爱新觉罗·弘历等《唐宋诗醇》:"自然入画。"

读杜诗①

城南杜五少不羁,意轻造物呼作儿。②
一门酣法到孙子,熟视严武名挺之。③

看渠胸次隘宇宙，惜哉千万不一施！④

空回英概入笔墨，生民清庙非唐诗。⑤

向令天开太宗业，马周遇合非公谁？⑥

后世但作诗人看，使我抚几空嗟咨！⑦

注释

① 杜诗：即杜甫之诗。此诗庆元元年(1195)冬作于山阴，诗中感叹杜甫才高志大却终身不遇，后世只把他当作诗人看的不幸遭际，陆游的才华志节堪和杜甫相匹，遭际也与之相类，显然是在借杜甫表达自己郁愤不平之情。全诗气势充沛，风格傲怒雄劲。

② 城南杜五：指初唐诗人杜审言，为杜甫的祖父，杜审言郡望为京兆杜陵(在长安城南)，行第为五，故称"城南杜五"。初唐宋之问有《至端州驿见杜五审言、沈三佺期、阎五朝隐、王二无竞题壁，慨然成咏》一诗。少不羁：《大唐新语》卷五《孝行》记载杜审言："恃才謇傲，为时辈所嫉。""意轻"句：《新唐书·文艺上·杜审言传》载："审言病甚，宋之问、武平一等省候何如，答曰'甚为造化小儿相苦，尚何言？……'"这里可能是陆游对这句话的误解。

③ "一门"句：是说杜审言的狂傲不羁作为家风传给了他的孙子杜甫。《宋书·衡阳文王义季传》记载，宋武帝刘裕之子衡阳王刘义季素嗜酒，刘裕累加诘责，诏报之曰："……一门无此

酤法,汝于何得之? 临书叹塞。""熟视"句:《旧唐书·文苑下·杜甫传》载:"(杜甫)尝凭醉登(严)武之床,瞪视武曰:'严挺之乃有此儿!'"熟视,长时间地连续看。严武,字季鹰,唐玄宗时中书侍郎严挺之之子,和杜甫交情很深,严武曾两度镇蜀,对杜甫有过资助,并表荐他为节度参谋、检校工部员外郎。挺之,即严武之父严挺之。

④ "看渠"二句:是说杜甫的胸怀壮阔,看了让人觉得浩瀚的宇宙都显得狭促,可惜的是,他众多的志向却一个也得不到施展。渠,代词,他,你。胸次,胸怀。

⑤ "空回"句:是说杜甫的英伟气概无途施展,只好把它们写入诗中。"生民"句:意谓杜甫的诗已经超越唐诗的境界,而堪和《诗经》匹敌。生民清庙,《生民》和《清庙》分别是《诗经·大雅》和《诗经·周颂》中的篇名。

⑥ "向令"二句:是说,当时如果唐玄宗能继承唐太宗的事业,杜甫肯定能像马周一样得到任用。天开,天宝和开元,都是唐玄宗的年号,是杜甫所生活的时代。太宗业,唐太宗李世民任用贤良,开创"贞观之治"的事业。马周遇合,《旧唐书·马周传》记载,马周少孤贫,好学,尤精《诗》、《传》,落拓不为州里所敬,为博州助教及游曹、汴,又屡为当地官吏所咎责羞辱。后至京师,居住在中郎将常何家里。贞观五年唐太宗令百官上书言得失,常何因是武吏,不涉经学,便由马周代笔,所陈二十余事都符合太宗的心意。太宗知道为马周所为后便即日召见他,令在门下省任职,后授监察御史,累官至中书

令,又加银青光禄大夫。马周卒时太宗为之举哀,赠幽州都
督,陪葬昭陵。

⑦ 嗟(jiē)咨:也作"咨嗟",叹息之意。

辑评

〔清〕吴焯《批校剑南诗稿》:"直为少陵称屈,足令千古
魄动。"

顾佛影《评注剑南诗钞》卷四:"议论的是杜陵知己,诗亦
雅饬。"

小舟游近村,舍舟步归(四首选一)①

斜阳古柳赵家庄,负鼓盲翁正作场。②
死后是非谁管得,满村听说蔡中郎。③

注释

① 此诗庆元元年(1195)在山阴作,为全诗四首中的第四首。诗
人游览时路经赵家庄,看到村中听说书人说唱蔡中郎故事的
情景。蔡中郎即东汉著名学者蔡邕,他本是一位学识渊博,
人品正直的儒士,但是在说书人的口中他却成了一个不孝不

《小舟游近村，舍舟步归》（四首选一）

义之人,听书的人也只管沉浸于生动的故事之中,并不深究故事与主人公的真实生平是否相合。因此诗人生出"死后是非谁管得"的感叹,颇有引人沉思的哲理性。同时此诗也在客观上生动展示了南宋乡村生活的一个侧面,提供了南宋说唱艺术发展及蔡中郎故事流传的重要史料。

② 负鼓盲翁:背着鼓说唱鼓词的盲人说书者。作场:说唱故事,古代说唱故事,表演曲艺都称为作场。

③ "死后"二句:是说人们只顾沉浸于说书人口中蔡中郎的故事,并不关心主人公真实的是非曲直。蔡中郎,即民间所流传的蔡邕及第后抛弃父母妻子,入赘相府,最后被雷击死的故事。蔡邕,字伯喈,东汉陈留圉(今河南杞县南)人。中平六年(189)汉灵帝卒,董卓领兵入京,因蔡邕名高,强征之,第二年拜左中郎将,故后人习称"蔡中郎"。蔡邕是我国著名的文学家、学者,属于有操守的士人,戏剧、小说中所常用的"蔡中郎故事"和他的真实事迹是不相符的,因此陆游在本诗中感叹"死后是非谁管得"。

辑评

　　〔明〕朱承爵《灼薪剧谈》:"晚宋人诗最多者,莫如放翁。或谓翁有日课,盖机圆律熟动宫商。一日,翁至田家,适有村优唱传奇者过门,客戏请翁赋之,谈笑即成,云:'斜阳古柳赵家庄……'虽嬉笑之语,亦自有味。"

枕上偶成①

放臣不复望修门，身寄江头黄叶村。②

酒渴喜闻疏雨滴，梦回愁对一灯昏。

河潼形胜宁终弃？周汉规模要细论。③

自恨不如云际雁，南来犹得过中原。④

注释

① 此诗庆元元年(1195)冬作于山阴，诗中表达自己身虽废退，
却念念不忘关中、中原失地的执着爱国情怀。

② "放臣"句：用屈原故事，意谓自己赋闲故乡，不再有重返仕途
的念头。放臣，放逐之臣。屈原在楚怀王时遭到疏远，流寓
汉北，楚顷襄王时又被放逐至江南，陆游此时罢职闲居故里，
所以以屈原自况。修门，楚国郢都的城门，屈原《招魂》："魂
兮归来，入修门些。""身寄"句：意谓退居乡村。宋苏轼《题李
世南所画秋景》诗云："家在江南黄叶村。"

③ "河潼"二句：是说希望南宋不要放弃关中、中原等北方地区。
河潼形胜，河潼指黄河和潼关，潼关在今陕西潼关县，地势险
要，北有黄河天险，是出入关中的咽喉，故称"形胜"。周汉规
模，意谓周朝和汉朝时的疆域形势，周朝和汉朝的政治中心
都在长安、洛阳一带的关中、中原地区。

④ "自恨"二句：大雁秋季从北方向南迁徙，经过中原，故云"不

如云际雁"。杨万里《初入淮河》诗云:"却是鸿雁不得语,一年一度到江南。"

春 望①

天地回春律,山川扫积阴。②

波光迎日动,柳色向人深。③

沾洒忧时泪,飞腾灭虏心。④

人扶上危榭,未废一长吟。⑤

注释

① 此诗庆元二年(1196)正月作于山阴。春回大地,万物复苏,阳光和煦,柳色葱郁,这是一个让人心意萌动的季节。诗人也在此时登上高楼眺望,内心的风发蓬勃之气涌动难平,但是他所生发的不是一般人所常有的诗情画意般的闲雅之致,而是一腔浓烈的忧时之情和飞腾激昂的灭虏之心。诗人高昂的报国热情,和蓬勃的奋发精神读之令人振作。

② 春律:代表春天的律管。《文选》卷二一颜延年《秋胡诗》李善注引刘向《别录》载:"邹衍在燕,有谷寒不生五穀,邹子吹律而温至生黍也。"积阴:冬季积存的阴冷之气。

③ 深:柳叶逐渐繁茂,绿意加深,故云"深"。

④ 沾洒:沾指眼泪沾湿衣襟,洒谓眼泪洒落地上。灭虏心:消灭金人侵略者的报国之心。

⑤ 危榭:高楼。危,高。榭,建在高台上的房子。长吟:指吟诗。

怀旧 (六首选一)①

狼烟不举羽书稀, 幕府相从日打围。②
最忆定军山下路, 乱飘红叶满戎衣。③

注释

① 此诗庆元二年(1196)春作于山阴,为六首中的第三首。诗中怀念乾道八年(1172)在南郑时的军中生活,虽然没有参加过与敌人真正的战斗,但是同僚们经常一起打猎的生活也同样紧张激烈。结尾定格于飒飒秋风中红叶飘满战士们军装的画面,使当时诗人和同僚们英姿勃发的形象和威武轩昂的气概极为鲜明动人。

② "狼烟"句:意谓没有战事。狼烟,即烽烟,古代烽火台举烟时常用狼粪,故称。唐段成式《酉阳杂俎·毛篇·狼》:"狼粪直上,烽火用之。"宋钱易《南部新书·辛》:"凡边疆放火号,常

用狼粪烧之以为烟。烟气直上,虽列风吹之不斜,烽火常用之,故为候,曰狼烟也。"羽书,紧急的军书,上面插有鸟羽,故称羽书。幕府:即陆游所在的四川宣抚使王炎幕府。打围:四面包围以猎取野兽的一种打猎方式,这里泛指打猎。

③ 定军山:山名,在今陕西勉县东南。"乱飘"句:苏轼《祭常山回小猎》:"归来红叶满征衣。"

感事(四首选二)①

鸡犬相闻三万里,迁都岂不有关中?②

广陵南幸雄图尽,泪眼山河夕照红。③

注释

① 《感事》四首庆元二年(1196)春作于山阴,此诗为第一首。诗中直斥宋高宗不迁都关中,而是南逃扬州,没有中兴宋朝的宏图大志,坐视北方大好山河沦于金人手中,愤慨之情难以遏制,表现出诗人果敢刚直的品性。

② "鸡犬"二句:意谓关中之地安定富庶,地域辽阔,是迁都的好去处。鸡犬相闻,语出晋陶渊明《桃花源记》:"阡陌交通,鸡犬相闻。"关中,今陕西省中部一带地区。

③ "广陵"句:意思是说,宋高宗南到扬州后,收复中原,中兴宋朝的雄图大志便消失了。广陵南幸,广陵即今江苏扬州市,靖康之难发生后,宋高宗赵构于建炎元年(1127)五月在南京应天府(今河南商丘)即位,十月,置北方大批忠义的抗金民众于不顾,南幸扬州,之后就再也没有北归。"泪眼"句:意谓遥望夕阳西照下的北方山河感伤落泪。

辑评

〔清〕吴焯《批校剑南诗稿》"广陵"句旁批:"诗史。"

其 二①

堂堂韩岳两骁将,驾驭可使复中原。②
庙谋尚出王导下,顾用金陵为北门!③

注释

① 此诗为第二首,批评南宋朝廷的庸碌无能,在军事方面不能重用韩世忠、岳飞这样的良将,收复中原,在政治上不能建都金陵。

② 堂堂:形容有志节,有气魄。韩岳:韩世忠和岳飞,两人都是南宋前期的抗金名将。骁(xiāo)将:勇将。"驾驭"句:意思是说,如果重用韩世忠、岳飞两位将领,可使中原失地收复。驾驭,这里是重用,善于使用的意思。

③ "庙谋"二句：是说晋元帝尚能用王导之谋经营金陵（当时称建康，今江苏南京），而南宋却都于临安，以金陵为北方门户，其策略还在王导之下。庙谋，朝廷对国家之事的谋划。王导，字茂弘，晋元帝时为丞相。晋元帝司马睿为琅邪王时与王导素相亲善，王导知天下将乱，建议司马睿移镇建康，后西晋灭亡，司马睿在建康称帝，建立东晋。北门，北方的门户。

辑评

〔清〕吴焯《批校剑南诗稿》第一首"庙谋"句旁批："敢言。"

陇头水①

陇头十月天雨霜，壮士夜挽绿沉枪，
卧闻陇水思故乡，三更起坐泪数行。②
我语壮士勉自强：男儿堕地志四方，
裹尸马革固其常，岂若妇女不下堂？③
生逢和亲最可伤，岁辇金絮输胡羌。④
夜视太白收光芒，报国欲死无战场！⑤

注释

① 陇头水:乐府曲名,属"横吹曲辞"。陇头,地名,即陇山,在今陕西省陇县西北。《乐府诗集》卷二十一陈后主《陇头》诗注云:"一曰《陇头水》。《通典》曰:'天水郡有大阪,名曰陇坻,亦曰陇山,即汉陇关也。'《三秦记》曰:'其阪九回,上者七日乃越,上有清水四注下,所谓陇头水也。'"此诗庆元二年(1196)冬作于山阴,诗中写战士忍受边地严寒和思乡之苦戍边,虽有杀敌之志,却没有征战的机会,表达了对南宋朝廷求和政策的愤慨与批判。诗用栢梁体,句句押韵,形成响亮的音调,和诗人轩昂的气概相得益彰。

② "陇头"四句:写守边战士所处环境的艰苦及思乡之情。雨(yù)霜,下霜。绿沉枪,一种宝枪,详参前《建安遣兴》其五注②。

③ "我语"四句:是勉励守边战士当英勇自强的话。勉,勉力,努力。裹尸马革,意谓战死疆场,用马革裹尸。《后汉书·马援列传》载马援语:"方今匈奴、乌桓尚扰北边,欲自请击之。男儿要当死于边野,以马革裹尸还葬耳,何能卧床上在儿女子手中邪!"马革,给马防寒用的革布。妇女不下堂,《春秋榖梁传·襄公三十年》云:"妇人之义,傅母不在,宵不下堂。"

④ 和亲:这里借指议和。"岁辇"句:宋高宗绍兴十一年与金人订立"绍兴和议",约定每年向金进奉银二十五万两,绢二十五万匹。孝宗隆兴二年又与金人订立"隆兴和议",给金人的岁贡减为每年银、绢各二十万两、匹。辇(niǎn),用车载。金

絮,指银和绢。胡羌,代指金人。

⑤ "夜视"句:《史记·天官书》载:"太白,曰西方,秋,司兵。……太白者,西方金之精,白帝之子,上公、大将军之象也。……当出不出,未当入而入,天下偃兵。"太白即金星,此用古代太白当出不出,不当入而入,天下收兵之说,表示南宋妥协求和的形势。

辑评

〔清〕爱新觉罗·弘历等《唐宋诗醇》:"有古直悲凉之气。"

书 志①

往年出都门,誓墓志已决。②

况今蒲柳姿,俛仰及大耊。③

妻孥厌寒饿,邻里笑迂拙。④

悲歌行拾穗,幽愤卧啮雪。⑤

千岁埋松根,阴风荡空穴。⑥

肝心独不化,凝结变金铁,

铸为上方剑,衅以佞臣血。⑦

匣藏武库中，出参髦头列。⑧

三尺粲星辰，万里静妖孽。

君看此神奇，丑虏何足灭！⑨

注释

① 此诗庆元三年(1197)春作于山阴。诗人在衰老窘困的处境
中想象死后化为宝剑,斩杀侵略者,悲郁的情感中又透出雄
奇之气,表现了他至死不渝的爱国之心。

② "往年"二句:意谓自己退居山阴之时,就已下定了不再出仕
的决心。出都门,即离开南宋都城临安。誓墓,意谓发誓不
再出仕。《晋书·王羲之传》记载,王羲之辞去会稽内史之职
时,在父母墓前发誓不再出仕。

③ 蒲柳姿:比喻自己衰老虚弱的身体。蒲柳,又名水杨,落叶较
早,常被用来比喻羸弱的身体。俛仰:即俯仰,形容时间过得
很快。俛为"俯"的异体字。大耋(dié):指老年。耋,八九十
岁的年纪,也泛指高龄老人。

④ 妻孥(nú):妻子和儿女。孥,子女。厌:饱尝。迂拙:迂腐
僵化。

⑤ "悲歌"句:是说在悲伤艰难中躬耕度日。用春秋时隐士林类
之事,详见前《寒夜歌》注⑤。卧啮雪,用西汉苏武之事,表达
自己生活的艰苦。《汉书·苏建传附苏武传》载,苏武出使匈
奴被扣留,单于为迫使他投降,将之置于大窖中,断绝饮食。

苏武卧啮雪与旃毛并咽之,数日不死。

⑥ "千岁"二句:是说死后埋葬。千岁,犹言百年,是老死的委婉
　　说法。

⑦ "肝心"四句:是说,身死后肝胆心脏化为金铁,铸成宝剑,斩
　　杀叛逆奸佞之臣。上方剑,即尚方剑,为皇帝所用之剑,这里
　　指宝剑。上方,即尚方,汉代官名,掌管皇帝所用刀剑等器
　　物。《汉书·朱云传》载朱云对汉成帝之语:"臣愿赐尚方斩
　　马剑,断佞臣一人以厉其余。"佞臣,奸邪谄媚之臣。

⑧ "出参"句:意谓战争时为战士所用,加入到军队的行列。
　　髦(máo)头,即旄头,为古代一种军队的名称,《后汉书·光
　　武帝纪》载:"赐东海王强虎贲、旄头、钟虡(jù)之乐。"李贤注
　　引《汉官仪》:"旧选羽林为旄头,被发先驱,汉亦选羽林为旄
　　头骑。"

⑨ "三尺"句:意谓三尺宝剑明亮若星辰。"万里"句:是说宝剑
　　在万里之遥的疆场上平定敌人的侵略。丑虏,指金人侵略
　　者。

辑评

　　〔清〕爱新觉罗·弘历等《唐宋诗醇》:"幻想奇文,不可
磨灭。"

　　〔清〕潘德舆《养一斋诗话》卷五:"放翁诗择而玩之,能使人
养气骨,长识见。如……《书志》云:'肝心独不化,凝结变金铁。
铸为上方剑,衅以佞臣血。'……堆阜峥嵘,壁立千仞,所谓'字向

纸上皆轩昂'也,彼岂以消遣景物为事者哉?"

〔清〕林昌彝《射鹰楼诗话》:"陆渭南《书志》诗云:'肝心独不化,凝结变金铁,铸为上方剑,衅以佞臣血。'读此诗,真使我肝心变成金铁也。"

书愤 (二首选一)①

白发萧萧卧泽中,只凭天地鉴孤忠。②
阨穷苏武餐毡久,忧愤张巡嚼齿空。③
细雨春芜上林苑,颓垣夜月洛阳宫。④
壮心未与年俱老,死去犹能作鬼雄。⑤

注释

① 此诗庆元三年(1197)春作于山阴。诗中以壮阔的意境,雄健的笔力,表达诗人虽衰老困厄,心系国家命运的壮心却至死不减的坚贞品质,悲壮沉雄之气动人魂魄。

② 萧萧:稀疏貌。卧泽中:陆游的三山别业在镜湖上,故云。

③ "阨穷"句:以西汉苏武被匈奴扣留,历尽艰辛之事比喻自己的窘困。《汉书·苏建传附苏武传》载:"单于愈益欲降之,乃幽(苏)武置大窖中,绝不饮食。天雨雪,武卧啮雪与旃毛并

咽之，数日不死。……（苏）武既至海上，廪食不至，掘野鼠去草实而食之。……其冬，丁令盗武牛羊，武复穷厄。"阨穷，穷困，艰难。阨为"厄"的异体字。"忧愤"句：用唐代张巡之事表达自己的忧愤之情。《旧唐书·忠义下·张巡传》记载，安史之乱时，张巡与许远等坚守睢阳城，及城陷，叛军将领尹子奇谓张巡曰："闻君每战眦裂，嚼齿皆碎，何至此耶？"巡曰："吾欲气吞逆贼，但力不遂耳！"子奇以大刀剔巡口，视其齿，存者不过三数。

④ "细雨"二句：想象长安、洛阳等地昔日皇家宫殿、园林的荒废、残败。春芜，春草。芜，丛生的草。上林苑，故址在今陕西省境内，本秦时旧园，汉武帝建元三年重开，是汉朝的皇家园林。《汉书·扬雄传》记载："武帝广开上林，南至宜春、鼎胡、御宿、昆吾，旁南山而西，至长杨、五柞，北绕黄山，濒渭而东，周袤数百里。穿昆明池象滇河，营建章、凤阙、神明、驱娑，渐台、泰液像海水周流方丈、瀛洲、蓬莱。游观侈靡，穷妙极丽。"颓垣，倒塌残破的宫墙。洛阳宫，洛阳城内的宫殿，洛阳东周东汉、曹魏、西晋时为都城，隋唐时为东都，北宋为西京，宫殿众多。又，《旧唐书·太宗本纪下》记载："（贞观十一年唐太宗）车驾至洛阳，丙申改洛州为洛阳宫。"

⑤ 鬼雄：《楚辞·九歌·国殇》："子魂魄兮为鬼雄。"宋李清照《乌江》诗："生当作人杰，死亦为鬼雄。"

辑评

〔元〕方回《瀛奎律髓》卷三十二"忠愤类"：方回原批："悲壮感慨,不当徒以虚语视之。"纪昀批："此种诗是放翁不可磨处。集中有此,如屋有柱,如人有骨。如全集皆'石研不容留宿墨,瓦瓶随意插新花'句,则放翁不足重矣。何选放翁诗者,所取乃在彼也?"

〔清〕许印芳："前二评皆允当,二诗(按,指此首与'镜里流年两鬓残'首)皆五六拓开,七八兜里。其语皆悲而壮,昔人所谓作惊雷怒涛,不作凄风苦雨者。……其余佳句,如'山河兴废供搔首,身世安危人倚楼'……此类或含蕴,或豪健、或沉著,皆集中上乘。至如'风回断续闻樵唱,木落参差见寺楼'……,此类以工稳圆熟见长,在集中为中乘。'重帘不卷留香久,古砚微凹聚墨多'……之类,意境太狭对偶太工,便落下乘,而俗人爱之,岂知放翁固有'俗人犹爱未为诗'之句乎?"(李庆甲《瀛奎律髓汇评》本)

〔清〕潘德舆《养一斋诗话》卷五："且放翁七律,佳者诚多,然亦佳句耳;若通体浑成,不愧南渡称首者,尝精求之矣。如……'细雨春芜上林苑,颓垣夜月洛阳宫'……此十数章七律,著句既遒,全体亦警拔相称。盖忠愤所结,志至气从,非复寻常意兴。"

顾佛影《评注剑南诗钞》卷四："'白发'语放翁累用之,皆有颓唐气,独此精光辟易,大奇。"

雪夜感旧①

江月亭前桦烛香，龙门阁上驮声长。②

乱山古驿经三折，小市孤城宿两当。③

晚岁犹思事鞍马，当时那信老耕桑。④

绿沉金锁俱尘委，雪洒寒灯泪数行。⑤

注释

① 此诗庆元三年(1197)冬作于山阴。诗中前半追忆在南郑四川宣抚使司时的军中生活，情绪高昂，诗风晓畅；后半写自己老年失意潦倒的现状，风格沉郁悲慨，今昔对比中传达出他英雄无用武之地的强烈悲愤之情。

② 江月亭：陆游《梦行益昌道中》诗云："龙门阁畔千寻壁，江月亭前十里堤。"南宋利州(今四川广元)属县有昭化县(治所在今广元市西南)，北宋初为益昌县，开宝五年改。江月亭和龙门阁当都在昭化县境内。桦烛：用桦树皮制成的蜡烛。《本草纲目》："藏器曰：桦木似山桃，皮堪为烛。"驮声：运输马队的马铃声音。

③ 三折：即三折铺。陆游乾道八年正月离夔州，取道万州，过梁山军、邻水、岳池、广安入利州，三月抵达南郑，当时有《饭三折铺，铺在乱山中》一诗，是离开夔州后所作的第一首诗，三折铺当在夔州(今重庆奉节)至梁山(今重庆梁平)途中。两

当:即两当县(今属甘肃省)。

④ 事鞍马:即从军。老耕桑:终老于耕田、蚕桑等农事生活。

⑤ 绿沉金锁:指绿沉枪和金锁甲,详参前《建安遣兴六首》其五
注②。

辑评

〔元〕方回《瀛奎律髓》纪昀批:"后四句沉著慷慨,六句逆挽
有力。'那信'二字尤佳,若作'谁料'便不及。"

〔清〕爱新觉罗·弘历等《唐宋诗醇》:"调极清和,颔联斫句
工致可爱。""吴乔曰:放翁壮时有志经世,故有'晚岁犹思事鞍
马,当时那信老耕桑'之句。"

〔清〕潘德舆《养一斋诗话》卷五:"且放翁七律,佳者诚多,然
亦佳句耳;若通体浑成,不愧南渡称首者,尝精求之矣。如……
'绿沉金锁俱尘委,雪洒寒灯泪数行'……此十数章七律,著句既
遒,全体亦警拔相称。盖忠愤所结,志至气从,非复寻常意兴。"

太息(四首选一)①

书生忠义与谁论？骨朽犹应此念存。②

砥柱河流仙掌日,死前恨不见中原。③

① 此诗庆元四年(1198)秋作于山阴,为四首中的第二首。诗中直抒诗人心系国家人民的忠义之心和执守此信念的坚贞品质,忠贞之气和忧愤之情交织,具有很强的感染力。

② 书生:诗人自指。此念:爱国爱民的忠义之心。

③ 砥柱:山名,又名三门山,在今山西平陆县东南,河南三门峡市东北的黄河中,习称"中流砥柱"。《尚书·禹贡》"东至于底柱"句"伪孔传"云:"底柱,山名。河水分流,包山而过,山见水中,若柱然,在西虢之界。"郦道元《水经注·河水注》:"昔禹治洪水,山陵当路者凿之,故破山以通河,河水分流,包山而过,山在水中若柱然,故谓之底柱,亦谓之三门。"河:即黄河。仙掌:即仙掌峰,为华山东峰。《大清一统志》:"太华山:岳顶东峰曰仙人掌,峰侧石上有痕,自下望之,宛然一掌,五指俱全。"恨:遗憾。中原:泛指北方沦陷地区。

三山杜门作歌(五首选一)①

我生学步逢丧乱,家在中原厌奔窜。

淮边夜闻贼马嘶,跳去不待鸡号旦。②

人怀一饼草间伏,往往经旬不炊爨。③

呜呼！乱定百口俱得全，孰为此者宁非天！④

注释

① 三山：山名，在山阴城西九里镜湖中，陆游于乾道元年（1165）在这里置地建了房屋，次年起迁居于此，其地名西村。杜门：闭门。《三山杜门作歌》五首庆元四年（1198）冬作于山阴，诗中回顾了诗人一生的经历遭际，可作其小传看。此诗为第一首，追述幼年时遭逢金兵南侵的战乱，跟随家人奔走逃难，历尽艰险的经历。

② "我生"四句：陆游于宋徽宗宣和七年（1125）十月十七日在淮河上出生，不久其父陆宰因任京西路转运副使留泽路，居于荥阳（今河南荥阳）。这年十二月金人开始大举南侵，次年（钦宗靖康元年）正月渡过黄河，闰十一月攻破东京开封，靖康二年四月俘徽、钦二帝及北宋皇室北去。金兵南侵后，陆宰于靖康元年（1126）四月举家南迁寿春（今安徽寿县），建炎元年（1127）又携全家渡长江南归故里山阴（今浙江绍兴）。陆游在《诸暨县主簿厅记》中说："建炎绍兴间，予为童子，遭中原丧乱，渡河（黄河）沿汴（汴水），涉淮（淮河）绝江（长江），间关兵间以归。"中原，以今河南省为中心的黄河中下游流域地区。厌，饱经。奔窜（cuàn），为躲避战乱而奔走逃难。淮边，淮河附近。跳去，逃走。鸡号旦，即鸡鸣天亮。

③ 经旬：一旬，十日为一旬。炊爨（cuàn）：烧火做饭。

④ 宁非：岂不是。

沈园(二首)①

城上斜阳画角哀,沈园非复旧池台。②
伤心桥下春波绿,曾是惊鸿照影来。③

注释

① 沈园:故址在会稽城内(今浙江绍兴),详参前《禹迹寺南,有
  沈氏小园,四十年前尝题小阁壁间,偶复一到,而园已易主,
  刻小阁于石,读之怅然》诗及注①。此诗庆元五年(1199)春
  作于山阴,时年诗人七十五岁。陆游初娶唐氏为妻,沈园是
  他们经常游览之地,是两人深挚感情的见证者;但是婚后不
  久由于陆游母亲的反对两人被迫仳离,大约绍兴二十五年
  (1155)春天陆游又在沈园见到已经再嫁的唐氏夫妇,唐氏以
  酒肴相赠,并于数年后抑郁而死,因此沈园也是两人不幸遭
  遇的见证者。这两首诗可能是陆游在唐氏去世四十周年之
  际专门到沈园吊念所作。第一首以沈园内西挂的斜阳,低沉
  悲凉的角声和物是人非的池台映衬诗人一耄耋老者茕茕独
  行于园内的形象,营造出凄凉落寞的意境,表达诗人内心哀
  伤凄绝的情感和对唐氏无限的哀思。
② 城:指会稽城。画角:雕饰有花纹的号角。
③ "伤心"二句:意思是说桥下清澈的春水,曾是唐氏当年观赏
  之处。桥,为沈园中的桥。清徐承烈《听雨轩笔记》云:"(禹

256

《沈园》（二首）

迹)寺在东郭门内半里许。……寺门之东有桥,俗名罗汉桥,桥额横勒'春波'二字。"惊鸿,以洛神宓妃比喻唐氏。三国时曹植《洛神赋》云:"(洛神宓妃)其形也,翩若惊鸿,婉若游龙。"

辑评

〔清〕爱新觉罗·弘历等《唐宋诗醇》:"张完臣曰:写得幽艳动人。"

其 二①

梦断香消四十年,沈园柳老不吹绵。②

此身行作稽山土,犹吊遗踪一泫然!③

注释

① 第一首以景兴情,此首则直抒胸臆。唐氏去世已经四十年,沈园中的柳树老枯得也已生不出柳絮,诗人自身也已是行将入土的老人。但是时间的久远,身体的衰老却磨灭不了他对唐氏的深情,再见到当年的遗踪,依旧会潸然泪下。诗中情感之深挚执着,令人读之动容。

② "梦断"句:指唐氏去世已经四十年。绵:比喻柳絮。

③ 行作稽山土:意谓即将老死,埋葬在附近的会稽山。行,即将。稽山,即会稽山,在今浙江绍兴市一带。

辑评

〔元〕刘埙《隐居通议》："荆公（王安石）《题永庆寺雳遗墨后》云：'遗骸岂久人世间，故有情钟未可忘。'陆放翁题沈园云：'此身行作稽山土，尤吊遗踪一泫然。'二诗皆怀旧感怆之意，而陆失之露。"

〔清〕爱新觉罗·弘历等《唐宋诗醇》："张完臣曰：又深一步，其痛愈深。"

〔清〕陈衍《宋诗精华录》："无此绝等伤心之事，亦无此绝等伤心之诗。就百年论，谁愿有此事？就千秋论，不可无此诗。"

顾佛影《评注剑南诗钞》卷四："二诗情胜于词，低徊无限。可与前'姑恶篇'及'枫叶初丹槲叶黄'诸诗同看。"

程千帆、沈祖棻《古诗今选》："这两篇诗写的是作者自己的家庭悲剧。在封建社会的伦理观点的支配下，父母对于子女具有绝对权威。因此，像陆、唐这类悲剧就经常发生。诗人在这里对自己悲剧产生的原因没有做出任何指责，他只是倾诉了一辈子也排遣不了的哀伤，也就使读者透过他的哀伤，看出了封建社会的黑暗面。"

喜雨歌[①]

不雨珠，不雨玉，六月得雨真雨粟。[②]

十年水旱食半菽，民伐桑柘卖黄犊。③

去年小稔已食足，今年当得厌酒肉。④

斯民醉饱定复哭，几人不见今年熟！⑤

注释

① 此诗庆元五年(1199)夏在山阴作。陆游退居山阴十年来，绍兴一带水旱灾害不断，他亲睹当地百姓所遭受的苦难，常常在诗中表示同情和忧心，如庆元元年(1195)所作《镜湖》诗中就曾云"水旱适继作，斗米几千钱"。这两年风调雨顺，获得丰收，他又在此诗中为百姓能吃饱饭而欢欣鼓舞。

② 雨粟：意谓下雨庄稼丰收。雨，动词。

③ 水旱：水灾和旱灾。半菽(shū)：掺入一半豆、菜的粗劣饭食。《汉书·项籍传》："今岁饥民贫，卒食半菽，军无见粮。"菽，豆类的总称。"民伐"句：意谓百姓生活贫困，不得不砍掉养蚕用的桑树、柘树做柴烧，卖掉耕田用的黄牛犊换粮食。桑柘，桑树和柘树，其叶可以养蚕。黄犊，黄牛犊，耕田之用。

④ 小稔(rěn)：庄稼收成稍好。稔，庄稼成熟。厌：饱食。

⑤ "几人"句：是说多年水旱之灾不断使很多人已经饿死，看不到今年的丰收。

秋怀十首，末章稍自振起，亦古义也(十首选一)①

我昔闻关中，水深土平旷；②

泾渭贯其间，沃壤谁与抗？③

桑麻郁千里，黍林高一丈；④

潼华临黄河，古出名将相。⑤

沦陷七十年，北首增惨怆。⑥

犹期垂老眼，一睹天下壮！⑦

注释

① 此诗庆元五年(1199)九月作于山阴，为十首中的第十首。诗中以雄健的笔势描绘关中大地辽阔富饶的原野，壮丽雄伟的河山和丰厚的人文积蕴，进而表达对这里沦陷七十年没有收复的悲怆之情和收复大好河山的强烈渴盼。诗人的爱国之心直欲与关中大地等壮阔。

② 关中：今陕西省中部一带西至陇关、东至函谷关的广大地区。"水深"句：意谓水土肥沃广阔。平旷，平坦而广阔。

③ 泾渭：泾水(今泾河)和渭水(今渭河)。抗：抗衡，这里是媲美之意。

④ "桑麻"句：写庄稼多而茂盛。郁，茂盛貌。黍(shǔ)林：黍子

田。黍，即黍子，一种黏黄米。

⑤ 潼华：潼关和华山，潼关在今陕西潼关县，华山在今陕西华阴市，都是关中之地的名胜。"古出"句：《后汉书·虞诩列传》载："谚曰：'关西出将，关东出相。'"陆游这里引用这句古语。

⑥ "沦陷"句：宋钦宗靖康元年(1126)闰十一月金兵攻陷北宋都城开封，次年四月俘徽宗、钦宗及宋朝皇室北去，至今为七十三年，这里取其整数云"七十年"。北首：北望。

⑦ "犹期"二句：是说自己虽然到了暮年，但还是期望收复失地，能够亲眼看到关中的壮丽河山。垂老，将近老年。天下壮，指前面所述壮美的关中大地。

冬夜读书示子聿(八首选一)①

古人学问无遗力，少壮工夫老始成。②
纸上得来终觉浅，绝知此事要躬行。③

注释

① 子聿(yù)：又作子遹，陆游第七子(即最小子)，字怀祖，后官溧阳令，知严州。这组诗庆元五年(1199)冬作于山阴，是陆游向其子子聿传授读书学习的经验和方法之作，全诗共八首，这里

选其第三首。诗中表达学习古人的书本知识要和亲身实践结合起来的经验,认为只有读书和实际的生活经历相结合才会认识得深刻。陆游在《九月一日夜读诗稿有感,走笔作歌》诗中谈到自己早年学诗没有所得,后到南郑经历军中的生活,才领悟到"诗家三昧";在《示子遹》中又告诉子聿"汝果欲学诗,工夫在诗外"。这些都体现了他知行合一,重视生活实践的思想,是他从一生读书作诗的经历中总结出的宝贵经验。

② "古人"句:意思是说不遗余力地学习古人。学问,学习和请教。无遗力,不遗余力,竭尽全力。"少壮"句:意谓从少壮之时开始学习古人,到老年始有所成。

③ "纸上"二句:意思是说,从书本上学得的古人的知识经验,在感受上终究是不深刻的,必须得经过自己的亲身经历和体验。纸上,即书本上,古人的知识主要记载在书本上。绝知,深知。躬行,亲自实践,亲身经历。

东 村①

雨霁山争出, 泥干路渐通。②

稍从牛屋后, 却过鹳巢东。③

决决沙沟水, 翻翻麦野风。④

欲归还小立，为爱夕阳红。⑤

注释

① 此诗庆元六年(1200)春作于山阴。雨后初晴，诗人从三山到
   附近的东村闲步，一路上从云雾中露出的远山，泥泞渐干的
   村间小路，牛屋、鹳巢，沟渠中欢快的流水，田间如翩翩起舞
   的麦浪，天边红艳的夕阳，一幕幕生机盎然的画面都扑面而
   来，令诗人驻足忘返。在这幅纯朴、宁静、温馨的乡间雨后初
   晴图景中透着诗人对生活的热爱和闲逸自得的心境。
② 雨霁(jì)：雨止天晴。
③ 牛屋：牛棚。鹳(guàn)：一种大型涉禽，形似鹤、鹭。
④ 决决：象声词，流水声。翻翻：犹翩翩，形容风吹麦田时的麦浪。
⑤ 小立：站立片刻。

观运粮图①

王师北伐如宣王，风驰电击复土疆。②
中军歌舞入洛阳，前军已渡河流黄。③
马声萧萧阵堂堂，直跨井陉登太行。④
壶浆箪食满道傍，刍粟岂复烦车箱？⑤

不须绝漠追败亡，亦勿分兵取河湟；

但令中夏歌时康，千年万年无馈粮！⑥

注释

① 此诗庆元六年(1200)春作于山阴，诗人因观运粮图而想象宋军出师北伐，取得胜利的情形。诗中先用风驰电击的比喻和句句押韵的急促节奏渲染宋军威猛不可阻挡的气势；又罗列洛阳、黄河、井陉和太行山三组自南向北的地名，使宋军节节胜利，迅速向前推进的形势井然目前；再以北方百姓夹道欢迎的盛大场面描写胜利的喜悦。全诗气势如虹，风格雄健，意境壮阔。特别值得注意的是，结尾诗人表达了用兵只求保卫国家安康，不求侵略他族的主张，具有很高的思想境界，是中华民族热爱和平、不事侵凌的优秀民族精神的体现。

② "王师"二句：是由"运粮图"中百姓为宋军运粮的画面想象南宋军队北伐中原，收复失地的情形。王师，指南宋军队。宣王，指周宣王。宣王是西周的中兴之主，他征伐侵扰周朝的猃狁、徐戎、荆蛮、淮夷等取得胜利，具有很显赫的武功。风驰电击，形容宋军如疾风奔驰、闪电闪耀般迅捷勇猛。土疆，即疆土。

③ 中军：指宋军主帅所率部队。洛阳：今河南洛阳市，北宋时为西京。前军：指宋军的前锋部队。河流黄：即黄河，黄河水含有大量泥沙，呈黄色，故云。

④ "马声"句：写宋军的威武。马声萧萧，《诗经·小雅·车攻》：
"萧萧马鸣，悠悠旆旌。"萧萧，马鸣声。阵堂堂，《孙子·军争》：
"勿击堂堂之阵。"堂堂，威武壮大貌。井陉(xíng)，山名，在今
河北井陉县东北，为太行山的一支。太行，即太行山，在河南省
西北部，山西省东部，河北省北部一带，南北绵延八百里。

⑤ "壶浆"二句：意思是说，北方百姓携带酒食夹道欢迎宋军，宋
军根本用不着自己运送粮草。壶浆箪(dān)食，装在壶中的
酒和盛在竹筐里的食物，语出《孟子·梁惠王下》："箪食壶浆
以迎王师。"箪，一种竹制的盛饭器具。刍粟，刍是战马吃的
草，粟指将士所吃的粮食。车箱，运送军队所用粮草的车辆。

⑥ "不须"四句：意思是说宋军只要保卫中国的和平就够了，不
必深入金人的疆域，侵占他们的领土。绝漠，穿越沙漠。败
亡，指战败逃跑的金军。河湟，指湟水和黄河交汇一带地区，
相当于今青海省乐都县(隋朝时曾称湟水县，北宋时曾为湟
州)、甘肃省临夏市(古称河洲)一带，古时常以"河湟"泛指西
戎之地。中夏，中国。时康，时代太平。

十月二十八日夜风雨大作^①

风怒欲拔木，雨暴欲掀屋。
风声翻海涛，雨点堕车轴。^②

拄门那敢开，吹火不得烛。③

岂惟涨沟溪，势已卷平陆。

辛勤艺宿麦，所望明年熟；

一饱正自艰，五穷故相逐。④

南邻更可念，布被冬未赎；

明朝甑复空，母子相持哭。⑤

注释

① 此诗庆元六年(1200)十月作于山阴。诗人由十月二十八日
  夜的大风雨,预想到来年庄稼绝收、饥困缠绕的生活,并推己
  及人,对比他更贫困的邻里乡亲们挂念忧虑不已,表现出与
  民同忧的悲悯情怀。艺术上,诗中以雄劲的笔力极写风雨的
  暴烈,烘托出对自己和邻居们贫困生活无限的担忧,颇有杜
  甫诗雄浑沉郁之风。

② "风怒"四句:写风雨的狂暴之势,吹倒树木,掀翻房屋,风声
  似海涛翻涌,雨点似车轴坠落。翻海涛,似海中浪涛翻腾。
  堕车轴,形容雨点大,似车轴坠地。

③ 拄门:把门插上或顶住。

④ 艺:种植。宿麦:隔年才成熟的麦子。"一饱"句:意思是说贫
  困得难得吃上一顿饱饭。五穷:韩愈《送穷文》中以智穷、学
  穷、文穷、命穷和交穷为五穷,这里借以表达诗人生活的
  穷困。

⑤ 可念：应该挂念。"布被"句：是说南邻因贫困把被子典当出去，现在已经到了冬天还没钱赎回。甑（zèng）：古代蒸食物用的炊器。

辑评

顾佛影《评注剑南诗钞》卷五："森然健举。"

追感往事（五首选一）①

诸公可叹善谋身，误国当时岂一秦。②
不望夷吾出江左，新亭对泣亦无人！③

注释

① 此诗宋宁宗嘉泰元年（1201）在山阴作，为组诗的第五首。诗中直斥南宋主和派苟且误国的可耻行径，先以卖国贼秦桧作类比，再以管仲、王导、周颉等贤臣作对比，情感激烈，气势凌厉，尽显诗人忠烈骨鲠之气。

② "诸公"二句：意谓南宋主和派人士都是些苟且偷安，善为个人私利谋划之辈，耽误国家中兴大业的并不只有秦桧一个人。诸公，指南宋主张议和的投降派人士，像秦桧、黄潜善、

王伯彦等。秦，指秦桧，南宋前期权奸，求和卖国派的主要人物。秦桧在高宗时两度拜相，达十九年之久。为相时他独揽朝政，排除异己，大力主张和金人议和，极力排斥迫害主张抗金的官员，压制抗金舆论，并在绍兴十一年解除抗金名将韩世忠、岳飞的兵权，后又将岳飞杀害，与金朝订立了屈辱的"绍兴和议"。

③ "不望"二句：意谓南宋不仅没有管仲这样可使国家强盛中兴的贤臣，连像东晋王导、周𫖮那样为国家命运忧虑的大臣也没有。《晋书·王导传》记载，东晋初建国，王导为丞相，桓彝初过江，见朝廷微弱，忧惧不乐。后来往见王导，极谈世事，归来对周𫖮说："向见管夷吾，无复忧矣。"又《晋书·温峤传》载："于时江左草创，纲维未举，(温)峤殊以为忧。及见王导共谈，欢然曰：'江左自有管夷吾，吾复何虑！'"（《世说新语·言语》亦载温峤此语）夷吾，管仲，字夷吾，春秋时人，辅佐齐桓公称霸诸侯。江左，即江东，指长江中下游地区，人们常称以"江东"或"江左"称三国时吴国和东晋，这里指南宋。新亭对泣，指东晋周𫖮、王导等大臣在新亭宴集，为国家局势忧虑流泪之事，详参前《夜泊水村》注③。

辑评

〔清〕爱新觉罗·弘历等《唐宋诗醇》："千年而后，如闻叹息之声，'善谋身'一言，尤中庸臣病根。""潘问奇曰：此诗虽欠含蓄，然亦可知南渡后虽周伯仁亦难得。"

〔清〕潘德舆《养一斋诗话》卷五:"宋人绝句亦有不似唐人,而万万不可废者。如陆放翁《读范至能揽辔录》云:'公卿有党排宗泽,帷幄无人用岳飞。遗老不应知此恨,亦逢汉节解沾衣。'《追感往事》云:'诸公可叹善谋身,误国当时岂一秦? 不望夷吾出江左,新亭对泣亦无人。'……此类纯以劲直激昂为主,然忠义之色,使人起敬,未尝非诗之正声矣。"

〔清〕李兆元《十二笔舫杂录》:"放翁诗根本忠孝,如《追感往事》:'诸公可谓善谋身……'临终《示儿》诗云……死不忘君,便是李杜嫡脉,真不愧乎东坡所谓止乎忠孝者。"

柳桥晚眺①

小浦闻鱼跃,横林待鹤归。②
闲云不成雨,故傍碧山飞。

注释

① 柳桥:在陆游三山别业附近。此诗嘉泰元年(1201)秋作于山阴,诗中写柳桥晚景,意象清新明丽,画面疏朗,动静相间,视觉、听觉并用,营造出一幅宁静温馨、意趣盎然的图画,传达出诗人悠然闲逸的情致。

② 浦：小溪注入江河的入口处。

辑评

〔清〕爱新觉罗·弘历等《唐宋诗醇》："有手挥目送之趣。"

王文濡《宋诗评注读本》："语有寄托。"

追忆征西幕中旧事(四首)①

大散关头北望秦，自期谈笑扫胡尘。②

收身死向农桑社，何止明明两世人！③

注释

①《追忆征西幕中旧事》四首嘉泰元年(1201)冬作于山阴。第一首以在南郑军中时登上大散关眺望关中大地，胸怀万里的壮阔怀抱和高昂意气对比今天在农桑生活中虚度余年的衰颓形象，形成巨大的反差，以表达心中极度愤慨之情。

② 大散关：在今陕西宝鸡市南，是西北宋金两军对峙的最前线。秦：即关中地区，古属秦地。"自期"句：意谓自我期许很高，可轻易平定金人侵略者。唐李白《永王东巡歌十一首》其二云："为君谈笑静胡沙。"自期，自我期许。扫胡尘，意谓平定

金人侵略者。

③ "收身"句：意谓身老退居，在农桑生活中虚度余年。收身，犹言身退，退居。农桑社，农村之意。社，是古代基层的行政单位。何止，岂止。明明，分明。两世人，处于两个世界的人，形容两者差异很大。

其 二①

小猎南山雪未消，绣旗斜卷玉骢骄。②

不如意事常千万，空想先锋宿渭桥。③

注释

① 第二首先以打猎时积雪犹存的严寒环境、绚丽的旗帜和矫健的坐骑衬托诗人当时威武的英姿，然后陡然转折，写进兵关中的壮志化为空想。大开大合的结构，劲健的笔力，使满腔悲愤之情迸发而出。

② 南山：指南郑北边的终南山南麓一带。玉骢(cōng)：一种毛色青白相杂的马。骄：马健壮貌。

③ "不如意"二句：意思是说，很多所想望的事都不能如意，当年希望作为先锋军，收复关中，在长安城外的渭桥边驻扎宿营的愿望已经成了空想。渭桥，又名灞桥，在长安城(今陕西西安)北渭水(今渭河)上，有东、西、中三座，一般指中渭桥。

其 三①

忆昔王师戍陇回，遗民日夜望行台。②

不论夹道壶浆满，洛笋河鲂次第来。③

注释

① 第三首追忆在南郑从军戍守陇地时，沦陷区百姓热情欢迎慰劳
南宋军队，并日夜盼望宋军收复失地的情形，其热烈的场面和
南宋统治者一味求和，苟且偷安，对沦陷区百姓的生死置之不
顾的行径构成鲜明的对比。诗中虽未言明对南宋执政者的批
判，但是其难以遏制的愤慨之情见于言外，引人回味深思。

② 王师：南宋军队。戍陇：戍守陇地。陇，指今陕西省和甘肃省
交界陇山所在的一带地区，南宋时这里是宋金西北的边境。
遗民：陇地金人统治区的中国百姓。行台：古代在大行政区
设置的代表中央的行政机构，或称"行省"、"行台省"，这里指
戍边的主帅。

③ 壶浆：装在壶中的酒，参看前《观运粮图》注⑤。洛笋河鲂：洛
水（今洛河）流域或洛阳一带出产的竹笋和黄河中出产的鲂
鱼。陆游于此句下自注云："在南郑时，关中将吏有献此二物
者。"洛，洛水（今名洛河），关中、中原一带有两条洛河，一条
源自今陕西西南部，流经洛阳市，在河南巩义市北注入黄河；
一条源自陕西北部，向南在华阴市境内注入渭河。此指流经
洛阳的洛河。河，黄河。鲂（fáng），一种体形似鳊，但背部隆

起的银灰色淡水鱼。次第：这里是前后相接、络绎不绝之意。

其 四[1]

关辅遗民意可伤，蜡封三寸绢书黄。[2]

亦知虏法如秦酷，列圣恩深不忍忘。[3]

注释

[1] 第四首追忆在南郑时一些在金军中的汉族将校冒着遭受金人严酷刑罚的危险，为宋军传送情报的情况，赞扬他们不忘祖国，深明民族大义的高尚爱国品质。显然其中也寓含着对南宋朝廷的强烈批判，在冒死为宋军传送敌情的北方遗民的高大英勇形象面前，南宋当权者一味求和苟且的行为显得更加卑劣可耻，令人切齿。

[2] 关辅：指长安一带地区。意可伤：令人伤怀。"蜡封"句：指关中遗民密报金军情况，用蜡密封以防泄露。陆游于此诗后自注云："关中将校密报事宜，皆以蜡书至宣司。"

[3] 虏法：指金人的刑律。如秦酷：像秦朝一样严酷。《史记·秦始皇本纪》载贾谊《过秦论》云："秦王怀贪鄙之心，行自奋之智，不信功臣，不亲士民，废王道，立私权，禁文书而酷刑法，先诈力而后仁义，以暴虐为天下始。"列圣：指宋朝列代皇帝。

读 史 ①

民间斗米两三钱，②万里耕桑罢戍边。③

常使屏风写无逸，应无烽火照甘泉。④

注释

① 此诗嘉泰元年(1201)冬作于山阴。诗中咏怀唐玄宗之事，以
   开元时玄宗励精图治，常以《尚书·无逸》篇自警，形成人民
   富足，国家安定的繁荣局面，对照后期爆发安史之乱的惨剧，
   得出帝王只有时时保持勤勉奋发之心，不耽于逸乐，方能长
   葆国家太平的结论。很明显，诗人意在警示南宋皇帝要以唐
   玄宗为戒，做奋发图强之君。

② "民间"句：意谓唐玄宗前期人民富足，米价便宜至每斗两三
   钱。《旧唐书·玄宗本纪上》载："(开元十三年)时累岁丰稔，
   东都米斗十钱，青、齐米斗五钱。"又《玄宗本纪下》："其时频
   岁丰稔，京师米斛(十斗为一斛)不满二百，天下乂安，虽行万
   里不持兵刃。"

③ "万里"句：意谓天下承平，边疆成了耕种蚕桑之地，不再重兵
   戍守。

④ 屏风写无逸：《无逸》是《尚书·周书》中的一篇，据《史记·鲁
   周公世家》记载，乃是周公恐周成王长大后有所淫逸，故作此
   文及《多士》篇以诫之。《旧唐书·崔植传》载，开元时宋璟尝

手写《尚书·无逸》一篇，并为图献给唐玄宗，玄宗置之内殿，出入观省，咸记在心，每叹古人至言，后代莫及，故任贤戒欲，心归冲漠。另《宋史》"仁宗纪"、"杨安国传"也记载，宋仁宗尝让人书写《无逸》篇在迩英阁、延义阁的屏风上，并命蔡襄书写《无逸》，王洙书写《孝经》，列置左右。烽火照甘泉：意谓战火烧到京城的宫殿中，指唐玄宗时爆发的安史之乱。烽火，古代报告敌情的信号。甘泉，即甘泉宫，本为秦宫，这里借指唐宫殿。

辑评

　　〔清〕爱新觉罗·弘历等《唐宋诗醇》："保泰持盈之指，借明皇发之，不落言诠，自近风雅。"

梅花绝句 (六首选一)①

闻道梅花坼晓风，雪堆遍满四山中。②
何方可化身千亿，一树梅前一放翁？③

注释

① 此诗嘉泰二年(1202)春作于山阴，为六首中的第二首。诗中

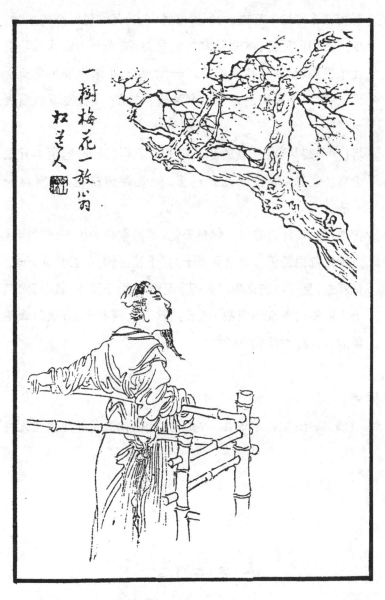

一樹梅花一放翁 松芝人

《梅花绝句》（六首选一）

写梅花在寒风中怒放,如积雪堆满山中,其劲健傲岸的风骨,令严寒相形见绌,浓烈勃发的生命力,充满于山野天地。这让个性豪迈、胸怀壮伟的诗人一见倾心,不禁生发出化身千亿,饱览梅花风姿的奇想。全诗格力雄劲,又极富豪放浪漫之气。

② 坼(chè)晓风:在清晨的寒风中开放。坼,裂开,这里为开放之意。雪堆:形容梅花开得多,处处满树白花,如雪堆积一般。

③ 何方:何术,什么方法。化身千亿:本佛教中的说法,《梵网经卢舍那佛说菩萨心地戒品第十》:"千花上佛,是吾化身;千百亿释迦,是千释迦化身。"唐柳宗元曾化用于诗中,其《与浩初上人同看山寄京华亲故》诗云:"若为化得身千亿,散向峰头望故乡。"放翁:陆游号放翁。

辑评

〔清〕陈衍《宋诗精华录》:"柳州之化身何其苦? 此老之化身何其乐?"

秋思 (三首选一)①

乌桕微丹菊渐开, 天高风送雁声哀。②

诗情也似并刀快，翦得秋光入卷来。③

注释

① 《秋思》三首嘉泰三年(1203)秋作于山阴,此诗为其第一首,写天高气爽的秋景中所油生的俊逸情致和勃勃诗兴。诗中色彩明艳,声调悠扬,意境高旷,风格爽健,可与唐刘禹锡"晴空一鹤排云上,便引诗情到碧霄",唐杜牧"停车坐爱枫林晚,霜叶红于二月花"等诗媲美。

② 乌桕:亦称桕树,一种落叶小乔木。丹:红。

③ "诗情"二句:是说诗情高涨,诗思敏锐,就像并州产的剪刀般锋利,把秋景剪入画卷。唐杜甫《戏题王宰画山水图歌》云:"焉得并州快剪刀,翦取吴松半江水。"为此两句所本。并刀,并州(今山西北部一带)产的剪刀,最为锋利。

辑评

顾佛影《评注剑南诗钞》卷五:"巧于簸弄。"

送辛幼安殿撰造朝①

稼轩落笔凌鲍谢,退避声名称学稼。②

十年高卧不出门,参透南宗牧牛话。③

功名固是券内事,且葺园庐了婚嫁。④

千篇昌谷诗满囊,万卷邺侯书插架。⑤

忽然起冠东诸侯,黄旗皂纛从天下。⑥

圣朝仄席意未快,尺一东来烦促驾。⑦

大材小用古所叹,管仲萧何实流亚。⑧

天山挂旆或少须,先挽银河洗嵩华。⑨

中原麟凤争自奋,残虏犬羊何足吓。⑩

但令小试出绪余,青史英豪可雄跨。⑩

古来立事戒轻发,往往谋夫出乘鳙。⑪

深仇积愤在逆胡,不用追思灞亭夜。⑫

注释

① 辛幼安:辛弃疾(1140～1207),字幼安,号稼轩。此诗嘉泰四
年(1204)春作于山阴。韩侂胄积极准备北伐,为笼络人心,
起用了一批主战派的老臣装点门面,其中就包括陆游和辛弃
疾。陆游于嘉泰二年(1202)五月被召入实录院修史,辛弃疾
也在这年十二月被任命为绍兴知府兼浙东安抚使,第二年六
月辛弃疾到任。《宝庆会稽续志》卷二"安抚题名"记载:"辛
弃疾以朝请大夫,集英殿修撰知(绍兴府)。嘉泰三年(1203)

六月十一日到任,当年十二月二十八日召赴行在。"辛弃疾时为集英殿修撰,故称"殿撰"。宁宗召见在嘉泰三年十二月二十八日,启程赴临安当在四年(1204)三月,所以陆游为他送行,作此诗。陆游入朝后很快就发现韩侂胄并不需要自己参与北伐之事,所以修史完毕便坚请致仕,于嘉泰三年(1203)五月返回山阴。将近一年之后,辛弃疾被召入朝言事,作为志同道合的老友,陆游为之送行,心情应该是很复杂的。一方面,他已经看清了韩侂胄的用心,应该知道辛弃疾此行难以有施展身手的机会,所以诗中告诫辛弃疾要谨慎行事,切忌轻发,以免被谗夫钻了空子。后来事实也确实如此,虽然辛弃疾这次赴朝言盐法,并言:"金必乱亡,愿付之元老大臣,务为仓猝可以应变之计。""(韩)侂胄大喜。"(李心传《建炎以来朝野杂记》乙集卷一八)但很快又被降职和免官,后对于朝廷的任用和召见他都未往就职。谢枋得《祭辛稼轩先生墓记》载:"稼轩殁乃谓枢府曰:(韩)侂胄岂能用稼轩以立功名者乎? 稼轩岂肯依侂胄以求富贵者乎?"但另一方面,陆游毕竟强烈渴望宋王朝能收复中原,他对辛弃疾此行依然怀有期待,所以诗中热情地赞扬辛弃疾的才华,鼓励他以国家大计为重,击退金人侵略者,建立不朽的功业。通过此诗,我们不但可以看到陆游、辛弃疾这两位南宋最著名的文学家之间志趣相投、推心置腹的深挚情谊,也能够再次看到陆游无论身处何种境遇都矢志不渝的爱国之心。

② "稼轩"句:是赞扬辛弃疾诗词方面的才华。唐杜甫《遣兴五

首》其五云:"赋诗何必多,往往凌鲍谢。"凌,接近。鲍谢,南朝宋时著名诗人鲍照和谢灵运。"退避"句:是说辛弃疾退居于农事生活。辛弃疾解官后定居上饶带湖,把自己的居第命名为"稼轩",并以之为号,其《菩萨蛮》词云:"稼轩日向儿童说,带湖买得新风月,头白早归来。种花花已开,功名浑是错。"《踏莎行》(赋稼轩,集经句)词云:"小人请学樊须稼。"

③ "十年"句:辛弃疾于宋孝宗淳熙八年(1181)冬四十三岁时遭弹劾,解官,次年定居上饶(今属江西)带湖,至光宗绍熙二年(1191)出任福建提点刑狱,之间闲居十年。宁宗庆元元年(1195)他再次遭到弹劾落职,至嘉泰三年(1203)知绍兴府,之间又在带湖及铅山附近的瓢泉居第闲居近十年。因此陆游说他"十年高卧"。"参透"句:是说辛弃疾解职闲居,在参禅中寻求寄托。参,佛教术语,指玄思冥想,探究体悟佛理。南宗,佛教禅宗的一个支派,由唐朝著名僧人慧能开创。慧能和神秀都是禅宗五祖弘忍的弟子,神秀在中原传法,慧能则住持韶州(今广东韶关)广果寺,因此人们称神秀一派为北宗,慧能一派为南宗。牧牛话,指佛理。《景德传灯录》卷六记载:"(抚州石巩慧藏禅师)一日在厨作务次,(马)祖问曰:'作什么?'曰:'牧牛。'祖曰:'作什么生牧?'曰:'一回入草去,便把鼻孔拽来。'祖曰:'子真牧牛师。'"这段话中蕴含的是修禅一刻也不能懈怠的道理。

④ 券内事:意谓功名对于辛弃疾来说唾手可得,就像契约上所约定的事。券,契约。葺(qì):修建。

⑤ "千篇"句：以李贺比拟辛弃疾，形容他的诗词既多且好。昌谷，指唐代诗人李贺，李贺为福昌县(今河南宜阳)昌谷人，故后世称他"昌谷"。诗满囊，唐李商隐《李贺小传》记载："(李贺)恒从小奚奴，骑距驴，背一古破锦囊，遇有所得，即书投囊中。""万卷"句：是说辛弃疾像唐代李泌一样藏书丰富。邺侯，李泌(722～789)，唐德宗时官至宰相，累封邺县侯，世称李邺侯。唐韩愈《送诸葛觉往随州读书》："邺侯家多书，插架三万轴。"

⑥ 起冠东诸侯：指辛弃疾任浙东安抚使。东诸侯，诸侯是周朝所分封各国国君的称谓，这里代指浙东安抚使，因浙东地在中国东部，故云"东诸侯"。"黄旗"句：描绘安抚使仪仗的壮观。黄旗皂纛(dào)，黄旗和皂纛都是仪仗队所用之旗。皂纛，黑色的旗。

⑦ "圣朝"二句：意思是说，皇上对辛弃疾侧席相见，礼遇有加，犹觉意有不尽，又下诏书命他知绍兴府。仄席，即侧席，不正坐，表示对贤者的尊重。《汉书·陈汤传》："太中大夫谷永上疏讼(陈)汤曰：'臣闻楚有子玉得臣，文公为之仄席而坐。'"尺一，指诏书，古代以一尺一寸长的版写诏书，故称。促驾，催促车驾启行赴任。

⑧ 大材小用：《后汉书·文苑列传下·边让》载蔡邕之语："此言大器之于小用，固有所不宜也。"管仲：春秋时人，帮助齐桓公成就了霸业。萧何：秦汉时人，辅佐刘邦推翻秦朝，击败项羽，建立了汉朝。流亚：同一类人物。

⑨ 天山挂旆：把宋军的旗帜插上天山，即收复天山一带地区。天山，山名，在今新疆界内。少须：稍等。须，等待。"先挽"句：意谓引来天上的银河水洗净关中、中原地区金人占领的污迹，即把金人侵略者驱赶出去的意思。杜甫《洗兵马》："安得壮士挽天河，净洗甲兵长不用。"挽，导引之意。嵩华，嵩山和华山。嵩山在今河南登封市北，华山在今陕西华阴市南，这里以两者泛指中原、关中地区。

⑩ "中原"四句：意思是说，辛弃疾只要率军挺进中原，那里的爱国忠义之士将会奋起接应，金人统治者根本经不起威吓，他只需稍稍施展一点自己的才干，即能收复中原，建立大功，超越历史上那些英雄豪杰们。中原麟凤，比喻那些沦陷于金人统治下的中原爱国忠义之士。残虏犬羊，指金人统治者，是对其蔑称。绪余，原指留在蚕茧上的残丝，引申为次要部分之意。青史，即史书。

⑪ "古来"二句：是告诫辛弃疾做事要沉着冷静，不可轻举妄动，以免出差错被奸佞之人钻了空子，进他的谗言。立事，成事。轻发，轻举妄动。谗夫，进别人谗言之人。罅(xià)，裂缝，缝隙。

⑫ 追思灞亭夜：用西汉李广之事，《史记·李将军列传》载，李广因罪免为庶人，在家闲居，尝夜出与人在田野间饮酒，返回时过霸陵亭。时霸陵尉醉，呵斥李广停下，李广随从的骑士说是故李将军。霸陵尉回答："今将军尚不得夜行，何乃故也！"遂阻留李广宿于亭下。不久李广被召拜右北平太守，便让霸陵尉和他同行，至军中即斩之。

书事 (四首选二)^①

关中父老望王师, 想见壶浆满路时。^②

寂寞西溪衰草里, 断碑犹有少陵诗。^③

注释

① 《书事》四首嘉泰四年(1204)秋作于山阴,此选其第二、第三首。第二首描绘了想象中关中父老携带酒食满路迎候南宋军队的场景,及那里的西溪河畔沦陷后衰草满地,书有杜甫诗作的碑版残损散落的荒凉景象。杜甫安史之乱时曾任华州(今陕西华阴)司功参军,在路过郑县时写过《题郑县亭子》一诗;而且在华州期间曾回洛阳一次,在返回途中写了"三吏"、"三别"两组诗,描绘他所看到的安史之乱带给关中、中原人民巨大的灾难。时隔四百多年,这里的百姓再次遭遇这样的灾难,陆游也正像当年的杜甫一样对他们深深牵念,为他们忧心如焚。可见这首短短二十八字的小诗有着极为深厚丰富的含蕴,其情感的沉郁厚重,表达的深婉顿挫,都颇有杜甫诗的风貌。

② 关中父老:关中沦陷区的百姓。"想见"句:想象关中沦陷地区百姓携带酒食,挤满道路,迎接宋军的场面。壶浆,百姓所携带慰劳宋军的酒。

③ "寂寞"二句:写郑县西溪一带沦陷后的荒凉景象。西溪,在

郑县(今陕西华县,唐时为华州治所),陆游在这两句下自注云:"华州西溪,即老杜所谓郑县亭子者。"少陵诗,即杜甫之诗,陆游在《老学庵笔记》中记载:"先君入蜀时至华之郑县,过西溪。……亭曰西溪亭,盖杜工部诗所谓'郑县亭子涧之滨'者。亭旁古松间,支径入小寺,外弗见也。有楠木版揭梁间甚大,书杜诗,笔亦雄健。"杜甫乾元元年(758)六月由左拾遗贬为华州司功参军,赴华州经郑县亭子时作《题郑县亭子》诗,《全唐诗》此诗题下有杜甫自注:"郑县游春亭在西溪上,一名西溪亭。"

其 三①

鸭绿桑干尽汉天,传烽自合过祁连。②
功名在子何殊我,惟恨无人快著鞭。③

注释

① 此诗为第三首,表达了诗人渴望宋朝强大,统一天下的宏伟理想,和只求实现这一宏图,并不在意个人功名的崇高思想境界。诗中格调响亮有力,意境壮阔高远,洋溢着诗人的爱国豪情。

② "鸭绿"二句:描绘理想中天下统一,中国疆域辽阔的壮丽画面。鸭绿,即鸭绿江,在今辽宁省东部、吉林省东南部中国和朝鲜边界。桑干,河名,即永定河上游,源出山西省北部,东

北流至河北省入官厅水库。汉天，中国的领土。传烽，古代烽火台点燃烽火，逐次相传，以报敌情或平安，称为"传烽"。合，应该，应当。祁连，即祁连山，在今甘肃省境内。

③ 子：指能使天下统一，国家强盛的人。殊：异，不同。恨：遗憾。著鞭：以鞭打马，即策马前驱，驰骋杀敌之意。

过邻家①

初寒偏着苦吟身，情话时时过近邻，②

嘉穟连云无水旱，齐民转壑自酸辛。③

室庐封镝多逋户，市邑萧条少醉人。④

甀未生尘羹有糁，吾曹切勿怨常贫。⑤

注释

① 此诗嘉泰四年（1204）秋作于山阴。诗中描写农民在丰收之年却生活难以为继，不得不离家逃难，饿死于道路的悲惨生活状况，对南宋统治者严酷剥削农民的愤慨斥责之情溢于言外。

② 苦吟：有苦苦吟咏，搜寻诗思的意思，也有吟咏穷困苦难生活的意思。唐代诗人贾岛作诗以苦吟著称于世，元辛文房《唐

才子传·贾岛》中称他："虽行坐寝食,苦吟不辍。"贾岛诗中

亦云："沟西吟苦客。"(《雨夜同历玄怀皇甫荀》)"苦吟谁喜

闻。"(《秋暮》)情话:犹心里话,指出自真情的话。过:拜访。

③ 嘉穟(suì)连云:形容庄稼又好又多,一望无际,远接云端。

穟,同"穗"。水旱:水灾和旱灾。齐民:平民。转壑:转死沟

壑,指人民没有吃的,辗转流离,饿死于沟壑。

④ 封镉(jué):封门之意,镉是有舌的门环。逋(bū)户:逃亡的人

家。逋,逃亡。市邑:市场、市集。

⑤ "甑(zèng)未"二句:意思是说自己家尚揭得开锅,还能吃上

粥,做饭的用具没有弃置不用,蒙上尘土,和流亡饿死的人家

相比,不应抱怨常常遭受饥贫。甑,古代蒸食物用的器具,这

里泛指各种炊具。糁(shēn),和羹的米屑。

暮秋 (六首选一)①

舍前舍后养鱼塘,溪北溪南打稻场。

喜事一双黄蛱蝶,随人往来弄秋光。②

注释

① 《暮秋》六首嘉泰四年(1204)秋作于山阴,此诗为第四首。诗

中写暮秋收获季节农村生活的幸福美好,舍前舍后,溪南溪北,处处是鱼儿肥美的养鱼塘和稻谷堆积的打稻场,展示了一幅喜人的丰收图景;而结尾把焦点集中在一双随着人们忙碌的身影往来飞舞的黄蝴蝶身上,秋光之下它们那艳丽的色彩,翩然的身姿,使人们收获时的喜悦之情,奔忙之状顿时跃然纸上,鲜活而舞动起来。

② 蛱(jiá)蝶:即蝴蝶。弄:舞弄。

农舍 (四首选二)①

三农虽隙亦匆忙,稼事何曾一夕忘。②
欲晒胡麻愁屡雨,未收荞麦怯新霜。③

注释

① 《农舍》四首嘉泰四年(1204)秋作于山阴,此选其第一和第三首。第一首写诗人忙碌而充实的务农生活。

② 三农:古代对农业的总称。《周礼·天官家宰》:"太宰之职……以九职任万民:一曰三农,生九谷。"郑众注:"三农,平地、山、泽也。"郑玄注:"言三农,谓农民于原、隰及平地三处营种,故云三农生九谷。"隙:闲,空。怱忙:即匆忙,怱为匆的异体字。

《农舍》（四首选二）

稿事:稿本指收获五谷,这里稿事泛指耕种收获等各种农事。

③ 胡麻:即芝麻。

其 三^①

万钱近县买黄犊,被襏行当东作时。^②

堪笑江东王谢辈,唾壶麈尾事儿嬉。^③

注释

① 第三首以自身亲自耕作的生活对比东晋名士不膺世务、以无
所事事为超俗高雅的名士风度,认为他们的行为如同儿戏般
可笑。这其中当寄寓着对南宋执政者无所作为、苟且度日行
径的批判。

② 被襏(bó shì):蓑衣一类的防雨用具。行当:用具之意。东
作:即春作,耕作之意。《尚书·尧典》:"分命羲仲,宅嵎夷,
曰旸谷。寅宾出日,平秩东作。"伪孔安国传云:"岁起于东而
始就耕,谓之东作。东方之官敬导出日,平均次序东作之事,
以务农也。"

③ "堪笑"二句:意思是说,东晋名士那些手持麈尾、以如意敲击
唾壶等所谓的超俗高雅的举止,其实是无所事事,在自己眼
中如同儿戏般可笑。江东,指东晋。王谢,东晋时王导和谢
安先后为相,是当时士林的代表人物,而且王谢两大家族人
才辈出,在东晋最为显赫。唾壶,用东晋王敦之事,《世说新

语·豪爽》载:"王处仲(王敦)每酒后,辄咏'老骥伏枥,志在千里。烈士暮年,壮心不已'。以如意打唾壶,壶口尽缺。"塵(zhǔ)尾,即拂尘,是两晋士人手中常持之物,以体现名士风度。如《世说新语·容止》篇载:"王夷甫(王衍)容貌整丽,妙于谈玄,恒捉玉柄塵尾,与手都无分别。"

孤 云 ①

四十年来住此山,入朝无补又东还。②
倚阑莫怪多时立,为爱孤云尽日闲。③

注释

① 此诗嘉泰四年(1204)作于山阴,诗中陆游回顾自己曾入朝求仕,但功业无成,最终在三山闲居终老的四十年经历,表面是说喜爱这种凭栏看云的闲适生活,实寓含人生失意的深沉郁愤之情。

② 四十年:陆游乾道元年(1165)在镜湖边筑三山草堂,次年定居于此,距嘉泰四年将近四十年。"入朝"句:陆游绍兴三十年(1160)自福州决曹任调归朝廷,任敕令所删定官等职,孝宗隆兴元年(1163)因直言触怒孝宗,被出为镇江府通判,不

久改隆兴通判,乾道二年(1166)被弹劾罢归。就在这年他定
居在了山阴镜湖岸边的三山。所以他说"入朝"、"东还"。

③ 倚阑:依靠着栏杆。阑,阑干,即栏杆。

书喜(二首选一)①

宠辱元知不足惊,退居兀兀饯余生。②

冰鱼可钓羹材足,霜稻方登籴价平。③

邻媪已安诸子养,园丁初葺数椽成。④

乡间喜事吾曹共,一醉宁辞洗破觥。⑤

注释

① 《书喜》二首嘉泰四年(1204)冬作于山阴,此诗为其第一首。
诗中写诗人为邻里乡亲的喜事而欢欣,开怀畅饮,展示了他
和农民们打成一片,忧戚与共的生活情景。诗风朴实淳厚,
温情洋溢,体现了诗人的一腔爱民真情和与民同乐的崇高思
想境界。

② "宠辱"句:语本《老子》:"何谓宠辱若惊? 宠为下,得之若惊,
失之若惊,是谓宠辱若惊。"宠辱,指名位方面的得失贵贱。
元知,本知。元,本来。兀(wù)兀:辛勤劳作貌。饯余生:意

谓养活晚年。

③ 冰鱼：冬季水中结冰，故称其中之鱼为冰鱼。羹材：做汤用的材料。羹，带汁的食物。霜稻：晚秋时节收获的稻子，因受过霜打，故称。登：成熟。籴（dí）：买进粮食。

④ "邻媪（ǎo）"句：陆游于此句自注："闵氏媪以贫甚，弃诸子而去，今始得复归。"媪，老妇，也为妇女的通称。"园丁"句：陆游自注云："韩氏得屋湖上，以种蔬为业。"园丁，从事园艺工作的劳动者。葺（qì），修建。数椽，数间之意。椽，原指放在屋檩上用以支撑屋顶的木条，后引申出计量房屋间数的单位之意。

⑤ 乡闾：乡邻，乡里。吾曹：我辈。宁辞：岂辞。觥（gōng）：古代的一种酒器。

夏秋之交，小舟早夜往来湖中绝句 (十二首选一)①

梦笔桥东夜系船，残灯耿耿不成眠。②
千年未息灵胥怒，卷地潮声到枕边。③

注释

① 这组诗宋宁宗开禧元年（1205）夏秋间作于山阴，此选其第十

二首。诗中以广阔湖面上残灯孤舟的凄凉夜景和汹涌激荡的潮声,以及伍子胥冤魂随潮往来的传说,构成壮阔悲凉的意境,诗风沉郁,声情悲壮,寄寓着诗人自身英雄不遇的强烈悲愤之情。

② 梦笔桥:在萧山县(今属浙江杭州)北一里。耿耿:明亮貌。

③ "千年"二句:用春秋时伍子胥故事。灵胥,即伍子胥,名员,楚人。其父伍奢为楚平王太子建的太傅,楚平王因听信费无忌谗言,杀害伍奢及伍子胥兄伍尚。伍子胥逃亡到吴国,帮助吴王阖闾大败楚军,攻破楚都郢都。阖闾死后其子夫差为吴王,夫差不听从伍子胥的直言,答应越王勾践的求和,并将伍子胥赐死。《吴越春秋》记载,伍子胥伏剑而死后,吴王将他的尸体投入江中,"子胥因随流扬波,依潮来往,荡激崩岸"。

贫甚戏作绝句 (八首选二)①

行遍天涯等断蓬,作诗博得一生穷。②
可怜老境萧萧梦,常在荒山破驿中。③

注释

① 《贫甚戏作绝句》八首开禧元年(1205)秋作于山阴,此选其第

六、第八首。第六首大体概括诗人自己飘零潦倒的一生:游宦天涯,却功业一无所成,只是一个穷困的诗人,甚至晚年做梦都常常是当年流离漂泊的画面。诗中气势充沛,充满愤激之情。

② 断蓬:被风吹断飘转的蓬草。博得:取得,得到。

③ "可怜"二句:意思是说,老来做梦都是些往年在荒山破驿中漂泊羁旅的萧索图景。萧萧,萧索凄凉貌。驿,驿站,古代供人们在旅途上往来休息的处所。

其 八[①]

籴米归迟午未炊,家人窃闵乃翁饥。[②]

不知弄笔东窗下,正和渊明乞食诗。[③]

注释

① 第八首以籴米归迟,一家人无法做午饭这一生活细节,写出诗人一家贫困至极,堪比当年曾经乞食的陶渊明的景状,也表达出自己像陶渊明一样,虽贫困却不失清高之品性的思想信念。

② 籴(dí)米:买米。窃闵:私下哀怜。闵,通"悯",怜惜。乃翁:其父,即诗人自己。乃,代词,你(他),你的(他的)。翁,父亲。

③ 弄笔:指提笔作诗。东窗:陶渊明《亭云诗》其二云:"闲饮东窗。"所以这里以"东窗"代指书房。和(hè):依照别人诗歌的格律或内容写诗。乞食诗:陶渊明有《乞食诗》,诗中描写他

因贫困向人乞贷的情形。

辑评

〔明〕徐𤊹《徐氏笔精》卷四："陆放翁诗云：'籴米归来午未炊……'近友人新安吴兆诗云：'釜里生鱼甑里尘，非关久病却关贫。案头但有梁鸿传，闲诱荆妻学古人。'皆深于贫况者，此况难与富儿道耳。"

客从城中来 [1]

客从城中来，相视惨不悦；

引杯抚长剑，慨叹胡未灭。 [2]

我亦为悲愤，共论到明发。 [3]

向来酣斗时，人情愿少歇。 [4]

及今数十秋，复谓须岁月。 [5]

诸将尔何心，安坐望旄节！ [6]

注释

① 此诗开禧元年（1205）闰八月作于山阴。汉代古诗"客从远方

来"篇开头云"客从远方来,遗我一端绮","孟冬寒气至"篇中有"客从远方来,遗我一书札"之句,汉乐府诗《饮马长城窟行》中亦云"客从远方来,遗我双鲤鱼",这里模仿其形式。诗中继承汉乐府诗"感于哀乐,缘事而发"的精神,从客从京城而来,告知朝中反对出兵北伐之事写起,引发出对苟且之辈的强烈斥责。全诗以议论为主,直发胸臆,忠愤之情贯注,表现出诗人身虽老迈,爱国热情却丝毫不减,时时保持着对国事的热切关注的可贵精神。

② 惨:悲伤。引杯:举杯,把酒之意。胡:指金人侵略者。

③ 明发:天放亮。

④ "向来"二句:意思是说,向来国家长期战争之时,人们希望停止战事,有所歇息,这是人之常情。

⑤ "及今"二句:是陆游针对开禧元年兴起的北伐之事而言。这年执政的韩侂胄出于"立盖世功名以自固"的目的,兴起"恢复之议",当时很多人反对对金人用兵,例如史弥远在奏疏中称:"若夫事关国体、宗庙社稷,所系甚重,讵可举数千万人之命轻于一掷乎? ……所遣抚谕之臣,止令按历边陲,招集逋寇,戒饬将士,固守封圻。毋惑浮言以挠吾之规,毋贪小利以滋敌之衅,使民力愈宽,国势愈壮,迟之岁月,以俟大举,实宗社无疆之福。"(《宋史・史弥远传》)须,等待。

⑥ 诸将:指那些反对北伐的将领大臣。尔:你们。旄节:使臣或主将所持的信物。《史记・秦始皇本纪》载:"衣服、旄旌、节旗皆上黑。"张守节正义:"旄节者,编毛为之,以象竹节。"

298

听 雨①

发已成丝齿半摇，灯残香烬夜迢迢。②
天河不洗胸中恨，却赖檐头雨滴消。③

注释

① 此诗开禧元年(1205)闰八月作于山阴。诗中以自己头白齿
  松的衰老形象，和深夜灯残香尽，秋雨淅沥的凄凉环境烘托
  无以言表的满腔遗恨，意境凄凉却气势充沛，结尾把满腔遗
  恨寄之于绵延不绝的檐头雨声之中，形成了弥漫无际，意味
  无穷的艺术效果。
② 丝：比喻白发。香烬：香燃烧后的余灰。迢迢：漫长。
③ 恨：指诗人国家失地未能收复，个人壮志无路施展等遗憾。
  赖：依赖，依靠。

衰 疾①

衰疾支离负圣时，犹能采菊傍东篱。②
捉衿见肘贫无敌，耸膊成山瘦可知。③
百岁光阴半归酒，一生事业略存诗。④

不妨举世无同志，会有方来可与期。⑤

注释

① 此诗开禧元年(1205)九月作于山阴。诗中描绘诗人老病交加，贫困衰弱的晚年惨境，一生事业只是一些诗作，百年光阴一半在饮酒颓放中度过，这样的人生可谓潦倒失意至极。但是他却始终不放弃高远的理想，不丧失对未来美好前景的期待，其坚毅和执着令人叹为观止。

② "衰疾"句：是说自己年老疾病，身体衰弱，不能报效国家，辜负了当今这个圣明的时代。支离，身体衰弱欲散貌。圣时，圣明时代，是古人表示对当时皇帝尊崇的习惯说法。"犹能"句：是说自己犹能退隐闲居。语出陶渊明《饮酒》其五："采菊东篱下，悠然见南山。"

③ 捉衿见肘：形容贫困至极，语出《庄子·让王》："曾子居卫，缊袍无表，颜色肿哙，手足胼胝，三日不举火，十年不制衣，正冠而缨绝，捉衿而肘见，纳屦而踵决。"耸膊成山：形容人瘦弱，唐孟棨《本事诗·嘲戏》载唐长孙无忌嘲欧阳询语云："耸膊成山字，埋肩畏出头。谁言麟阁上，画此一猕猴。"（《小说旧闻》亦载此语，见阮阅《诗话总龟》卷三十七引）

④ "百岁"二句：意思是说自己人生的时光一半都消磨在喝酒中，一生的事业只是作了一些诗。

⑤ "不妨"二句：意思是说，举世没有和自己志同道合的人也无妨，将来会遇到这样的人的。同志，志同道合之人。方来，犹

言将来。

辑评

〔清〕吴焯《批校剑南诗稿》:"反写崛强。"(题下批)

顾佛影《评注剑南诗钞》卷六:"颔联虽太刻露,对仗自工。"

山村经行因施药(五首选二)①

耕佣蚕妇共欣然,得见先生定有年;②

扫洒门庭拂床几,瓦盆盛酒荐豚肩。③

注释

① 这组诗开禧元年(1205)冬作于山阴,此选其第二、第四首。第二首中写诗人在山村四处为人行医施药,村民们见到他时欢欣鼓舞,热情迎接招待的场面,把他和乡村人民之间纯真深厚的情谊写得生动鲜活,感人至深。整首诗气势饱满,热情洋溢,语言朴实而流畅,具有很强的艺术感染力。

② 佣耕:受雇为人耕种的农民。先生:是乡村人民对陆游的尊称。有年:有年寿,长寿之意。

③ 豚:小猪,也泛指猪。

其 四①

驴肩每带药囊行，村巷欢欣夹道迎。②

共说向来曾活我，生儿多以陆为名。③

注释

① 第四首也写诗人行医施药时乡民们对他热情欢迎的场景，然后以百姓多用诗人之姓"陆"为新生婴儿命名，以表示对他的活命之恩的报答这一细节，真切地展现出诗人的爱民深情和老百姓对诗人发自内心的热爱。

② 驴肩：犹言驴背。

③ 向来：以前。活我：救活自己。

书 叹①

齐民困衣食，如疲马思秣。②

我欲达其情，疏远畏强聒。③

有司或苛取，兼并亦豪夺；④

正如横江纲，一举孰能脱！⑤

政本在养民，此论岂迂阔？⑥

我今虽退休，尝缀廷议末。⑦

明恩殊未报，敢自同衣褐？⑧

吾君不可负，愿治甚饥渴。⑨

注释

① 此诗开禧二年(1206)秋作于山阴,诗中如在朝中直面皇上恳切陈辞,语气诚挚,言辞委婉,忠贞之性,拳拳之心充满全篇。

② 齐民:平民。秣(mò):喂马的饲料。

③ 达其情:把人民穷困的情况告诉朝廷。疏远:是说自己不担任官职,和朝廷疏远。畏强聒:害怕执政者嫌自己的话啰唆聒噪。聒(guō),喧扰之意。

④ 有司:官府。苛取:严苛地征敛。"兼并"句:是说土地兼并者也依恃强势对百姓进行掠夺。

⑤ 横江纲:横贯江水而撒的大网。唐韩愈《感春》四首其四:"长网横江遮紫鳞。"纲,网上的总绳,代指网。

⑥ "政本"句:《尚书·大禹谟》:"德惟善政,政在养民。"迂阔:迂腐空疏。

⑦ 退休:退居休息。"尝缀"句:是说自己曾经是朝臣,参加过朝廷中军国之事的商议。缀,连缀,这里是属于,参加之意。廷议,朝廷中关于国家军政之事的商议。

⑧ "明恩"二句:意思是说,皇上对自己的知遇之恩还远没有报答,哪敢像普通百姓那样不关心国家之事。明恩,皇上对臣

子的恩惠。殊,颇。衣褐,穿麻布短衣,这是平民百姓的衣
着,这里代指没有官位的普通平民。

⑨ "吾君"二句:意思是说,当今皇上渴望国家安康,甚于饥渴时
渴望食物和水,我们不能辜负他。

老马行^①

老马尫隤依晚照,自计岂堪三品料?^②

玉鞭金络付梦想,瘦稗枯萁空咀嚼。^③

中原蝗旱胡运衰,王师北伐方传诏。^④

一闻战鼓意气生,犹能为国平燕赵。^⑤

注释

① 此诗开禧二年(1206)秋作于山阴。诗中写一匹衰老的战马,
虽然已没有当年的矫健英姿,但是壮心犹在,一闻听南宋北
伐金人,便意气顿生,尚能为平定北方出力。显然这里是以
马喻人,诗中的老马就是诗人自身形象的写照。全诗骨力遒
劲,充溢着自强奋发之气。

② 尫隤(huī tuí):疲病貌。晚照:夕阳。三品料:《新五代史·东
汉世家》载,五代时后汉刘旻与后周军交战,大败,旻独乘契

304

丹所赠黄骝马逃归。归后,刘旻为黄骝治厩,饰以金银,食以三品料,号"自在将军"。

③ 玉鞭金络:形容老马当年的矫健和所受到的宠爱。络,马笼头。稗(bài):稗子,也称稗草,稻田里的一种杂草。萁(qí):豆秸。咀噍(jiào):咀嚼。

④ 蝗旱:蝗灾和旱灾。胡运:金人的国运。王师:南宋的军队。传诏:传布北伐的诏书。

⑤ 燕赵:燕国和赵国都是战国时的诸侯国,燕国在今河北省东北部,辽宁省西南部一带,赵国在今河北省中南部,后世多以燕赵指河北一带地区。

辑评

朱东润《陆游选集》:"诗中老马是诗人自我的写照,极言虽属衰老,但是抱着为国家收复失地的雄心。"

戍兵有新婚之明日遂行者,
予闻而悲之,为作绝句①

送女忽忽不择日,彩绕羊身花照席。②
暮婚晨别已可悲,犹胜空房未相识。③

注释

① 此诗开禧二年(1206)冬作于山阴,写诗人所听说的有士兵新婚第二天便去戍边之事。开头先描绘女方家顾不上选择好日子便匆忙嫁女的情景,然后点明缘由,原来男方明天就要离家去戍边,如此急急匆匆为的是不让女儿落得个"空妇房"的下场。在匆匆嫁女的场面和诗歌骤然急促的节奏中,诗人的悲愤之情直欲喷薄而出。

② 送女:即嫁女。忽忽:匆忙貌。彩绕羊身:以彩绸披羊身,是结婚时所送的彩礼。《南史·隐逸上·孔淳之传》:"(王)敬弘以女适(孔)淳之子尚,遂以乌羊系所乘车辕,提壶为礼。至则尽欢共饮,迄暮而归。或怪其如此,答曰:'固亦农夫田父之礼也。'"

③ 暮婚晨别:语出唐杜甫《新婚别》:"暮婚晨告别,无乃太匆忙。""犹胜"句:陆游自注云:"俗有夫出未返而纳妇,谓之空妇房。"

读李杜诗①

濯锦沧浪客,青莲澹荡人。②
才名塞天地,身世老风尘。③

士固难推挽，人谁不贱贫？④

明窗数编在，长与物华新。⑤

注释

① 此诗开禧三年(1207)春作于山阴。诗中称颂李白、杜甫两位伟大诗人卓绝的才华和其历久弥新的诗歌价值，为他们飘零不遇的遭际感慨不平，也寄寓着自己才高不遇的郁愤。

② 濯锦沧浪客：指杜甫。濯锦，濯锦江，又称锦江，即成都市的南河、府河，因河水清澈，古代织锦者常在河中濯锦，洗后彩锦的色彩更加鲜艳，故又有濯锦江之称。此诗中濯锦江指浣花溪，在成都城西三里，杜甫客居蜀中时曾在浣花溪畔筑草堂居住，其《萧八明府实处觅桃栽》诗中云："奉乞桃栽一百根，春前为送浣花村。河阳县里虽无数，濯锦江边未满园。"沧浪客，《孟子·离娄上》载《孺子歌》云："沧浪之水清兮，可以濯我缨。沧浪之水浊兮，可以濯我足。"屈原《渔父》中也载渔父所唱此歌，后沧浪遂成为隐居之地的称谓。这里沧浪客是指隐居在浣花溪畔的杜甫，杜甫《惜别行送向卿进奉端午御衣之上都》诗中曾云："卿到朝廷说老翁，漂零已是沧浪客。"青莲：指李白，李白自号青莲居士。澹荡人：李白《古风》其十云："吾亦澹荡人，拂衣可同调。"澹荡，胸怀壮伟宽阔之意。

③ "才名"二句：是说李白和杜甫才华名声很大，充塞于天地间，

但是身世都很不幸,在流离中沦落终老。风尘,比喻羁旅流
离的生活。

④ "士固"二句:意思是说正直之士本来就难以受到荐举提携,
自然难免贫贱,即孔子所云"君子固穷"(《论语·卫灵公》)之
意。推挽,提携举荐。

⑤ 数编:指李杜诗集。"长与"句:是说李杜诗歌和美好的景物
一样,长新不衰。物华,美好的景物。

辑评

顾佛影《评注剑南诗钞》卷五:"李杜对举,即用'才名'十字
压住,何等气魄?五六即从'身世'句转出,结到诗上,咏叹无穷,
真大手笔。"

春旱得雨(二首选一)①

稻陂方渴雨,蚕箔却忧寒。②
更有难知处,朱门惜牡丹。③

注释

① 此诗开禧三年(1207)春作于山阴。诗中写一场春雨所带给

不同人家的不同心情:以耕种为生的农民因稻田正旱,视之为喜雨;但养蚕的农户却担忧天寒冻坏了幼蚕;富贵人家衣食无忧,不关心农事,只为气温下降,影响了牡丹的花期而怜惜不已。这首小诗短短二十字,纯用叙述,不发议论,但含义很丰富,既富有引人深思的哲理意味,又表达出对富贵者养尊处优,对农业生产和百姓冷暖漠不关心的批判与讥刺。

② 稻陂(bēi):稻田里的土埂。陂,水岸。渴雨:干旱需雨。蚕箔:用竹篾或苇子编成的养蚕用具。

③ 朱门:富贵之家。古代贵族高官之家的大门漆成红色,故称。惜牡丹:下雨天冷,影响牡丹开放,所以怜惜之。

春晚即事(四首选二)①

渔村樵市过残春,八十三年老病身。②
残虏游魂苗渴雨,杜门忧国复忧民。③

注释

① 这组诗开禧三年(1207)春作于山阴,此选其第三、第四首。第三首中诗人以自己八十三岁退居衰病的境状和忧国忧民、壮心不已的胸怀形成比照,传达出执着坚毅的精神状态和忧

《春晚即事》（四首选二）

愤不平的慷慨情绪。

② 樵市:卖柴的市场。八十三年:即八十三岁,此年诗人为八十
三岁。

③ 残虏游魂:意谓金人侵略者尚未消灭。杜门:闭门。

其 四①

龙骨车鸣水入塘,雨来犹可望丰穰。②

老农爱犊行泥缓,幼妇忧蚕采叶忙。③

注释

① 第四首写农民们耕作采桑的场面:水塘边水车隆隆,正在向
稻田灌水,田间老农驾着牛犊细心地耕作,年轻的妇女们则
忙于为蚕采桑,一派热烈繁忙而又温馨纯朴的景象。

② 龙骨车:一种水车,因形似龙骨,故名。丰穰(ráng):丰收。
穰,农作物丰收。

③ 犊:小牛。行泥:在泥泞的稻田里翻土。

霜 风①

霜风近海夜飕飕,敢效庸人念褐裘。②

关吏虽通西域贡，王师犹护北平秋。③

黄旗驰奏有三捷，金印酬功多列侯。④

愿补颜行身已老，区区畎亩亦私忧。⑤

注释

① 此诗开禧三年(1207)秋作于山阴,诗中主要写当时南宋伐金之事。对于北伐的发起者韩侂胄,陆游的态度是很复杂的。韩侂胄积极北伐主要是出于"立盖世之功以自固"的目的,而且他因政治斗争的原因,对朱熹大肆打击迫害,把朱熹之学称为"伪学",把他的友好列为"伪党",甚至朱熹死后,还下令禁止人们参加他的葬礼,当时陆游就不顾禁令,作了一篇极为沉痛的祭文吊念朱熹。因此陆游总体上并不喜欢韩侂胄的为人。但韩侂胄毕竟是一个有意北伐恢复之人,这对于终生惦念抗击金人,收复失地的陆游来说无疑如久旱的时雨,让他产生希望。所以在嘉泰二年(1202),也就是韩侂胄当权的第七年,他应召任实录院同修撰兼同修国史赴朝廷修史,并在此前后为韩侂胄写了《南园记》和《阅古泉记》两文。此事在当时引起了不小的议论,不少人说他有攀龙附凤之嫌,乃至后世不少人也认为他"晚节不保"。应该说,陆游为韩侂胄作记可能有不便得罪权贵的原因,但出仕主要是出于他的报国恢复之志。他到朝廷后发现韩侂胄只不过请他出山作为装点而已,并非真正想让他帮助北伐,因此很快便有了后

悔和思归之意。修史期间他有《自局中归马上口占》诗云：
"幼舆只合著山岩，误被恩光不盖惭。人怪衰翁烦尺一，心知
造物赋朝三。飞腾岂少摩云鹘，蹙缩方同作茧蚕。安得公朝
闵枯朽，早教归卧旧茆庵。"就明确流露出这种心情，并且在
修史完毕后马上请求致仕还乡了。虽然陆游并不赞赏韩侂
胄之人，但是对于北伐他却是坚决支持的。南宋朝廷于开禧
二年五月下诏伐金，因频频失利，于开禧三年四月向金求和，
这时距陆游修史完毕离开朝廷已经四年多，但是他却密切地
关注着北伐的情况。这首诗中就表达了他虽不能亲赴前线，
却极力为宋军呐喊助威，不愿做局外人的爱国热情。

② 飕(sōu)飕：象声词，风雨声。"敢效"句：意谓不愿像平庸之
人那样只想着衣食之事。褐裘，褐为布衣，裘为皮衣，褐裘泛
指衣物。

③ "关吏"二句：是说朝廷虽派使向金人求和，但是和议尚未达
成，宋军依旧在加紧防御金兵。开禧元年(1205)七月韩侂胄
平章军国事，欲"立盖世功名以自固"，因有北伐之心。开禧
二年五月南宋下诏伐金，因频频失利，于开禧三年四月以方
信孺为金国通谢使往金求和。《宋史·方信孺传》记载，方信
孺使金请和，金左丞相、都元帅完颜宗浩提出割两淮、增岁
币、称藩、反俘、缚送首谋韩侂胄五事。方信孺凛然不屈，坚
决不同意称藩、割地、缚送韩侂胄三事，完颜宗浩遂报书曰：
"和与战，俟再至决之。""(方)信孺自春至秋，使金三往返"，
因为其间发生陕西、河东招抚使吴曦叛宋之事，方信孺也因

触怒韩侂胄降职,议和之事未成,韩侂胄复锐意进军。《宋史·安丙传》载:"时方信孺使还,金人和意未决,且欲得首议兴师之人,(韩)侂胄大怒。上手书赐(安)丙,谓:'金人必再至,当激励将士,戮力赴功。'"《建炎以来朝野杂记》乙集卷一八也记载:"(开禧三年)九月四日丁丑,诏以和议未可就,令诸大帅申警边备。"护北平秋,用西汉李广召拜右北平太守,防御匈奴之事,详参前《枕上》诗注④。北平,指西汉右北平郡,汉时治平刚(今辽宁凌源市西南)。护秋,即防秋,古代每到秋季庄稼成熟,北方民族易于侵略中国,所以这时常常加强北方边境的军事防备,称为防秋。

④ "黄旗"二句:指开禧三年宋军所取得的一些胜利,及朝廷奖赏战功之事。《宋史·孝宗纪》记载,开禧三年三月壬辰,兴州将刘昌国引兵至阶州,金人退去;癸巳,李好义复西和州;丁酉,金人去成州;庚子,忠义统领张翼复凤州;四月癸丑,四川忠义人复大散关。又载:"五月丁丑,赏诛吴曦功。……六月甲寅,赏守襄阳功。"黄旗,主将之旗,代指宋军。三捷,语出《诗经·小雅·采薇》:"一月三捷。"列侯,古代封爵的一个种类,两汉时始置,主要用于赏赐异姓功臣。

⑤ "愿补"二句:是说自己想参加到北伐军队,置身于队伍的前列,但年纪已老;不过即便是作为一个在野的普通人,自己还是私自怀有对国事的忧虑和关心。颜行,前行,队伍的前列。《管子·轻重甲》:"若此,则士争前战为颜行,不偷而为用,舆死扶伤,死者过半。"《汉书·严助传》:"如使越人蒙徼幸以逆

执事之颜行。"颜师古注："文颖曰：'颜行，犹雁行，在前行，故曰颜也。"畎（quǎn）亩，田间，比喻在野，民间。

秋思（十首选一）^①

桑竹成阴不见门，牛羊分路各归村。^②
前山雨过云无迹，别浦潮回岸有痕。^③

注释

① 《秋思》十首开禧三年（1207）秋作于山阴，此选其第七首。诗中写诗人所居住的三山一带乡村秋季傍晚之景，牛羊悠然地返回桑竹浓郁的村中，洋溢着祥和的温情；雨过天晴，阴云散尽的远山，潮水退去，遗痕犹存的江浦，又浸润着宁静和清新。

② "牛羊"句：《诗经·王风·君子于役》："日之夕矣，牛羊下来。"

③ 浦（pǔ）：水边，岸边。

岁 晚 (六首选一)①

云暗郊原雪意稠,天公似欲富来麰。②
布衾岁久真如铁,讵取私怀一己忧。③

注释

① 《岁晚》六首开禧三年(1207)冬作于山阴,此选其第一首。岁
晚大雪将至,诗人的旧被子如铁般又硬又冷,但是想到下雪
可以带给老百姓来年庄稼的丰收,便觉得自己的寒冷不算什
么了。在心情的忧喜变化之中体现出诗人处处为人民着想
的高尚思想境界。

② 郊原:郊外的原野。雪意稠:意谓将欲下大雪的景象。来
麰(móu):亦称"来牟",来为小麦,麰为大麦。《诗经·周颂·
思文》:"贻我来牟。"

③ 衾(qīn):被子。讵(jù):岂。

自 贻 (四首选一)①

退士愤骄虏,闲人忧旱年。②
耄期身未病,贫困气犹全。③

316

注释

① 《自贻》四首宋宁宗嘉定元年(1208)夏作于山阴,此选其第四首。此首写诗人已至耄耋之年,但身体尚硬朗,愤恨敌人、忧念人民的壮阔胸怀毫无衰减。诗中音节铿锵,笔力劲健,充满傲岸之气。

② 退士:退休的士大夫,是诗人自称。陆游庆元五年(1199)致仕(退休),赠中大夫,直华文阁;嘉泰二年(1202)宁宗宣召他提举佑神观兼实录院同修撰兼同修国史,赴临安修史;嘉泰二年十二月除秘书监,三年正月任宝谟阁待制,四月修史成,除提举江州太平兴国宫,不久归山阴;嘉泰四年(1204)以太中大夫、宝谟阁待制再次致仕;嘉定元年(1208)二月,遭弹劾,宝谟阁待制及半俸被剥夺。骄虏:骄横的敌人,指金人侵略者。闲人:诗人自称。

③ 耄(mào)期:指年龄很高之年,古时八九十岁称耄,一百岁称期颐,诗人此年八十四岁。气:指傲岸豪壮的气节。

异 梦 ①

山中有异梦,重铠奋雕戈。 ②
敷水西通渭,潼关北控河。 ③

凄凉鸣赵瑟，慷慨和燕歌。④

此事终当在，无如老死何！⑤

注释

① 此诗嘉定元年(1208)夏作于山阴。诗中写诗人梦中奋戈北
伐，收复北方失地，在那里听赵瑟燕歌的情景，并表达这些情
景终会成为现实的坚定信念。诗中以壮阔的意境，秾丽的辞
彩，激昂慷慨的声情传达出诗人愈老弥坚的爱国热情和英雄
主义气概。

② 重铠：厚的甲衣。奋：用力挥动。雕戈：雕刻有花纹的戈。

③ "敷水"二句：描写梦中所到关中一带的地理形胜，大意是说
敷水向西和渭水相通，潼关北面连接着黄河。敷水，在今陕
西华阴市境内。《水经注·渭水》载："渭水又东，敷水注之，
水南出石山之敷谷，北径告平城东。……敷水又北径集灵宫
西。……而北流注于渭。"潼关，在今陕西潼关县。

④ "凄凉"二句：写收复北方后在燕赵之地听唱那里的音乐和歌
曲。赵瑟，古代赵人以善鼓瑟著称。《史记·廉颇蔺相如列
传》："秦王饮酒酣，曰：'寡人窃闻赵王好音，请奏瑟。'赵王鼓
瑟。"又《货殖列传》："中山地薄人众……女子则鼓鸣瑟。"赵
瑟音色凄凉，唐杨凝《春情》诗中云："赵瑟多愁曲。"燕歌，燕
地的歌曲。《战国策·燕策三》记载，荆轲将为燕太子丹刺秦
王，众人在易水为之送行。"高渐离击筑，荆轲和而歌，为变徵

之声,士皆垂泪涕泣。又前而为歌曰:'风萧萧兮易水寒,壮士一去兮不复还!'复为慷慨羽声,士皆瞋目,发尽上指冠。"

⑤ "此事"二句:意谓梦中这些收复失地的情形终究会实现的,无奈自己就要老死,不能亲身经历了。无如,犹无奈。

识 愧①

几年羸疾卧家山, 牧竖樵夫日往还。②

至论本求编简上, 忠言乃在里闾间。③

私忧骄虏心常折, 念报明时涕每潸。④

寸禄不沾能及此, 细听只益厚吾颜。⑤

注释

① 识(zhì)愧:是记下自己心中的惭愧之意。识通"志",记下之意。此诗嘉定元年(1208)秋作于山阴,诗中写诗人在和闾里野老们的交往中发现他们都深怀忧国和报国之心,野老们高尚的思想境界令他顿生惭愧之情。由此可以看到诗人和下层劳动人民密切的关系,及对他们的尊敬和热爱之情。

② 羸(léi):瘦弱,疲弱。家山:犹家乡。牧竖:牧童。往还:往来,交往。

③ "至论"二句:是说本来以为有真知灼见的论点应到书中去找,不料忠贞的言论却出自里闾间的野老口中。至论,有深刻见解的论点。编简上,即书上。里闾,乡里,民间。

④ "私忧"二句:意思是说私自忧虑敌人的骄横常常心碎,每念及应当报效国家君王便流下眼泪。这是野老的原话,陆游自注云:"二句实书其语。"骄虏,指金人侵略者。明时,圣明的时代。涕,眼泪。潸(shān),流泪。

⑤ "寸禄"句:是说野老不享受国家的俸禄,却能有如此痛恨侵略者,忧国报国之心。益,更。厚吾颜,使我感到厚颜,即令自己惭愧之意。

琴 剑①

流尘冉冉琴谁鼓,渍血斑斑剑不磨。②
俱是人间感怀事,岂无壮士为悲歌?③

注释

① 此诗嘉定元年(1208)秋作于山阴。诗中为琴和剑弃置不用的遭遇鸣叹不平,实寄寓着诗人自己英雄失路的悲愤和不平,诗中意象壮伟,情感悲慨而激越。

② "流尘"二句:是说琴和剑废置不用,琴上逐渐蒙上灰尘,剑上
血迹斑斑也不再磨亮。冉冉,逐渐增加的样子。渍(zì)血,指
剑上当年斩杀敌人所留下的血渍。斑斑,斑点很多貌。

③ 感怀事:令人感慨伤怀之事。

示子遹①

我初学诗日,但欲工藻绘;②
中年始少悟,渐若窥宏大。③
怪奇亦间出,如石漱湍濑。④
数仞李杜墙,常恨欠领会。⑤
元白才倚门,温李真自郐。⑥
正令笔扛鼎,亦未造三昧。⑦
诗为六艺一,岂用资狡狯?⑧
汝果欲学诗,工夫在诗外。⑨

注释

① 子遹:陆游第七子(即最小之子),又作子聿,字怀祖。此诗嘉
定元年(1208)秋作于山阴。诗中陆游总结了自己对诗歌认

识的发展过程,指出真正的诗歌是像李白、杜甫那样的风格雄健,内容深厚充实的作品,它们不是用来游戏消遣的。而要达到这样的成就,就必须从诗歌之外的广阔丰富的现实生活中去寻找源泉,而不是主要在诗歌自身的形式辞藻上下功夫。此诗可和前文《九月一日夜读诗稿有感走笔作歌》诗同看。

② 工:精通,擅长。藻绘:文采。

③ "中年"二句:是说到了中年开始稍微领悟到诗歌的要义,渐渐向宏大的诗境转变。中年,陆游在《九月一日夜读诗稿有感走笔作歌》诗中说"四十从戎驻南郑……诗家三昧忽见前",中年即指他四十六岁入蜀之后。

④ "怪奇"句:是说自己也时常有险怪奇特,力求不凡的诗歌。"如石"句:意谓诗歌风格清幽拔俗,如涧水在山石中流淌。宋欧阳修《水谷夜行寄子美圣俞》云:"梅翁事清切,石齿漱寒濑。"又其《梅圣俞墓志铭并序》:"其初喜为清丽闲肆平淡,久则涵演深远,间亦琢刻以出怪巧。"

⑤ "数仞"二句:是说李白、杜甫诗歌的成就太高,自己尚未完全领会,常常觉得遗憾。《论语·子张》载:"子贡曰:'譬之宫墙,赐(子贡名赐)之墙也及肩,窥见室家之好。夫子(孔子)之墙数仞,不得其门而入,不见宗庙之美,百官之富。得其门者或寡矣。'"恨,遗憾。

⑥ "元白"句:是说元稹和白居易的诗歌只能窥李杜的门户,而不能入其堂奥。元白,中唐诗人元稹和白居易,两人共同倡

导新乐府诗,又以"元和体"诗齐名,并称"元白"。倚门,古人以登堂入室比喻学得了某人思想学说或文学成就的精髓,这里"倚门"意谓只是到达了门口,尚未登堂入室。汉扬雄《法言·吾子》:"如孔氏之门用赋也,则贾谊升堂,相如入室。"元稹《唐故检校工部员外郎杜君墓系铭并序》:"时山东人李白,亦以奇文取称,时人谓之李、杜。予观其壮浪纵恣,摆去拘束,摹写物象,及乐府歌诗,诚亦差肩于子美矣。至若铺陈终始,排比声韵,大或千言,次犹数百,词气豪迈,而风调清深,属对律切,而脱弃凡近,则李尚不能历其藩翰,况堂奥乎!""温李"句:是说温庭筠、李商隐的诗和李杜相比,不值一提。温李,晚唐诗人温庭筠和李商隐,二人都以诗风绮丽著称,《新唐书·温庭筠传》载:"(温庭筠)工为辞章,与李商隐皆有名,号'温李'。"自郐(kuài),意谓不值得评论。《左传·襄公二十九年》记载,吴公子季札出使鲁国,观周乐,对于《周南》、《召南》等各国歌乐都做了评论,而"自《郐》以下无讥焉。"郐,郐国(在今河南新密市东北)的歌乐,《诗经·国风》中有《郐风》。

⑦ 笔扛鼎:比喻笔力雄健。鼎是古代的一种金属食器,很沉重,所以人们用"扛鼎"比喻气力大。《史记·项羽本纪》:"籍长八尺余,力能扛鼎,才气过人。"造三昧:比喻领会到诗歌艺术的精髓。三昧,本为佛家术语,用以比喻诗歌艺术的精义或诗歌创作的要诀,详参前《九月一日夜读诗稿有感走笔作歌》注⑦。

⑧ 六艺：即儒家的六经：《易》、《书》、《诗》、《乐》、《礼》、《春秋》。
狡狯(jiǎo kuài)：游戏。陆游于此句自注："晋人谓戏为狡狯，
今闽语尚尔。"

⑨ "功夫"句：是说学诗真正该用力的地方不在诗歌自身的格律
辞藻上，而在于诗外对于生活的经历和体验。陆游《冬夜读
书示子聿》八首其三云："纸上得来终觉浅，绝知此事要躬
行。"意思和此句相近。

辑评

〔清〕吴焯《批校剑南诗稿》"末句"批："造微。"

顾佛影《评注剑南诗钞》卷六："此首论诗，可见放翁一生所
用工夫。结句可谓度尽金针。"

读陶诗①

陶谢文章造化侔，篇成能使鬼神愁。②
君看夏木扶疏句，还许诗家更道不？③

注释

① 此诗嘉定元年(1208)冬作于山阴，诗中表达对陶渊明诗的高

度赞扬。陆游在另一首《读陶诗》中称赞陶渊明"千古无斯人",此诗则称赞他"文章侔造化",足见他对陶诗的喜爱和推崇。

② 陶谢:陶渊明和谢灵运。此诗是写陶渊明,因古人常"陶谢"并称,因而使用此词。造化侔:即侔造化,和天比肩之意。侔(móu),相等。"篇成"句:是说文章艺术水平很高,能使鬼神感动流泪。唐杜甫《寄李十二白二十韵》:"诗成泣鬼神。"

③ 夏木扶疏句:陶渊明《读山海经》诗:"孟夏草木长,绕屋树扶疏。"扶疏,枝叶茂盛貌。"还许"句:是说陶渊明诗写得太好,使后世诗人因无法超越他而难以下笔。诗家,即诗人。道,吟诗写诗之意。

春日杂兴(十二首选一)①

夜夜燃薪暖絮衾,禺中一饭直千金。②
身为野老已无责,路有流民终动心。③

注释

① 此诗嘉定二年(1209)春作于山阴。诗中先从自身饥寒交困的状况写起,然后表达对流离逃难而来的灾民的怜悯和忧

虑,推己及人,表现出诗人在没有官衔和俸禄,穷困潦倒至极的境况中仍深切关注人民疾苦的崇高情怀。

② "夜夜"二句:写诗人自己饥寒交迫的贫困境状。絮衾(qīn),棉被。禺中,将近午时。直,同"值"。

③ "身为"二句:意思是说自己已经落职,本不再有忧国忧民的责任,但是听说有流离逃难的人到来,还是禁不住生出怜悯之心。野老,陆游支持韩侂胄北伐,韩侂胄被杀后已经致仕的他也遭到弹劾,于嘉定元年(1208)二月被夺宝谟阁待制及半俸,因此自称"野老"。流民,流离逃难之人,陆游于此句自注云:"闻有流移人到城中。"嘉定元年年初至嘉定二年年底,两浙、江淮地区发生了大面积、长时间的旱灾和蝗灾,《宋史·宁宗纪》从嘉定元年二月至嘉定三年年初,皆有祈雨、捕蝗、救济灾民的记录。

辑评

〔宋〕刘克庄《后村诗话·续集》卷二:"韦苏州诗云:'身多疾病思田里,邑有流亡愧俸钱。'太守能为此言者鲜矣。若放翁云:'身为野老已无责,路有流民终动心。'退士能为此言,尤未之见也。"

残　年①

残年光景易骎骎，屏迹江村不厌深。②

新麦熟时蚕上簇，晚莺啼处柳成阴。③

短檠已负观书眼，孤剑空怀许国心。④

惟有云山差可乐，杖藜谁与伴幽寻？⑤

注释

① 此诗嘉定二年(1209)春作于山阴,时陆游八十五岁。诗中写
自己晚年没有杀敌报国的机会,只能在农事、读书、寻幽探胜
的生活中看着时光飞速地流逝,流露着失意抑郁的情绪。

② 光景:时光。易骎(qīn)骎:轻易地迅速流逝。骎骎,马飞驰
貌,引申为飞快,疾速。屏(bǐng)迹:隐居之意。屏,退避,隐
迹。厌:满足。深:深幽,幽僻。

③ 簇(cù):亦作"蔟",蚕蔟,让蚕借以作茧的麦秸丛。

④ "短檠(qíng)"二句:是说在闲居读书中度日,矫正弓箭的檠
和宝剑已经闲置不用。檠,矫正弓弩的器具。

⑤ 差可:尚可,略可。杖藜:拄着藜茎制作的手杖。幽寻:即
寻幽。

夏日六言（四首选一）①

溪涨清风拂面，月落繁星满天。②
数只船横浦口，一声笛起山前。

注释

① 《夏日六言》四首嘉定二年（1209）夏作于山阴，此选其第四
首。这首诗描绘夏夜之景，水面上轻拂的凉风，天幕上闪闪
的繁星，浦口几只静静停泊的小船，以及远处山前一声悠扬
的笛声，构成了幽静、疏朗、开阔、清爽的意境，读之令人心旷
神怡。此诗为六言体，六言句式没有七言诗的流畅，也没有
五言诗的灵动，但这里其平稳舒缓的节奏却和诗中宁静悠然
的风格十分契合。

② 浦口：小河注入江海的入口处。

辑评

顾佛影《评注剑南诗钞》卷六："六言诗要峭洁而不板滞，唐
人作者尚多，后人……不轻下笔。放翁集中亦仅见此二诗，自有
一种不衬不履之致。"

《夏日六言》（四首选一）

梦中行荷花万顷中①

天风无际路茫茫，老作月王风露郎。②
只把千尊为月俸，为嫌铜臭杂花香。③

注释

① 此诗嘉定二年（1209）冬十二月作于山阴。诗人因梦行于万顷荷花之中，因此展开梦幻般的奇想，想象自己做了月王手下的风露郎，整日在无际荷花中分送清风和晨露，月俸不要铜钱，只要千樽美酒，以免铜臭玷污了荷花的清香。诗中荷花、月亮、风露诸意象都纯洁而温润，营造出旷远澄澈，幻若仙境的意境，烘托出诗人高洁、超旷、自由浪漫的形象。这首诗作于陆游去世前不久，是他一生清高、傲岸、不染俗尘的高洁情操的写照。

② "天风"句：描写梦中行于万顷荷花中的景象。茫茫，广阔无际貌。月王：诗人所想象的月中主宰者。风露郎：是诗人虚拟的自己所任官职，因荷花中有露和风，所以他说自己任月王的风露郎，掌管风露。

③ "只把"二句：意思是说，每月只要千樽美酒作为俸禄，因为嫌铜钱上的污臭气污染了荷花的清香。千尊为月俸，陆游嘉泰二年有《九月十四日夜，鸡初鸣，梦一故人相语曰："我为莲花博士，盖镜湖新置官也。我且去矣，君能暂为之乎？月得酒

千壶亦不恶也。"既觉,惘然作绝句记之》一诗,"千尊为月俸"之语源自那次梦中之事。尊,同"樽",酒器。铜臭,比喻污浊的世俗之气,用东汉崔烈之事。《后汉书·崔骃列传附崔烈》记载,汉灵帝时崔烈因傅母入钱五百万,得为司徒,于是声誉衰减,其子崔钧曰:"论者嫌其铜臭。"

示 儿①

死去元知万事空,但悲不见九州同。②

王师北定中原日,家祭无忘告乃翁。③

注释

① 此诗嘉定二年(1209)十二月作于山阴,陆游于此年除夕去世,这是他的绝笔之作。在生命的尽头,诗人唯一放心不下的是国家没有统一,作诗叮嘱后辈们收复中原之日,别忘了在祭祀中告诉自己。诗中以高亢的音调,唱出他对祖国统一至死不渝的渴盼,情感沉痛而气势浑厚。杜甫诗云:"盖棺事则已,此志常觊豁。"而陆游在盖棺之日,依旧念念不忘此志,这首诗是他一生爱国赤心最鲜明的写照。

② 元:本来。但:只。九州同:即中国统一。

③ 王师：指宋朝军队。无忘：即勿忘。乃翁：你们的父亲，指诗
   人自己。乃，代词，你，你们。

辑评

〔元〕高明《题晨起诗卷》："陆务观诗，大概学杜少陵，间多爱
国忧时之语。如《题侠客图》所谓'无奈和戎白面郎'，《示儿作》'但
悲不见九州同'，《壮士歌》所谓'胡不来归汉天子'，其雄心壮气，可
想见已，诗意高语健。"（按：《晨起》诗见《剑南诗稿》卷三十四）

〔明〕徐伯龄《蟫精隽》："放翁陆务观，于宋嘉定己巳岁冬临
终易簀之际，作诗云：'死去元知万事空……'愚谓矍铄哉此老，
可谓没齿不忘朝廷者矣，较之宗泽三跃渡河之心，何以异哉！"

〔明〕郎瑛《七修类稿》："至于临终一绝云：'死后无知前事
空，但悲不见九州同。王师克复中原日，家祭无忘告乃翁。'此亦
有三跃渡河之意。史称天才豪迈，正似其诗也。"

〔明〕胡应麟《诗薮》杂编卷五："陆放翁一绝'老去元知万事
空'云云，忠愤之气，落落二十八字间。林景熙收宋二帝遗骨，为
诗记之，复有歌题放翁卷后云：'青山一发愁濛濛，干戈况满天南
东。来孙却见九州同，家祭如何告乃翁？'每读此，未尝不为滴
泪也。"

〔明〕张元忭《书陆游传后》："按《渭南集》有《示儿》诗，其恢
复之志，垂老不忘如此，亦可悲矣。"

〔明〕徐树丕《识小录》："务观名游，少好结客，有恢复中原之
心。临终一绝云：'死去元知万事空……'此不但曾无封禅矣。

盖宋时百年复仇之愿，不独在陈亮、王自中之徒也。"

〔清〕宋长白《柳亭诗话》："其后《示儿》曰：'王师北定中原日，家祭毋忘告乃翁。'其心事为何如者！而后世徒以风流骀荡目之，亦浅之乎视读书人矣。"

〔清〕杨大鹤《剑南诗钞序》："临绝《示儿》之作，至今读之，使人泪如雨下。"

〔清〕陆次云《五朝诗善鸣集》："悲哉放翁，读此诗愈恨贼桧。"

〔清〕黄子云《野鸿诗的》："务观于宋，亦可称正始，惜其流于浅弱，而无高浑磊落之气。至临终诗云'王师北定中原日，家祭无忘告乃翁'二语，可谓庸中佼佼者。"

〔清〕贺贻孙《诗筏》："忠孝之诗，不必问工拙也，如陆放翁晚年作诗与儿云：'老去深悲世事空，何时得庆九州同。儿孙会见王师捷，家祭无忘告乃翁。'盖伤南宋不能复汴也。及宋亡后，林景熙等收宋帝遗骨埋之，树以冬青，景熙乃题一绝于放翁诗后云：'一线青山怨未终，干戈况满大江东。九州同矣儿孙见，家祭如何告乃翁！'二诗率意直书，悲壮沉痛，孤忠至性，可泣鬼神，何得以宋、元减价耶？"

〔清〕爱新觉罗·弘历等《唐宋诗醇》："祖应世曰：放翁易箦嘉定中，国弱已极，而尚作此想，其赍志可悲矣。""褚人穫曰：《示儿》一绝，有三呼渡河之意。""周之麟曰：观于'家祭无忘'之语，千秋而下亦为长恸。此其用心与子美何以异哉！"

〔清〕洪亮吉《北江诗话》："宋陆务观，近时吴伟业，皆诗中大作家也。陆临终诗云：……人悲之，人复敬之。吴临终填《贺新凉》一阕。其下半阕云：'故人慷慨多奇节，为当年沉吟不断，草间偷活。艾灸眉头瓜喷鼻，此事终当决绝。早患苦重来千叠。脱屣妻孥非易事，便一钱不值何须脱！人世事，几圆缺。'人悲之，人无惜之者。则名义之系人，岂不重乎！"

〔清〕周镐《陆诗选注序》："放翁值南渡之衰，河山风景之感，益难言矣。吾读其易箦示儿诗，至'王师北定中原日，家祭无忘告乃翁'，未尝不慷慨涕下。"

〔清〕李元春《历朝诗要》："忧国至此，此诗之本。放翁固同子美。"

朱东润《陆游选集》："这是陆游临死的一首诗，也是立场最鲜明的一首诗。这里看到他的伟大的爱国主义精神，也看到他对于最后胜利的不可动摇的信念。"

程千帆、沈祖棻《古诗今选》："这可能是诗人在八十六岁时所写的绝笔诗。这不仅是对自己儿子的召唤，也是对全体被异族侵略和压迫的人民的召唤。"

词选

钗头凤①

　　红酥手，黄縢酒。满城春色宫墙柳。②东风恶，欢情薄。一怀愁绪，几年离索，错错错。③　　春如旧，人空瘦。泪痕红浥鲛绡透。④桃花落，闲池阁。山盟虽在，锦书难托，⑤莫莫莫。

注释

① 这首词大约作于绍兴二十一年(1151)至二十五年(1155)之间。词的本事南宋陈鹄《耆旧续闻》、周密《齐东野语》、刘克庄《后村诗话》等中都有所记载，大意为，陆游初娶唐氏为妻，伉俪相得，但唐氏却不为陆游之母所喜，两人被迫仳离，唐氏改嫁赵士程。后陆游在山阴的沈氏园偶遇唐氏夫妇，唐氏向陆游遣致酒肴，陆游怅然题此词于园壁。陆游绍熙三年(1192)有《禹迹寺南，有沈氏小园，四十年前，尝题小阕壁间，偶复一到，而园已易主，刻小阕于石，读之怅然》一诗，题中所云"尝题小阕壁间"即是此词。词中先从唐氏向自己遣致酒肴的情景写起，用明艳的辞藻极写人之美丽、酒之名贵和春色的浓郁，引出心中无尽的伤痛；既而直抒夫妻分离、孤凄抑郁的心情，情绪激切；最后再以花木、池阁依旧的景物衬托物是人非的感慨。语言上，词中以短句为主，又用密集的韵脚，形成急促的节奏，很好地表达了心中瞬间爆发、难以抑制的

《钗头凤》（红酥手）

痛楚之情。

② 红酥:形容手的红润细腻。酥,润泽,滑腻。黄滕(téng)酒:
或云即黄封酒。苏轼《岐亭五首》其三:"为我取黄封,亲拆官
泥赤。"宋施元之注:"京师官法酒,以黄纸或黄罗绢幂瓶口,
名黄封酒。"宫墙柳:当指沈园内墙头露出的柳枝。柳和"留"
谐音,古人常以柳表惜别之意;这里可能也有以阻隔于墙内
的柳枝比喻唐氏可望而不可即之意。

③ 离索:即离群索居,这里是分离之意。《礼记·檀弓》载子夏
语:"吾离群而索居,亦已久矣。"郑玄注:"索,犹散也。"错错
错:与下片"莫莫莫"应是将"错莫"一词拆开,分别重叠使用。
错莫,犹落寞。李白《赠别从甥高五》:"三朝空错莫,对饭却
惭冤。"杜甫《远怀舍弟颖、观等》:"云天犹错莫,花萼尚
萧疏。"

④ 泪痕红浥(yì):旧题晋王嘉撰《拾遗记·魏》记载,魏文帝选良
家女以入六宫,常山太守谷习得灵芸以献文帝。灵芸闻别父
母,唏嘘累日,泪下沾衣;升车就路时,以玉唾壶盛泪,壶则红
色;及至京师,壶中泪凝如血。浥,沾湿。鲛绡(jiāo xiāo):一
种丝织的手帕。晋张华《博物志》卷二载:"南海外有鲛人,水
居如鱼,不废织绩,其眼能泣珠。从水出,寓人家,积日卖绢。
将去,从主人索一器,泣而成珠,满盘以与主人。"又梁任昉
《述异记》卷上载:"南海出鲛绡纱,泉先潜织,一名龙纱,其价
百余金。以为服,入水不濡。"

⑤ 锦书:《晋书·烈女传》载:"窦滔妻苏氏,始平人也,名蕙,字

若兰,善属文。滔苻坚时为秦州刺史,被徙流沙,苏氏思之,
织锦为回文旋图诗以赠滔。"

辑评

胡云翼《宋词选》:"这首词……写作者怀念前妻的深挚感
情,反映出封建社会婚姻不自由的悲惨现实。张宗橚《词林纪
事》引毛晋语:'放翁咏《钗头凤》一事,孝义兼挚,更有一种啼笑
不敢之情于笔墨之外,令人不能读竟。'我们认为这里'孝'的意
义是不存在的,恰恰相反,'东风恶,欢情薄'两句,正是对破坏美
满姻缘的制度表示强烈的抗议。"

张璋、黄畲《历代词萃》:"这首词,是绍兴二十五年陆游三十
一岁时所作。意绪缠绵悱恻,令人不能读竟。"

鹧鸪天 ①

家住苍烟落照间, ② 丝毫尘事不相关。斟残玉瀣
行穿竹, 卷罢黄庭卧看山。 ③ 　　贪啸傲, ④ 任衰
残,不妨随处一开颜。元知造物心肠别,老却英雄似
等闲。 ⑤

注释

① 此词当为乾道二年(1166)陆游初定居山阴三山时作。诗人先是于隆兴元年(1163)因与张焘言曾觌(dí)、龙大渊结党营私事,触怒孝宗,被贬出朝廷;乾道二年又因言官论他"交结台谏,鼓唱是非,力说张浚用兵"(《宋史·陆游传》),罢隆兴(今江西南昌)通判,归山阴闲居。词中纵笔书写他隐居于山水之间,肆然无拘的生活,结尾笔锋一转,点明这种生活是自己不得已而为之的无奈之举,使英雄失意的愤慨之情汹涌而出。

② "家住"句:陆游的三山别业在镜湖上,故云。落照,落日。

③ 玉瀣:酒名,明冯时化《酒史》卷上:"隋炀帝造玉瀣酒,十年不败。"黄庭:即《黄庭经》,为道家言养生之书,《云笈七签》有《黄庭内景经》、《黄庭外景经》、《黄庭遁甲缘身经》三种。陆游很喜爱《黄庭经》,诗词中提及此书达二三十处之多,如"读尽黄庭内外篇"(《待青城道人不至》),"手把黄庭两卷经"(《道室即事》),"听我夜诵黄庭经"(《古藤杖歌》),"日晡浓睡起,盥濯诵黄庭"(《暖阁》)。

④ 啸傲:指咏啸自得,无拘无束的生活。陶渊明《饮酒》第七:"啸傲东轩下。"韦应物《道晏寺主院》:"闻钟北窗起,啸傲永日余。"

⑤ "元知"二句:意思是说,原来上天的心思和一般人有别,他是要让英雄和平凡人一样白白地终老一生。元知,本知,终于知道。心肠,心思。却,了。等闲,平常人。

〔宋〕刘克庄《后村诗话·续集》卷四:"放翁长短句云:'元知造物心肠别,老却英雄似等闲。'……'君记取,封侯事在,功名不信由天。'……《渔父》词云:'一竿风月……'其激昂感慨者,稼轩不能过;飘逸高妙者,与陈简斋、朱希真相颉颃;流丽绵密者,欲出晏叔原、贺方回之上,而世歌之者绝少。"

胡云翼《宋词选》:"通篇极写闲适自在的生活,都是故意表示'丝毫尘事不相关',不是作者心坎里的话。最后两句才点明题意所在:南宋王朝最高统治者(造物者)不图恢复,不用抗敌人才,英雄无用武之地,自然只好老死牖下了。"

夏承焘、盛弢青选注《唐宋词选》:"这首词从退隐生活写起,上片在'丝毫尘事不相关'中露出投闲置散的感慨。下片在'老却英雄似等闲'的结尾语中,写出南宋小朝廷不能任用人才,使爱国的英雄无所作为,徒然老去,表示一种悲愤的心情。"

张璋、黄畬《历代词萃》:"这首小词表面上写的是闲适生活,实际上蕴含着英雄无用武之地的不平之气。"

秋波媚

七月十六日晚登高兴亭望长安南山①

秋到边城角声哀,②烽火照高台。悲歌击筑,凭高酹酒，③此兴悠哉。　　多情谁似南山月，特地暮云开。④灞桥烟柳，曲江池馆，⑤应待人来。

注释

① 高兴亭：在南郑(今陕西汉中)，《剑南诗稿》卷五十四《重九无菊有感》诗自注云："高兴亭在南郑子城西北，正对南山。"南山：即终南山，在长安(今陕西西安)南。此词乾道八年(1172)七月陆游在南郑四川宣抚使司幕中时作。上片写夜间登高兴亭所见南郑作为军事前线壮观的景象，和自己豪放高涨的兴致。这兴致既是纵歌狂饮的逸兴，也来自对收复关中满怀自信和期待的爱国激情。下片写云散月出，明朗的夜空下长安城内外的灞桥烟柳、曲江池馆隐约可见，似是等待着南宋军队前来收复。用拟人手法把故都山月、烟柳、池台写得有情有义，它们都满怀着对祖国的眷恋和渴盼。词中充满浪漫豪迈之气，展示了诗人深挚的爱国热情和自信奋发的英雄气概。

② 边城：即南郑，是南宋西北的军事前线。

③ "悲歌"二句：《史记·刺客列传·荆轲》："荆轲嗜酒，日与狗屠及高渐离饮于燕市，酒酣以往，高渐离击筑，荆轲和而歌于市中，相乐也。……至易水之上，既祖，取道，高渐离击筑，荆轲和而歌，为变徵之声，士皆垂泪涕泣。又前而为歌曰：'风萧萧兮易水寒，壮士一去兮不复还！'复为羽声慷慨，士皆瞋

目,发尽上指冠。"筑(zhú),古代的一种击弦乐器,形似筝,颈
细肩圆。凭高,据高。酹(lèi)酒,饮酒。酹,把酒洒在地下表
示祭奠。

④ 南山:指终南山。特地:特意。

⑤ 灞桥烟柳:灞桥又名渭桥,在长安城北渭水(今渭河)上,古时
人们送行至此折柳分别,故云"灞桥烟柳"。曲江池馆:曲江
在长安,唐朝时为著名的游览胜景。唐康骈《剧谈录》卷下记
载:"曲江池,本秦世隑州,开元中疏凿,遂为胜景。其南有紫
云楼、芙蓉苑,其西有杏园、慈恩寺。花卉环周,烟水明媚。
都人游玩,胜于中和、上巳之节。"又《旧唐书·郑注传》载:
"(唐)文宗能诗,尝吟杜甫《江头篇》云:'江头宫殿锁千门,细
柳新蒲为谁绿?'始知天宝已前,环曲江四岸,有楼台、行宫、
廨署,心切慕之。既得(郑)注言,即命左右神策军差人淘曲
江、昆明二池,仍许公卿士大夫之家于江头立亭馆,以时追
赏。时两军造紫云楼、彩霞亭,内出楼额以赐之。"

辑评

胡云翼《宋词选》:"(陆游)在汉中担任军中职务,前方的有
利形势和军队里的壮阔生活激起了作者经略中原、收复长安的
热望和坚定的胜利信心。他是那么乐观而又激励地写着:灞桥、
曲江那些长安的风景区都在等待宋军的到来。"

张璋、黄畲《历代词萃》:"这首词作于乾道八年,当时主战派
正筹划收复长安,作者目睹前方有利形势,充满胜利信心。所以

末句说灞桥、曲江等处都在等待宋朝大军的到来。"

汉宫春①

初自南郑来成都作

羽箭雕弓，忆呼鹰古垒，截虎平川。②吹笳暮归，野帐雪压青毡。淋漓醉墨，看龙蛇、飞落蛮笺。③人误许，诗情将略，④一时才气超然。　　何事又作南来，看重阳药市，⑤元夕灯山。⑥花时万人乐处，欹帽垂鞭。⑦闻歌感旧，尚时时、流涕尊前。⑧君记取，封侯事在，功名不信由天。⑨

注释

① 这首词乾道九年(1173)春作于成都。词的上片追忆在南郑军中时驰骋打猎的英武气概，及晚上在营帐中挥毫泼墨的弘富才情，健笔极写自己的诗情将略。下片回到现实，以成都城内药市、灯山、花时的热闹景象反衬自己落寞失落的心情。结尾笔势再次振起，表达对杀敌立功事业的执着追求和坚定信念。全词辞彩弘富，笔力雄健，风格慷慨而豪壮。

② "羽箭"三句：写在南郑军中时打猎的豪放生活。羽箭，以羽
毛作尾的箭。雕弓，雕刻有花纹的弓。呼鹰古垒，《剑南诗
稿》卷十三《忽忽》诗"呼鹰古庙秋"句自注云："南郑汉高帝
庙，予从戎时，多猎其下。"截虎平川，陆游在南郑一带打猎时
曾于沮水(即沔水)边刺杀猛虎，详参前《三月十七日夜醉中
作》诗注③。

③ "吹笳"四句：写在南郑军中时，打猎归来，夜晚在营帐中挥毫
泼墨的情景。笳，即胡笳，我国古代北方民族的一种吹奏乐
器。青毡，营帐上所覆盖的青黑色毡布。龙蛇，比喻所写之
字的豪放。唐李白《草书歌行》："时时只见龙蛇走，左盘右蹙
如惊电。"蛮笺(jiān)，或谓即蜀笺，是蜀地产的一种精美的
纸。唐鲍溶《寄王璠侍御求蜀笺》："蜀川笺纸彩云初。"宋韩
浦《寄弟洎蜀笺》："十样蛮笺出益州。"

④ 诗情将略：意谓兼有诗人的才情和将帅的谋略。诗情承"淋
漓"三句，将略承"羽箭"三句。

⑤ 重阳药市：《老学庵笔记》卷六云："成都药市以玉局观为最
盛，用九月九日。"《岁时广记》卷三十六引《四川记》载："成都
九月九日为药市。诘旦，尽一川所出药草异物与道人毕集，
帅守置酒行市以乐之，别设酒以犒道人。是日早，士人尽入
市中，相传以为吸药气愈疾，令人康宁。"

⑥ 元夕灯山：指当时每年元宵节成都府所制的灯山。《岁时广
记》卷十引《岁时杂记》记载："成都府灯山或过于阙前。上为
飞桥山亭，太守依次，止三数人，历诸亭榭，各数杯乃下，从僚

属饮。棚前如京师棘盆处,缉木为垣,其中旋植花卉,旧日捕山禽杂兽满其中,后止图刻土木为之。蜀人性不竞,以次登垣,旋绕观览。"陆游在成都所作的《丁酉上元》其二中也描绘到:"鼓吹连天沸五门,灯山万炬动黄昏。"

⑦ 花时:指成都的浣花日。《老学庵笔记》卷八:"四月十九日,成都谓之浣花。邀头宴于杜子美草堂沧浪亭。倾城皆出,锦绣夹道。自开岁宴游,至是而止,故最盛于他时。予客蜀数年,屡赴此集,未尝不晴。蜀人云:'虽戴白之老,未尝见浣花日雨也。'"欹(qī):通"敧",倾斜。

⑧ 涕:泪。尊:同"樽",酒杯。

⑨ "封侯"二句:意谓自己对从军杀敌、建立功业依然充满希望和信心。封侯,用东汉班超之事。《后汉书·班梁列传·班超》载,班超为人有大志,尝辍业投笔叹曰:"大丈夫无它志略,犹当效傅介子、张骞立功异域,以取封侯,安能久事笔研间乎?"后来他出使西域,建立大功,被封为定远侯。"功名"句,《论语·颜渊》记载子夏语云:"死生有命,富贵在天。"此句反用其意。

辑评

〔宋〕刘克庄《后村诗话》评语见前《鹧鸪天》(家住苍烟落照间)所辑,此从略。

胡云翼《宋词选》:"这首词前后段分别写南郑和成都两种不同的生活情况。作者这时候在成都担任闲散的参议官,不是他所愿意做的,对于这个万人行乐的后方城市也不感兴趣。他十分怀念前方能够发挥'诗情将略'的军中生活,并且坚决相信恢复中原的壮志一定能够实现。"

俞陛云《唐五代两宋词选释》:"人当少年气满,视青紫如拾芥,几经挫折,便颓废自甘。放翁独老犹作健,当其上马打围,下马草檄,何等豪气!追漫游蜀郡,人乐而我悲,怆然怀旧,而封侯夙志,尚欲以人定胜天,可谓壮矣。此词奋笔挥洒,其才气与东坡、稼轩相似。汲古阁刻其词集,谓'超爽处更似稼轩耳'。"

夏承焘、盛弢青选注《唐宋词选》:"这首词上片写他在前线的生活,意气飞扬,有豪情壮概。下片写他回成都后,虽然城市繁华,'万人乐处',但他仍然留恋可以发挥'诗情将略'的前线生活。结句表示对未能建立功业不甘心的顽强意志。"

朱东润《陆游选集》:"上阕记南郑生活,下阕前五句实写成都景况,此下闻歌感旧,直抒众醉独醒之感,因此尊前流涕,便不是无因而至。君记取以下三句,倔强兀傲,有人定胜天的抱负,这正是陆游诗词的特点。"

张璋、黄畬《历代词萃》:"这首词反映出作者不愿在成都后方担任闲散官员,十分怀念在南郑(汉中)时的军事生活,抱着恢复中原为国立功的坚定信念。"

夜游宫

记梦寄师伯浑①

雪晓清笳乱起。梦游处、不知何地。铁骑无声望似水。想关河，雁门西，青海际。②　　　睡觉寒灯里。漏声断、月斜窗纸。③自许封侯在万里。有谁知，鬓虽残，心未死。④

注释

① 师伯浑：陆游《老学庵笔记》卷三云："师浑甫，本名某，字浑甫。既拔解，志高退，不赴省试；其弟乃冒其名以行，不以告浑甫也。俄遂登第。浑甫因以字为名而字伯浑。"《剑南文集》卷十四《师伯浑文集序》云："乾道癸巳，予自成都适犍为，识隐士师伯浑于眉山。一见，知其天下伟人。……伯浑自少时名震秦蜀，东被吴楚，一时高流皆尊慕之，愿与交。"乾道癸巳即乾道九年(1173)，犍为即嘉州(今四川乐山)。可知师伯浑是陆游乾道九年自成都赴嘉州知州任时在眉山结识的一位蜀中高士。淳熙元年(1174)春陆游离嘉州，和师伯浑饯别于青衣江上，后四年师伯浑病逝，此词当作于这期间。词的上片写梦中随军出征北方时严整威武的情景，意境清壮。下片先写梦醒时凄凉的景色，表达失意、寂寞的心情；但诗人并没有陷入颓唐，而是在结尾表达壮心不死的顽强品性。全词

以梦里梦外境遇的巨大反差,传达出强烈的悲愤之情,最后以身虽寥落衰老,志却坚毅执着的劲健之笔收结全篇,形成了悲壮的风格。

② "雪晓"七句:写梦中随军出征的情景。清笳,军中清壮的笳声。铁骑(jì),披着铁甲的骑兵。雁门,雁门关,在今山西代县西北。青海,即今青海湖,在青海省境内。

③ "睡觉"三句:写梦醒时的凄凉之景。睡觉,梦醒。漏声断,古代用漏壶滴水计时,漏声断表明夜尽。

④ 封侯:参见前《汉宫春》(初自南郑来成都作)注⑨。万里:指万里疆场。心未死:是说杀敌立功的壮心没有失去。

辑评

夏承焘《唐宋词欣赏》:"这首词开头三句,'雪晓清笳乱起'是所闻,'铁骑无声似水'是所见。中间插入'梦游处不知何地'一句,点出是梦中。把第一与第三原来应该连在一起的两句拆开安排,这样做并不是因为押韵的缘故,而是使词的声情起顿挫作用。'铁骑无声望似水'七个字,写出了军容的整齐严肃,看上去好像一条无声的河流,形象性很强。下面'想关河,雁门西,青海际',是回答上面的'梦游处不知何地'句,是猜想之辞,也是写梦境。这几句通过景语,点出他自己念念不忘沙场杀敌的雄心壮志。下片是写梦醒后失望的感情。所写的景象与上片恰成为相反的映衬。'寒灯'、'漏声'和'月斜窗纸',都是衬托失望和怅惘。'自许封侯在万里'一句,语气振起,而接下来是'鬓虽残,心未死'两句。中间插入'有谁知'三个字,也是顿挫作势,使末二语——人虽老了,而杀敌雄心依然未死——更显得郁郁不平。若去掉这三字,语意虽也连属,而究竟要相形减色。"

胡云翼《宋词选》:"这首词是陆游从汉中回到四川以后、四十九岁到五十三岁期间写的作品,可以看出作者念念不忘于回到前方去参加抗敌工作。"

朱东润《陆游选集》:"上阕怀念南郑军中的生活,下阕点出鬓残心在,还和以前一样的坚强。"

张璋、黄畲《历代词萃》:"这首词是作者在成都所写。他假托于梦来抒写杀敌报国的雄心壮志,与他的诗句'铁马冰河入梦来',同样豪迈。"

鹊桥仙①

夜闻杜鹃

茅檐人静,蓬窗灯暗,②春晚连江风雨。林莺巢燕总无声,但月夜、常啼杜宇。③　　催成清泪,惊残孤梦,又拣深枝飞去。故山犹自不堪听,况半世、飘然羁旅。④

注释

① 这首词是陆游在蜀中所作。上片写景,在春夜茅屋幽僻、人静灯暗、风雨凄迷的背景上缀以悲凄的杜鹃啼声,意境凄凉至极。下片承杜宇声写去,悲凉之声和孤凄之人交映,引出无限寂寞伤感的情绪。结尾直抒情怀,先以"故山犹不堪听"做铺垫,然后递进一层,半世漂泊、万里羁旅之人闻之自然更加不堪,把失意怀乡之情推至无以复加。

② 蓬窗:茅屋的窗。

③ 杜宇:即杜鹃鸟,《禽经》云:"江左曰子规,蜀右曰杜宇,瓯越曰怨鸟,一名杜鹃。"杜鹃鸟传说为蜀王杜宇(号望帝)的冤魂所化。《蜀王本纪》记载:"望帝去时,子鹃鸣,故蜀人悲子鹃而思望帝。望帝,杜宇也。"民间关于杜宇的传说更为详细。一说,古时岷江上游有一条恶龙,常兴起洪水,祸害百姓。一个名叫杜宇的青年猎人和恶龙的妹妹龙女一起打败了恶龙,消除了水患,他因此被蜀人拥立为国君,并和龙女结为夫妻。后杜宇手下一个叫鳖灵的臣子为夺取王位,霸占龙女,勾结恶龙害死杜宇,并把龙女幽禁在深宫。杜宇死后化为一只小鸟,飞到龙女的窗台鸣叫:"归汶阳,归汶阳,鳖灵真是黑心肠。"龙女听到叫声,知道丈夫已死,伤心痛哭,小鸟也飞绕鸣叫,口中流出鲜血。龙女因伤心而死,也化为小鸟,两只小鸟每到春季便日日合鸣:"春日忙,春日忙,快快播种好收粮!"另一种说法是,望帝杜宇因为鳖灵帮助自己治水有功,把王位禅让给了他,但鳖灵掌权后逐渐骄

傲起来,不体恤人民的艰难。于是,望帝应老百姓之请去劝说鳖灵,但鳖灵不听从劝诫,并带兵攻打他。望帝只好回到西山,化为一只小鸟,飞入宫中,整日鸣叫:"民贵呀! 民贵呀!"以至啼出血来,把嘴都染红了。最后鳖灵被感动,改正了错误。

④ 故山:犹故乡。半世:陆游淳熙六年(1179)出蜀东归,时五十五岁,此词作于蜀中,年龄在五十岁上下,故称"半世"。羁旅:漂泊他乡。

辑评

〔清〕王弈清《历代词话》卷七引《词统》:"放翁呈范至能待制《双头莲》末句云……又夜闻杜鹃《桥仙》末句云:'故山犹自不堪听,况半世、飘然羁旅。'去国怀乡之感,触绪纷来,读之令人于邑。"

〔清〕许昂霄《词综偶评》:"('故山犹自不堪听'句)衬垫一句,不唯句法曲折,而意亦更深。"

〔清〕陈廷焯《白雨斋词话》:"放翁词惟《鹊桥仙》(夜闻杜鹃)一章,借物寓言,较他作为合乎古。然以东坡《卜算子》(雁)较之,相去殆不可道里计矣。"

麦梦华:"当有所刺。"(梁启超《饮冰室评词》附梁令娴编《艺蘅馆词选》丙卷)

胡云翼《宋词选》:"陈廷焯《白雨斋词话》特别推重陆游这首词,说是'借物寓言'。这是由于抱负不能施展、失意之极而产生的情调低沉的去国离乡之感。"

朱东润《陆游选集》："上阕写杜鹃；下阕写听杜鹃的感受，末二句点清自己所在的地点，富有道路辛苦，身世苍茫之感。"

豆叶黄[1]

一春常是雨和风，风雨晴时春已空。谁惜泥沙万点红。[2]恨难穷，恰似衰翁一世中。[3]

注释

[1] 这首词当是淳熙五年(1178)离蜀东归以后之作，具体写作时间不详。词中从一春常是风雨，待风雨停息，却已是春尽百花凋零的景象，联想到自己一生困顿漂泊，等到东归却已衰老的遭际。全词篇幅短小，不作铺叙，语言明白如话，又句句押韵，音韵流畅，但却感慨深沉，意趣深远，读之令人怦然心动，回味不尽。

[2] 万点红：指无数的落花。

[3] 衰翁：即衰老的诗人自身。

诉衷情①

当年万里觅封侯，匹马戍梁州。②关河梦断何处，尘暗旧貂裘。③　　胡未灭，鬓先秋，泪空流。④此生谁料，心在天山，身老沧洲。⑤

注释

① 此词当为晚年闲居山阴时之作,具体时间不详。上片追忆往年到南郑投身军旅,寻求报国立功的机会,却一事无成的遭际;下片抒发壮志成空、晚境寥落的伤感,结尾两句把远大的抱负和落寞的身世并置,凸显理想和现实之间的巨大反差,迸发出强烈的悲愤之情。

② 觅封侯:寻求杀敌报国、建功立业的机会。封侯,用东汉班超事,详参前《汉宫春》(初自南郑来成都作)注⑨。梁州:指南郑,详参前《归次汉中境上》诗注②。

③ "尘暗"句:用战国时苏秦之事,表示自己困顿失意的境况,详参前《对酒叹》诗注⑧。

④ 胡:指金人侵略者。秋:鬓发变白之意。

⑤ 天山:即今新疆境内的天山,这里泛指边疆之地。沧洲:水滨之地,为隐居处的代称。

《诉衷情》(当年万里觅封侯)

辑评

胡云翼《宋词选》："'心在天山，身老沧洲'两句概括了诗人晚年生活和思想矛盾的悲愤心情。"

夏承焘、盛弢青选注《唐宋词选》："这词抒写敌人未消灭，而英雄已老的苦闷。这种苦闷是南宋小朝廷的屈辱政策所造成的。陆游在他诗里说得很明显：'生逢和亲最可伤，岁辇金絮输胡羌，夜视太白收光芒，报国欲死无战场。'(《陇头水》)，和这首词里'心在天山，身老沧洲'所表现的感情基本上一样。"

鹊桥仙^①

华灯纵博，雕鞍驰射，谁记当年豪举。^②酒徒一一取封侯，独去作、江边渔父。^③　　轻舟八尺，低篷三扇，占断苹洲烟雨。^④镜湖元自属闲人，又何必、君恩赐与。^⑤

注释

① 此词当为淳熙十六年(1189)陆游罢归山阴以后所作。上片前三句用华丽的辞藻、雄健的笔触极写当年在军中豪放的生活，其中包含着报国的热情和杀敌立功的志向；后两句写现

今的遭遇：杀敌报国无路，又不愿像一般人那样苟合取容，取得富贵，所以只好隐居做渔父。下片前三句写渔隐的生活情状，结尾两句曲折地表达失意不平之情，又尽显傲岸孤高之气。

② "华灯"三句：参看前《九月一日夜读诗稿有感走笔作歌》。华灯纵博，在华美的灯光下纵情进行博戏。博戏，古代一种以投掷争胜的游戏，参见前《武昌感事》诗注②。雕鞍，雕刻有花纹或图案的马鞍，代指战马。驰射，驰骋射猎。当年，指乾道八年(1172)陆游在南郑四川宣抚使司幕中从军时。

③ 酒徒：指当年一同饮酒的同僚。《史记·郦生陆贾列传》载郦食其言："吾高阳酒徒也，非儒人也。"一一：一作"一半"。封侯：指获得富贵，用班超事，详参前《汉宫春》(初自南郑来成都作)注⑨。渔父：渔翁，多用来指隐者。《庄子·渔父》、《楚辞·渔父》皆有渔父的记载。

④ 低篷：低矮的船篷。扇：量词，计门、窗、屏障物等的数量。占断：占尽，占据。苹洲：长着萍草的水中陆地。苹，通"萍"，即浮萍，一种多年生水草。

⑤ "镜湖"二句：《新唐书·隐逸传·贺知章》载，唐代诗人贺知章年老还乡，求周宫湖数顷为放生池，唐玄宗诏赐镜湖剡川一曲。这里陆游反用其事。镜湖，即今鉴湖，陆游乾道二年(1166)以后定居在镜湖上的三山。元自，本来，本自。

辑评

〔明〕杨慎《词品》卷五："放翁词纤丽处似淮海，雄慨处似东坡。其感旧《鹊桥仙》一首："华灯纵博……'英气可掬,流落亦可惜矣。"

〔清〕许昂霄《词综偶评》："感愤语妙,以蕴藉出之。结句翻用贺知章事,而感慨意即寓其中。"

胡云翼《宋词选》："这是陆游晚年闲居家乡写的词。看来有些消极,骨子里是愤慨的。朝廷的政治既然如此腐败,'酒徒一一取封侯',无意收复失地,迫使他只好'独去作江边渔父'。最后两句结语:'镜湖元自属闲人,又何必官家赐与',也反映出对朝廷不满的情绪。"

朱东润《陆游选集》："上阕写今昔对比,稍陈感慨;下阕写乡居生活,篇末二句,委屈传出对于君主的不满。"

谢池春①

壮岁从戎,曾是气吞残虏。②阵云高、狼烽夜举。③朱颜青鬓,拥雕戈西戍。④笑儒冠、自来多误。⑤　　功名梦断,却泛扁舟吴楚。⑥漫悲歌、伤怀吊古。⑦烟波无际,望秦关何处?叹流年、又成虚度。⑧

注释

① 这首词的写作时间夏承焘、吴熊和《放翁词编年笺注》系于绍熙五年(1194)陆游七十岁前后,时他奉祠闲居山阴。词中上片前六句追忆在南郑从军时年轻豪壮的形象和气概,笔力雄劲。末两句转入功业之事最终一无所成的现状。下片抒写在故乡烟波上虚度岁月的感慨和关中失地收复无望的悲愤。"烟波"两句,以浩渺无际的烟水,笼盖隐居处和关中失地,意境混茫壮阔,透出无尽的忧国之情,尤见矫健的笔力。

② 壮岁从戎:指乾道八年(1172)陆游在四川宣抚使司幕中从军时,时年他四十八岁。残虏:指金人侵略者。

③ 阵云:战地的烟云。狼烽:即烽烟,古代烽火台常燃狼粪为烟,故称。详参前诗选《怀旧》诗注②。

④ 朱颜青鬓:红润的面容和乌黑的头发,是描绘当年年轻的形象。雕戈:雕刻有花纹的戈。戈,是古代的一种兵器。

⑤ "笑儒冠"二句:唐杜甫《奉赠韦左丞丈二十二韵》诗云:"儒冠多误身。"此化用其语,表达满腹才学,却一事无成的愤激之情。

⑥ 功名:陆游所谓的功名既包括功业声名的内容,也包含杀敌报国的内容,两者是不可分割的。扁(piān)舟:小舟。扁,小。吴楚:春秋时楚国之地主要在今湖北、湖南一带地区,吴国之地主要在今江苏省一带,越国之地主要在今浙江省一带,这里"吴楚"泛指这些地区,陆游的家乡山阴(今浙江绍兴)属古越地,这里为了押韵,故云吴楚。

⑦ 漫:随意。

⑧ 秦关:秦地的关塞,代指关中地区。流年:流水般的年华。

辑评

夏承焘、盛弢青《唐宋词选》:"这首词用对比手法,上片写壮岁从戎的豪迈气概,下片写归老江乡的无限感慨,'笑儒冠多误'是关键性的转捩句。"

卜算子①

咏 梅

驿外断桥边,②寂寞开无主。已是黄昏独自愁,更著风和雨。③　　无意苦争春,一任群芳妒。④零落成泥碾作尘,只有香如故。⑤

注释

① 此词的写作时间不详。词的上片渲染梅花所处环境的荒僻、时间的凄凉和形势的险恶;下片写它面对繁华和妒忌淡然视之,唯执着于芬芳的高洁节操。全词遗貌取神,描状和歌颂了梅花甘于寂寞,不慕繁华,执守高洁的品格。这里既是咏梅,也是自咏,陆游在仕途中历尽罢免、贬谪、飘零之苦,却一

直坚守忧国忧民的思想,不慕名利富贵,唯求杀敌报国,他的精神品质和梅是相似的。

② 驿:即驿站,古代供官员和行人途中休息的地方。断桥:残破断毁的桥。

③ 著:加……于其上,遭受。

④ 一任:听任,任凭。群芳:百花。

⑤ "零落"二句:宋王安石《北陂杏花》:"纵被春风吹作雪,绝胜南陌碾成尘。"陆游可能化用其语。

辑评

〔明〕卓人月《词统》:"末句想见劲节。"(唐圭璋《宋词三百首笺注》引)

唐圭璋《唐宋词简释》:"此首咏梅,取神不取貌,梅之高格劲节,皆能显出。起言梅开之处,驿外断桥,不在乎玉堂金屋;寂寞自开,不同乎浮花浪蕊。次言梅开之时,又是黄昏,又是风雨交加,梅之遭遇如此,故惟有独自生愁耳。下片,说明不与群芳争春之意,'零落'两句,更揭出梅之真性,深刻无匹。咏梅即以自喻,与东坡咏鸿同意。东坡、放翁,固皆为忠忧郁勃,念念不忘君国之人也。"

刘永济《唐五代两宋词简析》:"此亦作者身世之感,但借梅抒写出之。上半阕写所遇之世,如此堪愁。下半阕写其生平,不慕荣华而品质坚贞,如梅之耐寒,虽'零落成泥'而香不减也。"

胡云翼《宋词选》:"这是以梅花象征自己的孤高与劲节。作者积极用世的精神在政治上屡次受到打击以后,不免滋生了几分消极的孤高自许的成分,但是他坚决不肯和主和派同流合污的劲节始终是值得称道的。"

夏承焘《唐宋词欣赏》:"这是陆游一首咏梅的词,其实也是陆游自己的咏怀之作。……我们读他这首词,联系他的政治遭遇,可以看出它是他的身世的缩影。词中所写的梅花是他高洁的品格的化身。……陆游的友人陈亮有四句梅花诗说:'一朵忽先变,百花皆后香。为传春信息,不怕雪埋藏。'写出他自己对政治有先见,不怕打击,坚持正义的精神,是陈亮自己整个人格的体现。陆游这首词则是写失意的英雄志士的兀傲形象。我认为在宋代,这是写梅花诗词中最突出的两首好作品。"

朱东润《陆游选集》:"这首词是咏物,同时也是言志。作者把梅花自比,指出经过任何挫折,芬芳的本质是不可能改变的。"

张璋、黄畲《历代词萃》:"这首词是作者借咏梅来表述自己的坚毅不屈的劲节。卓人月《词统》说:'末句想见劲节。'但词里也有孤芳自赏的一面。"

桃源忆故人①

题华山图

中原当日三川震,关辅回头煨烬。②泪尽两河征镇，日望中兴运。③　　秋风霜满青青鬓，老却新丰英俊。④云外华山千仞，⑤依旧无人问。

注释

① 这首词的写作时间不详。词中上片写中原、关中之地的沦陷，以及那里爱国将士对祖国的忧虑和对中兴的渴盼。下片写像自己一样的英雄之士没有杀敌救国的机会，白白地在虚度光阴中衰老，而华山等大好河山却无人去收复。上下片之间形成了鲜明的对比，表达了诗人强烈的忧国之心和对执政者的愤慨之情。

② "中原"二句：是说金人侵略中原，关中之地被焚劫成灰。三川，可能指渭水、泾水、洛水（又称北洛水，和流经洛阳的洛水是两条河）三川，三条河都主要在今陕西省境内。《国语·周语上》："幽王二年，西周三川皆震。"汉韦昭注："三川，泾、渭、洛，出于岐山也。"也可能指洛阳附近的洛水、伊水、河水（即黄河）三川，秦时曾置三川郡，治所在洛阳。关辅，关，指关中，潘岳《关中记》："东自函关，西至陇关，二关之间，谓之关中。"辅，指三辅，《汉书·景帝纪》："京兆尹、左冯翊、右扶风，共治长安城中，是为三辅。"关辅泛指关中地区。煨烬（wēi jìn），同灰烬。

③ "泪尽"二句：是说，中原、关中地区沦陷，那里的爱国将领们为国家忧伤，流尽了眼泪，日夜盼望宋朝中兴。两河，指黄河

南北地区。征镇,汉魏以后置征东、征西、征南、征北将军,又有镇西、镇东、镇南、镇北将军,合称征镇。这里借指北方沦陷地的抗金将领。中兴运,中兴的气运。运,运命,气运。

④ "秋风"二句:意谓像自己一样的有才干、有志向之士,没有抗击侵略、收复失地的机会,在秋风萧瑟中白白变老。霜满青青鬓,指黑发变白。新丰英俊,以唐马周代指南宋的有志报国之士。《旧唐书·马周传》记载,马周少时落拓不为州里所敬,西游长安,宿于新丰逆旅,主人唯供诸商贩而不顾待周,遂命酒一斗八升,悠然独酌,主人深异之。后马周为唐太宗所识,令直门下省,累官至中书令。《剑南诗稿》卷三十七《太息》(其四)诗也云:"安知今日新丰市,不有悠然独酌人?"

⑤ 华山千仞:《山海经·西山经》:"太华之山,削成而四方,其高五千仞,其广十里。"太华山,即华山。

辑评

刘永济《唐五代两宋词简析》:"此放翁感慨关辅人民日望恢复,而朝廷竟弃置不问也。"

朱东润《陆游选集》:"上阕言敌人后方的起义军将士,渴望祖国的复兴。下阕言自己愈感衰老,也没有人考虑到收复华山的行动。从词中所言起义军将士的情况看,可能和《追忆征西幕中旧事》诗相关,因此这首词的写成,去乾道八年陆游调回成都,当不甚久。"